Histórias de Sherlock Holmes

CLÁSSICOS ZAHAR
em EDIÇÃO BOLSO DE LUXO

Sherlock Holmes (9 vols.)
Arthur Conan Doyle

As aventuras de Robin Hood
O conde de Monte Cristo
Os três mosqueteiros
Alexandre Dumas

O corcunda de Notre Dame
Victor Hugo

Mowgli: Os livros da Selva
Rudyard Kipling

Arsène Lupin (6 vols.)*
Maurice Leblanc

O Lobo do Mar
Jack London

Rei Arthur e os cavaleiros da Távola Redonda
Howard Pyle

Frankenstein
Mary Shelley

Drácula
Bram Stoker

20 mil léguas submarinas
A ilha misteriosa
Viagem ao centro da Terra
A volta ao mundo em 80 dias
Jules Verne

Homem Invisível
H.G. Wells

Títulos disponíveis também em edição comentada e ilustrada
(exceto os indicados por asterisco)
Veja a lista completa da coleção no site zahar.com.br/classicoszahar

Arthur Conan Doyle

Histórias de Sherlock Holmes

Tradução:
Maria Luiza X. de A. Borges

3ª reimpressão

ZAHAR

Grafia atualizada segundo o Acordo Ortográfico da Língua Portuguesa de 1990, que entrou em vigor no Brasil em 2009.

Título original
The Case-Book of Sherlock Holmes

Capa
Rafael Nobre/Babilonia Cultura Editorial

Imagem da capa
© Hulton Collection/Getty Images

Projeto gráfico
Carolina Falcão

Revisão
Carolina Sampaio
Mônica Surrage

CIP-Brasil. Catalogação na fonte
Sindicato Nacional dos Editores de Livros, RJ

Doyle, Arthur Conan, Sir, 1859-1930
D784 Histórias de Sherlock Holmes / Arthur Conan Doyle; tradução Maria Luiza X. de A. Borges. — 1ª ed. — Rio de Janeiro: Zahar, 2016.
il. (Clássicos Zahar; Bolso de luxo)

Tradução de: The Case-Book Of Sherlock Holmes.
ISBN 978-85-378-1562-5

1. Ficção inglesa. I. Borges, Maria Luiza X. de A. II. Título. III. Série.

CDD: 823
16-31286 CDU: 821.111-3

EDITORA SCHWARCZ S.A.
Praça Floriano, 19 — sala 3001
20031-050 — Rio de Janeiro — RJ
Telefone: (21) 3993-7510
www.companhiadasletras.com.br
www.zahar.com.br
facebook.com/editorazahar
instagram.com/editorazahar
twitter.com/editorazahar

Sumário

Apresentação, 7

Prefácio, *9*

O Cliente Ilustre, *13*

O Rosto Lívido, *53*

A Pedra Mazarin, *83*

As Três Empenas, *107*

O Vampiro de Sussex, *133*

Os Três Garrideb, *158*

A Ponte Thor, *184*

O Homem que Andava de Quatro, *223*

A Juba de Leão, *254*

A Inquilina de Rosto Coberto, *283*

O Velho Solar de Shoscombe, *301*

Mr. Josias Amberley, *328*

Apresentação

Sir Arthur Conan Doyle (1859-1930) foi médico e escritor. Sua obra contempla gêneros tão diversos quanto a ficção científica, as novelas históricas, a poesia e a não ficção. Sem dúvida, porém, seu maior reconhecimento vem dos contos e romances do detetive Sherlock Holmes e seu fiel parceiro e amigo, o dr. Watson.

Os contos nunca deixaram de ser reimpressos desde que o primeiro deles foi publicado, em 1891, e os romances foram traduzidos para quase todos os idiomas. Centenas de atores encarnaram a dupla nos palcos, no rádio e nas telas; revistas e livros sobre o detetive são lançados todo ano; fã-clubes reúnem-se com regularidade. Infinitamente imitado, parodiado e citado, Holmes já foi identificado como uma das três personalidades mais conhecidas do mundo ocidental, ao lado de Mickey Mouse e do Papai Noel.

Os doze contos que compõem *Histórias de Sherlock Holmes* foram publicados entre outubro de 1921 e fevereiro de 1927 pela *Strand Magazine*, periódico britânico que levou os casos e a figura de Holmes ao conhecimento do grande público. Sua primeira edição inglesa em livro, de 15.150 exemplares, foi lançada em 16 de junho de 1927, por John Murray. Já a primeira edição americana foi publicada simultaneamente por George H. Doran Company.

Analisando os recursos literários de Conan Doyle, temos uma narrativa que casa perfeitamente diálogo, descrição, caracterização e *timing*. A modéstia aparente de sua linguagem oculta um profundo reconhecimento da complexidade humana. E repare-se como o autor é hábil em colocar o leitor entre seus dois grandes protagonistas, "a meio caminho", como diz John le Carré: Holmes é genial, e o leitor nunca o alcançará (e talvez nem queira); mas nem por isso deve desanimar, pois é mais perspicaz que o dr. Watson...

A presente edição traz o texto integral e mais de trinta ilustrações, feitas por ilustradores das histórias do grande detetive de Baker Street.

Prefácio

Receio que Mr. Sherlock Holmes possa vir a ser um daqueles tenores populares que, tendo deixado para trás seus dias de glória, ainda se sentem tentados a fazer repetidas despedidas de suas indulgentes plateias. Isso precisa cessar, e ele deve seguir o caminho de toda carne, material ou imaginária. Gostamos de pensar que existe um limbo fantástico para os filhos da imaginação, um lugar estranho, impossível, onde os galãs de Fielding ainda podem cortejar as beldades de Richardson, onde os heróis de Scott ainda podem se pavonear, onde os deliciosos *cockneys* de Dickens ainda podem provocar risos e os mundanos de Thackeray levam adiante suas repreensíveis carreiras. Talvez, em algum canto humilde desse Valhala, Sherlock e seu companheiro Watson consigam encontrar abrigo por algum tempo, enquanto um detetive mais astuto com um camarada ainda menos astuto talvez ocupe o palco que eles deixaram vago.

Sua carreira foi longa – embora se possa exagerar isso; cavalheiros decrépitos que me abordam e declaram que as aventuras de Holmes foram a leitura de sua meninice não recebem de mim a resposta que parecem esperar. Não agrada muito a ninguém ter datas pessoais manipuladas de maneira tão pouco gentil. A verdade nua e crua é que Holmes fez seu *début* em *Um estudo em vermelho* e *O signo dos quatro*, dois livrinhos lançados entre 1887 e 1889. Foi em 1891 que "Escândalo na Boêmia", o primeiro da longa série de casos, apareceu na *Strand Magazine*. Como o público se mostrou agradado e desejoso de mais, a partir daquela data, trinta e seis anos atrás, os casos foram produzidos numa série interrompida que agora reúne nada menos que cinquenta e seis histórias, republicadas em *As aventuras*, *As memórias*, *A volta* e *O último adeus*; restam estas doze, publicadas nos últimos anos, que são aqui apresentadas sob o título *Histórias de Sherlock Holmes*. Ele começou suas aventuras no auge da era vitoriana tardia, levou-as adiante durante o brevíssimo reinado de Eduardo VII e conseguiu conservar seu pequeno nicho até os febris dias de hoje. Assim, seria verdade dizer que aqueles que o leram pela primeira vez quando meninos viveram para ver os próprios filhos, já adultos, acompanharem as mesmas aventuras na mesma revista. É um admirável exemplo de paciência e lealdade da parte do público britânico.

Ao concluir *As memórias*, eu havia resolvido definitivamente dar cabo de Holmes, pois sentia que minhas energias literárias não deviam ser demasiado dirigidas para um só canal. Aquela face pálida e bem-delineada, aquela figura flexível estava absorvendo demais minha imaginação. Perpetrei a façanha, mas, felizmente, como nenhum médico-legista havia se pronunciado sobre os despojos, após um longo intervalo não me foi difícil responder à lisonjeira demanda e cancelar meu ousado ato mediante uma boa explicação. Nunca me arrependi disso, pois na prática não parece que essas composições mais leves tenham me impedido de explorar e encontrar minhas limitações em campos tão variados da literatura como a história, a poesia, os romances históricos, a pesquisa psíquica e o drama. Se Holmes nunca tivesse existido, eu não teria podido fazer mais, embora ele possa talvez ter estorvado um pouco o reconhecimento do meu trabalho literário mais sério.

E assim, leitor, adeus a Sherlock Holmes! Eu lhe agradeço por sua fidelidade passada e posso apenas esperar que tenha tido algum retorno, distraindo-se das inquietações da vida e mudando de atmosfera, de um modo que somente o reino das fadas da ficção pode oferecer.

ARTHUR CONAN DOYLE

O Cliente Ilustre

"Agora ela não pode fazer mal", foi o comentário de Mr. Sherlock Holmes quando, pela décima vez em dez anos, pedi autorização para revelar a narrativa que se segue. Foi assim que finalmente consegui permissão para registrar o que foi, sob alguns aspectos, o momento supremo da carreira do meu amigo.

Holmes e eu tínhamos ambos um fraco pelo banho turco. Era em meio à fumaça, na agradável lassidão da sala de relaxamento, que eu o via menos reticente e mais humano que em qualquer outro lugar. No pavimento superior do estabelecimento da Northumberland Avenue, há um canto isolado com duas espreguiçadeiras lado a lado, e foi nelas que nos estendemos em 3 de setembro de 1902, o dia em que minha narrativa começa. Eu lhe perguntara se estava acontecendo alguma coisa, e como resposta ele havia tirado seu braço comprido, fino e nervoso de debaixo dos panos que o envolviam e puxado um envelope do bolso interno do paletó pendurado ao seu lado.

"Pode ser algum idiota nervoso e presumido, ou pode ser uma questão de vida ou morte", disse ele ao me entregar o bilhete. "Sei apenas o que esta mensagem me diz."

Vinha do Carlton Club e era datada da noite anterior. O que li foi:

Sir James Damery apresenta seus cumprimentos a Mr. Sherlock Holmes e o visitará amanhã às 16h30. Sir James pede licença para dizer que o assunto sobre o qual deseja consultar Mr. Holmes é muito delicado e também muito importante. Confia, portanto, que Mr. Holmes envidará todos os esforços para conceder essa entrevista e que a confirmará mediante um telefonema para o Carlton Club.

"Não preciso dizer que a confirmei, Watson", disse Holmes quando lhe devolvi o papel. "Sabe alguma coisa sobre esse tal Damery?"

"Sherlock Holmes tirou seu braço comprido, fino e nervoso de debaixo dos panos e puxou um envelope do bolso interno do paletó pendurado ao seu lado." [Howard Elcock, *Strand Magazine*, 1925]

"Apenas que seu nome é muito conhecido na sociedade."

"Bem, posso lhe dizer um pouco mais que isso. Ele tem considerável reputação por resolver assuntos delicados de que os jornais não devem ser informados. Talvez você se lembre da negociação que fez com Sir George Lewis acerca do caso de Hammeford Will. É um homem do mundo com um pendor natural para a diplomacia. Tudo me leva a crer que esta não seja uma pista falsa e que ele tenha real necessidade de nosso auxílio."

"Nosso?"

"Bem, se você tiver a bondade, Watson."

"Será uma honra."

"Então você sabe a hora – quatro e meia. Até lá podemos tirar o assunto da cabeça."

Na época eu morava em meu próprio apartamento em Queen Anne Street, mas estava em Baker Street antes da hora designada. Às quatro e meia em ponto o coronel Sir James Damery foi anunciado. É praticamente desnecessário descrevê-lo, porque muitos se lembrarão daquela personalidade liberal, expansiva e sincera, daquele rosto largo e escanhoado, e, acima de tudo, daquela voz agradável, melodiosa. A franqueza brilhava em seus olhos cinza irlandeses e o bom humor brincava em seus lábios inquietos, sorridentes. Sua cartola reluzente, a sobrecasaca escura, na verdade cada detalhe, do alfinete de pérola na gravata preta de cetim às polainas cor de alfazema sobre os sapatos de verniz, falava do cuidado meticuloso com a vestimenta pelo qual era famoso. O grande e imponente aristocrata dominou a pequena sala.

"Eu esperava encontrar o dr. Watson, é claro", observou ele, curvando-se cortesmente. "Sua colaboração pode ser muito necessária, pois estamos lidando nesta ocasião, Mr. Holmes, com um homem familiarizado com a violência e que irá, literalmente, a qualquer extremo. Devo dizer que não há homem mais perigoso na Europa."

"Tive muitos adversários a quem essa lisonjeira expressão foi aplicada", disse Holmes com um sorriso. "O senhor fuma? Permita-me então acender o meu cachimbo. Se o seu homem for mais perigoso que o finado professor Moriarty, ou que o ainda vivo coronel Sebastian Moran, realmente merece ser encontrado. Posso lhe perguntar o nome dele?"

"Já ouviu falar no barão Gruner?"

"Refere-se ao assassino austríaco?"

O coronel Damery ergueu as mãos calçadas com luvas de pelica, dando uma risada. "Nada lhe escapa, Mr. Holmes! Maravilhoso! Então já concluiu que é um assassino?"

"É meu dever de ofício acompanhar os detalhes do crime continental. Quem poderia ter lido o que aconteceu em Praga e ter alguma dúvida quanto à culpa do homem? O que o salvou foi uma questão legal puramente técnica e a morte suspeita de uma testemunha! Tenho tanta certeza de que matou a mulher por ocasião do pretenso 'acidente' ocorrido no desfiladeiro de Splügen como se tivesse assistido à cena. Sabia, também, que ele viera para a Inglaterra e tinha um pressentimento de que, mais cedo ou mais tarde, me veria às voltas com ele.

Bem, que andou fazendo o barão Gruner? Suponho que não é essa velha tragédia que veio à tona de novo!"

"Não, é mais sério que isso. Vingar o crime é importante, mas impedi-lo é ainda mais. É uma coisa terrível, Mr. Holmes, ver um acontecimento pavoroso, uma situação atroz, armando-se diante de nossos olhos, compreender claramente suas consequências e, apesar disso, ser completamente incapaz de evitá-lo. Pode um ser humano se ver numa situação mais exasperante?"

"Talvez não."

"Nesse caso o senhor se solidarizará com o cliente em cujo interesse estou agindo."

"Não havia entendido que o senhor era meramente um intermediário. Quem é o principal interessado?"

"Devo lhe pedir, Mr. Holmes, que não insista nessa pergunta. É importante que eu possa assegurar a ele que seu honrado nome não foi envolvido de maneira alguma no assunto. Ele tem os motivos mais dignos e cavalheirescos, mas prefere permanecer incógnito. Não preciso dizer que os seus honorários estarão garantidos e que terá carta branca. Claro que o nome real do cliente é irrelevante, não é?"

"Sinto muito", disse Holmes. "Estou habituado a ter mistério numa ponta de meus casos, mas receio que tê-lo em ambas as pontas possa gerar confusão demais. Lamento ter de me recusar a agir."

Nosso visitante ficou extremamente perturbado. Seu rosto largo e sensível carregou-se de emoção e desapontamento.

"Certamente não aquilata o efeito da sua própria ação, Mr. Holmes", disse. "Coloca-me num gravíssimo dilema, pois tenho plena certeza de que teria orgulho de assumir o caso se eu pudesse lhe dar os fatos, embora uma promessa me proíba de revelá-los plenamente. Permite ao menos que lhe exponha tudo o que posso?"

"Sem dúvida, desde que fique entendido que não me comprometo com nada."

"Está entendido. Em primeiro lugar, com certeza ouviu falar do general De Merville?"

"O afamado De Merville de Khyber? Sim, ouvi falar dele."

"Ele tem uma filha, Violet de Merville, jovem, rica, bonita, prendada, uma mulher admirável sob todos os aspectos. É essa filha, essa moça encantadora e inocente, que estamos tentando salvar das garras de um demônio."

"Então o barão Gruner tem alguma influência sobre ela?"

"A mais forte de todas as influências em se tratando de uma mulher – a influência do amor. O sujeito é, como talvez tenha ouvido falar, extraordinariamente bem-apessoado, com maneiras as mais fascinantes, uma voz suave e aquele ar de romance e mistério que tanto impressiona uma mulher. Dizem que tem todas elas à sua mercê e que tira amplo proveito disso."

"Mas como semelhante homem veio a conhecer uma dama da posição social de Miss Violet de Merville?"

"Foi numa viagem de iate pelo Mediterrâneo. Embora fosse um grupo seleto, os integrantes pagaram as próprias passagens. Sem dúvida os organizadores só perceberam o verdadeiro caráter do barão quando era tarde demais. O vilão insinuou-se junto à dama, e com tal competência que lhe conquistou completa e absolutamente o coração. Dizer que ela o ama é ficar aquém da verdade. Ela é louca, é obcecada por ele. Fora dele não existe nada sobre a Terra. Não admite ouvir uma só palavra contra ele. Tudo foi feito para curá-la dessa loucura, mas em vão. Em resumo, ela pretende se casar com ele no mês que vem. Como é maior de idade e tem uma vontade de ferro, é difícil imaginar um meio de impedi-la."

"Ela tem conhecimento do episódio austríaco?"

"O diabo ardiloso contou-lhe todos os abomináveis escândalos públicos de sua vida passada, mas de maneira a aparecer como um mártir inocente. Ela aceita completamente sua versão e se recusa a ouvir qualquer outra."

"Meu Deus! Mas parece que, inadvertidamente, deixou escapar o nome de seu cliente. É sem dúvida o general De Merville, não?"

Nosso visitante agitou-se em sua cadeira.

"Eu poderia enganá-lo dizendo que sim, Mr. Holmes, mas não seria verdade. De Merville é um homem arrasado. O forte soldado ficou inteiramente acovardado por esse incidente. Perdeu a coragem que nunca lhe faltou no campo de batalha e se tornou um velho fraco, trêmulo, incapaz de lutar com um patife brilhante, convincente como esse austríaco. Meu cliente, no entanto, é um velho amigo, um homem que conhece o general intimamente há muitos anos e desenvolveu um interesse paternal por essa menina desde que ela usava vestido curto. Ele é incapaz de ver essa tragédia se consumar de braços cruzados. Não é uma situação em que a Scotland Yard possa agir. Foi sugestão dele mesmo que o senhor fosse chamado, mas isso, como eu disse, sob a recomendação expressa de que ele não deveria ser pessoalmente envolvido no assunto. Não tenho dúvida, Mr. Holmes, de que, com seus grandes poderes, conseguiria descobrir facilmente quem é o meu cliente por meu intermédio, mas devo lhe pedir, como ponto de honra, que se abstenha de fazê-lo e não quebre seu anonimato."

Holmes abriu um sorriso despropositado.

"Acho que posso certamente lhe prometer isso", disse. "Posso acrescentar que seu problema me interessa e que estou disposto a examiná-lo. Como poderei entrar em contato com o senhor?"

"O Carlton Club me encontrará. Mas, em caso de emergência, há um telefone privado: 'XX.31.'"

Holmes anotou-o e se sentou, ainda sorrindo, com sua agenda aberta sobre os joelhos.

"O endereço atual do barão, por favor?"

"Vernon Lodge, perto de Kingston. É uma casa grande. Ele tem tido sorte em algumas especulações bastante duvidosas e é um homem rico, o que, naturalmente, faz dele um rival mais perigoso."

"Ele está em casa no momento?"

"Está."

"Afora o que me contou, pode me dar mais alguma informação sobre o homem?"

"Ele tem gostos dispendiosos. É um aficionado dos cavalos. Durante um breve tempo jogou polo em Hurlingham, mas depois esse caso de Praga suscitou rumores e ele teve de abandonar o esporte. Coleciona livros e pinturas. É um homem com considerável faceta artística em sua natureza. É, acredito, uma autoridade reconhecida em cerâmica chinesa e escreveu um livro sobre o assunto."

"Uma mente complexa", disse Holmes. "Todos os grandes criminosos são assim. Meu velho amigo Charlie Peace era um virtuose do violino. Wainwright era um artista respeitável. Eu poderia citar muitos outros. Bem, Sir James, queira informar ao seu cliente que estou voltando minha mente para o barão Gruner. Não posso dizer mais nada. Tenho algumas fontes de informação próprias e atrevo-me a dizer que daremos um jeito de abordar o caso."

Depois que nosso visitante nos deixou, Holmes passou tanto tempo imerso em profundos pensamentos que tive a impressão de que se esquecera da minha presença. Por fim, contudo, voltou vividamente à Terra.

"Bem, Watson, alguma opinião?"

"Eu diria que o melhor seria você ver a própria jovem."

"Meu caro Watson, se o pobre e alquebrado pai dela não a consegue demover, como eu, um estranho, o conseguiria? No entanto, a sugestão faz algum sentido, se tudo o mais falhar. Mas acho que devemos começar de um ângulo diferente. Imagino que Shinwell Johnson certamente nos poderá ser útil."

Ainda não tive oportunidade de mencionar Shinwell Johnson nestas memórias porque raramente extraí meus casos das últimas fases da carreira do meu amigo. Durante os primeiros anos do século, ele se tornou um assistente valioso. Johnson, lamento dizer, fez seu nome de início como um bandido muito perigoso e cumpriu penas severas em Parkhurst.

Por fim, arrependeu-se e aliou-se a Holmes, passando a operar como seu agente no enorme submundo de Londres e obtendo informações que muitas vezes se provavam de importância vital. Fosse Johnson um alcaguete da polícia, logo teria sido flagrado, mas como lidava com casos que jamais chegavam diretamente aos tribunais, suas atividades nunca eram percebidas por seus companheiros. Com o *glamour* que seus dois sentenciamentos lhe conferiam, tinha acesso a todos os *night-clubs*, hotéis baratos e antros de jogo da cidade, e sua observação rápida e cérebro ativo faziam dele um agente ideal para cavar informações. Era a ele que Sherlock Holmes pretendia recorrer agora.

Não me foi possível acompanhar os passos imediatos do meu amigo, pois eu tinha alguns assuntos profissionais prementes para resolver, mas marcamos um encontro para aquela noite no Simpson's, onde, sentados a uma mesinha junto à janela da frente e contemplando o agitado fluxo de pessoas no Strand, ele me contou alguma coisa do que se passara.

"Johnson está à espreita", disse. "Talvez consiga recolher algum lixo nos recessos mais escuros do submundo, porque é lá, em meio às raízes negras do crime, que devemos procurar os segredos desse homem."

"Mas, se a dama não admite o que já é sabido, por que alguma nova descoberta a demoveria de sua intenção?"

"Quem sabe, Watson? O coração e a mente de uma mulher são enigmas insolúveis para o homem. O assassinato pode ser tolerado ou explicado, e, não obstante, uma ofensa menor poderia exasperar. O barão Gruner comentou comigo..."

"Comentou com você?"

"Oh, mas é claro, eu não lhe havia contado meus planos! Bem, Watson, gosto de me atracar diretamente com o meu homem. Gosto de estar com ele olho no olho e ver por mim mesmo de que estofo é feito. Depois de instruir Johnson, tomei um carro de aluguel para Kingston e encontrei o barão numa disposição extremamente afável."

"Ele o reconheceu?"

"Não houve dificuldade quanto a isso, pois simplesmente lhe enviei o meu cartão. É um excelente rival, frio como gelo, de voz aveludada, sereno como um de seus elegantes clientes, Watson, e venenoso como uma naja. Tem estirpe, é um verdadeiro aristocrata do crime, com uma sugestão superficial de chá da tarde e toda a crueldade da sepultura por trás dela. Sim, estou satisfeito por ter voltado minha atenção para o barão Adelbert Gruner."

"Disse que ele foi afável?"

"Um gato ronronante que pensa estar vendo camundongos se aproximarem. A afabilidade de algumas pessoas é mais mortífera que a violência de almas mais grosseiras. Sua saudação foi característica: 'Tinha certeza de que o veria mais cedo ou mais tarde, Mr. Holmes', disse. 'Foi contratado, sem dúvida, pelo general De Merville para tentar evitar meu casamento com sua filha Violet. Não foi?'

"Concordei.

"'Vai apenas arruinar a sua merecida reputação, meu caro', disse ele. 'É um caso em que não tem nenhuma chance de sucesso. Terá um trabalho estéril, para não mencionar que correrá algum perigo. Permita que o aconselhe veementemente a se afastar de imediato.'

"'É curioso', respondi, 'mas esse é exatamente o conselho que eu pretendia lhe dar. Tenho respeito pelo seu cérebro, barão, e o pouco que vi de sua personalidade não o diminuiu. Permita-me falar-lhe de homem para homem. Ninguém quer revolver seu passado e lhe causar desconfortos desnecessários. O caso está encerrado e agora o senhor navega em águas plácidas, mas se insistir nesse casamento açulará um enxame de inimigos poderosos que não lhe darão sossego até terem tornado a Inglaterra inóspita para o senhor. Será que vale a pena? Certamente seria mais prudente deixar a dama em paz. Não lhe seria agradável se esses fatos do seu passado fossem levados ao conhecimento dela.'

"O barão tem pelinhos encerados sob o nariz, como as anteninhas de um inseto, que, a essas palavras, vibraram divertidamente, e ele por fim deu uma risadinha suave.

"'Desculpe a minha hilaridade, Mr. Holmes', disse, 'mas é realmente engraçado vê-lo tentando fazer uma jogada sem cartas na mão. Acho que ninguém faria isso melhor, mas mesmo assim é um tanto patético. Não tem nenhuma figura na mão, Mr. Holmes, nada a não ser as cartas mais baixas.'

"'É o que pensa.'

"'É o que sei. Permita-me deixar as coisas claras para o senhor, pois minha mão é tão forte que posso me dar ao luxo de mostrá-la. Tive a ventura de conquistar a afeição plena dessa dama. Isso me foi dado apesar de eu lhe ter contado muito claramente todos os infelizes incidentes de minha vida passada.

Disse-lhe também que certas pessoas cruéis e ardilosas – espero que o senhor se reconheça – se aproximariam dela e lhe contariam essas coisas, e ensinei-lhe como tratá-las. Já ouviu falar de sugestão pós-hipnótica, Mr. Holmes? Bem, verá como isso funciona, pois um homem de personalidade pode usar o hipnotismo sem quaisquer passes ou outras tolices vulgares. Portanto ela está pronta para o senhor e, não tenho dúvida, se disporá a recebê-lo, pois é muito obediente à vontade do pai – exceto numa pequena questão.'

"Bem, Watson, como parecia não haver mais nada a dizer, despedi-me com a dignidade mais fria que consegui reunir; quando eu tinha a mão na maçaneta, porém, ele me deteve.

"'A propósito, Mr. Holmes', disse, 'conheceu Le Brun, o agente francês?'

"'Sim', respondi.

"'Sabe o que lhe aconteceu?'

"'Ouvi falar que levou uma surra de alguns apaches no bairro de Montmartre e ficou aleijado para o resto da vida.'

"'Isso mesmo, Mr. Holmes. Por uma curiosa coincidência, ele andara fazendo perguntas sobre meus negócios apenas uma semana antes. Não faça isso, Mr. Holmes; não é uma boa ideia. Muita gente descobriu isso. A última palavra que lhe digo é: siga o seu caminho e deixe-me seguir o meu. Até logo!'

"É isto, Watson. Agora você está a par dos últimos acontecimentos."

"O sujeito parece perigoso."

"Imensamente perigoso. Desprezo o fanfarrão, mas este é o tipo de homem que diz bem menos do que pensa."

"Quando eu tinha a mão na maçaneta, ele me deteve: 'A última palavra que lhe digo é: siga o seu caminho e deixe-me seguir o meu. Até logo!'" [Howard Elcock, *Strand Magazine*, 1925]

"Você deve interferir? É mesmo importante impedi-lo de se casar com a moça?"

"Considerando que ele indubitavelmente assassinou a última esposa, eu deveria dizer que é importantíssimo. Ademais, o cliente! Bem, bem, não precisamos discutir isso. Quando você tiver terminado o seu café, seria melhor vir comigo, pois o alegre Shinwell estará lá com o relatório dele."

De fato o encontramos, um homem enorme, grosseiro, de cara vermelha, escorbútico, com um par de brilhantes olhos pretos que eram o único sinal exterior da mente espertíssima que havia ali dentro. Parecia que havia mergulhado num reino peculiarmente seu, e tinha a seu lado no sofá uma tocha que trouxera, na forma de uma moça delgada, fogosa, com um rosto pálido e intenso, mas apesar disso tão desgastado pelo pecado e a dor que era possível adivinhar os terríveis anos que haviam deixado sua marca leprosa sobre ela.

"Esta é Miss Kitty Winter", disse Shinwell Johnson, estendendo sua mão gorda à guisa de apresentação. "O que ela não sabe... bem, ela falará por si mesma. Pus a mão nela, Mr. Holmes, menos de uma hora depois de receber seu recado."

"É fácil me encontrar", disse a moça. "É só procurar no Inferno, em Londres. O mesmo endereço de Porky Shinwell. Somos velhos camaradas, Porky, você e eu. Mas, por Deus! Há um outro que deveria estar metido num inferno mais profundo que nós se houvesse alguma justiça no mundo! É o homem que está procurando, Mr. Holmes."

Holmes sorriu. "Vejo que temos a sua bênção, Miss Winter."

"Se eu puder ajudar a pô-lo onde deveria estar, sou sua até os estertores", disse nossa visitante com inflamada energia. Havia em seu rosto branco e determinado e em seus olhos chamejantes uma intensidade de ódio que raramente um homem ou uma mulher consegue atingir. "Não precisa vasculhar o meu passado, Mr. Holmes. Ele não vem ao caso. Mas o que eu sou é o que Adelbert Gruner fez de mim. Se eu pudesse destruí-lo!" Agarrou o ar com as mãos freneticamente.

"Oh, se eu pudesse apenas puxá-lo para o poço no qual ele empurrou tantos!"

"Sabe em que pé estão as coisas?"

"Porky Shinwell andou me dizendo. Anda atrás de outra pobre idiota e pretende se casar com ela desta vez. O senhor quer impedi-lo. Bem, certamente sabe o bastante sobre esse demônio para impedir que qualquer moça decente, em seu juízo perfeito, queira fazer parte da mesma paróquia que ele."

"Ela não está em seu juízo perfeito. Está loucamente apaixonada. Contaram-lhe tudo sobre ele. Não dá a menor importância."

"Contaram-lhe sobre o assassinato?"

"Contaram."

"Meu Deus! Ela deve ter muita coragem!"

"Ela cala a boca de todos como caluniadores."

"Não poderia expor provas diante dessa tola?"

"Bem, pode nos ajudar a fazer isso?"

"Se posso? Claro que sim!"

"Bem, vale a pena tentar. Mas ele contou a ela a maior parte de seus pecados e obteve o seu perdão, e pelo que entendo ela não está disposta a reconsiderar."

"Aposto que ele não lhe contou tudo", disse Miss Winter. "Pude depreender que houve um ou dois assassinatos além desse que causou tanto furor. Ele falava de alguém com sua maneira aveludada, e depois me lançava um olhar firme e dizia: 'Ele morreu menos de um mês depois.' E não era conversa-fiada. Mas eu pouco me importava – o senhor entende. Eu também o amava nessa época. Aprovava o que quer que fizesse, como essa pobre tonta! Houve apenas uma coisa que me abalou. Sim, por Cristo, se não tivesse sido sua língua mentirosa, venenosa, que explica e abranda, eu o teria deixado aquela noite mesmo. É um livro que ele tem – um livro com capa de couro marrom, com suas armas em dourado e uma fechadura. Acho que ele estava um pouquinho tocado aquela noite, ou não o teria mostrado para mim."

"Que era, então?"

"Vou lhe contar, Mr. Holmes, esse homem coleciona mulheres, e se orgulha de sua coleção, como alguns homens colecionam mariposas ou borboletas. Tinha tudo naquele livro. Fotografias instantâneas, nomes, detalhes, tudo sobre elas. Era um livro abominável – um livro que nenhum homem, nem que tivesse vindo da sarjeta, poderia ter composto. Mas esse era o livro de Adelbert Gruner. 'Almas que arruinei' – ele poderia ter escrito isto na capa se a ideia lhe tivesse ocorrido. No entanto, isso é irrelevante, pois o livro não lhe serviria, e, mesmo que servisse, o senhor não o conseguiria."

"Onde está?"

"Como posso lhe dizer onde está agora? Faz mais de um ano que o deixei. Sei onde ele o guardava naquela época. Mas como é em muitas coisas um homem preciso, metódico, é possível que ainda o guarde no escaninho da velha secretária em seu gabinete interno. Conhece a casa dele?"

"Estive no gabinete", disse Holmes.

"Esteve mesmo? Não brincou em serviço, se é que começou só esta manhã. Talvez o caro Adelbert tenha encontrado um adversário à sua altura desta vez. O gabinete externo é o que contém as cerâmicas chinesas – um grande armário de vidro entre as duas janelas. Depois, atrás da escrivaninha, há uma porta que leva ao gabinete interno – uma salinha onde ele guarda papéis e coisas."

"Ele não tem medo de ladrões?"

"Adelbert não é nenhum covarde. Nem seu pior inimigo poderia dizer isso dele. É capaz de tomar conta de si mesmo. Há um alarme contra ladrões à noite. Além disso, o que há ali para um ladrão – a menos que fugisse com toda aquela cerâmica arrebicada?"

"Mau negócio", disse Shinwell Johnson, com o tom de voz decidido do especialista. "Nenhum receptador quer coisas desse tipo, que não se pode fundir nem vender."

"Naturalmente", disse Holmes. "Bem, Miss Winter, se tiver a bondade de vir aqui amanhã às cinco da tarde, eu consideraria nesse meio-tempo se sua sugestão de ver essa dama pessoalmente não pode ser arranjada. Sou-lhe extremamente grato por sua cooperação. Não preciso dizer que meu cliente considerará generosamente..."

"Em absoluto, Mr. Holmes", exclamou a moça. "Não quero dinheiro. Deixe-me ver esse homem na lama, e terei tudo aquilo pelo que trabalhei – na lama com o meu pé sobre seu maldito rosto. É o meu preço. Estarei com o senhor amanhã ou qualquer outro dia, contanto que esteja na pista dele. Porky aqui sempre saberá lhe dizer onde me encontrar."

Não voltei a ver Holmes até a noite seguinte, quando jantamos mais uma vez em nosso restaurante do Strand. Ele deu de ombros quando lhe perguntei como se saíra em sua entrevista. Depois contou-me a história, que eu repetiria como se segue.

Seu relato duro, seco, requer alguns acréscimos para suavizá-lo nos termos da vida real.

"Não tive nenhuma dificuldade para marcar a entrevista", disse Holmes, "pois a moça adora demonstrar uma obediência filial abjeta em todas as coisas secundárias, numa tentativa de expiar a flagrante rebeldia que é o seu noivado. O general me comunicou por telefone que tudo estava pronto e a inflamada Miss W. apareceu na hora marcada, de modo que ao meio-dia e meia um carro de aluguel nos deixou diante do nº 104 de Berkeley Square, onde o velho soldado reside – um desses horrorosos castelos cinzentos de Londres que fariam uma igreja parecer frívola. Um lacaio nos introduziu numa vasta sala de estar com cortinas amarelas e lá estava uma senhora à nossa espera, recatada, pálida, autossuficiente, tão inflexível e distante como uma imagem de neve sobre uma montanha.

"Não sei como lhe dar uma imagem clara dela, Watson. Talvez possa encontrá-la antes de terminarmos, e poderá usar seu próprio dom da palavra. Ela é bonita, mas é a beleza etérea, sobrenatural, de alguns fanáticos cujos pensamentos estão nas alturas. Vi rostos como esse nas pinturas dos velhos mestres da Idade Média. Não consigo imaginar como um homem tão bestial pode ter posto suas patas vis em semelhante criatura do além. Talvez você já tenha notado como os extremos se atraem, o espiritual e o animal, o homem da caverna e o anjo. Você nunca viu um caso pior que este.

"Ela sabia para que eu estava lá, é claro – aquele canalha não havia perdido tempo em envenenar sua mente contra nós. A aparição de Miss Winter surpreendeu-a bastante, penso eu, mas ela nos indicou nossas respectivas cadeiras como uma reverenda abadessa recebendo dois mendigos leprosos. Caso você tenda a se tornar presunçoso, meu caro Watson, faça um curso com Miss Violet de Merville.

"'Bem, senhor', disse ela, com uma voz que parecia o vento soprado de um iceberg, 'seu nome me é familiar. Veio aqui, pelo que entendo, para denegrir meu noivo, o barão Gruner. Foi somente a pedido de meu pai que me dispus a recebê-lo e o advirto de antemão de que nada do que possa dizer terá o mais leve efeito sobre a minha mente.'

"Tive pena dela, Watson. Vi-a naquele momento como veria uma filha. Não costumo ser eloquente. Uso a cabeça, não o coração. Mas realmente argumentei com ela com todo o ardor que consegui encontrar em minha natureza. Descrevi para ela a horrível posição da mulher que só acorda para o caráter de um homem depois de se casar com ele – uma mulher que tem de se submeter a ser acariciada por mãos sujas de sangue e lábios devassos. Não a poupei de nada – da vergonha, do medo, da agonia, do desespero de tudo isso. Todas as minhas palavras inflamadas não foram capazes de produzir um toque de cor naquelas faces de marfim ou um lampejo de emoção naqueles olhos absortos. Pensei no que o canalha dissera sobre influência pós-hipnótica. Seria realmente possível acreditar que ela estava vivendo acima da Terra, em algum sonho extático. Não houve, contudo, nada de vago em suas respostas.

"'Eu o ouvi com paciência, Mr. Holmes', disse ela. 'O efeito sobre minha mente é exatamente o previsto. Sei que Adelbert, que meu noivo, teve uma vida tempestuosa em que incorreu em rancores atrozes e calúnias as mais injustas. O senhor é apenas o último de uma série que trouxe suas difamações a meus ouvidos. É possível que sua intenção seja boa, embora eu tenha conhecimento de que é um agente pago que teria se disposto a agir tanto a favor do barão como contra ele. Mas, seja como for, desejo que compreenda de uma vez por todas que eu o amo e ele me ama, e que a opinião do mundo inteiro não é para mim mais que esse gorjeio de pássaros que nos chega pela janela. Se a nobre natureza dele fraquejou alguma vez por um instante, pode ser que eu tenha sido especialmente enviada para reconduzi-la a seu verdadeiro e elevado nível. Não sei ao certo' – e nesse momento voltou os olhos para minha companheira – 'quem pode ser essa jovem senhora.'

"Eu estava prestes a responder quando a moça irrompeu como um turbilhão. Se alguma vez você viu fogo e gelo face a face, eram essas duas mulheres.

"'Vou lhe dizer quem sou', exclamou ela, saltando de sua cadeira, a boca contorcida pela exaltação – 'sou a última amante dele. Sou uma das centenas que ele tentou, usou, arruinou e jogou na lixeira, como fará também com a senhora. *Sua* lixeira será mais provavelmente um túmulo, e talvez isso seja o melhor. Eu lhe digo, sua tola: se vier a se casar com esse homem, encontrará a morte. Talvez seja um coração partido, ou talvez um pescoço quebrado, mas ele dará cabo da senhora de uma maneira ou outra. Não é por amor à senhora que estou falando. Tanto se me dá que viva ou morra. É por ódio dele, para lhe fazer mal e para me vingar do que me fez. Mas pouco me importa, e não precisa me olhar assim, minha bela dama, porque poderá estar mais baixo do que eu estava antes de sair dessa.'

"'Prefiro não discutir esses assuntos', disse Miss de Merville friamente. 'Permitam-me dizer de uma vez por todas que estou ciente de três momentos na vida de meu noivo em que ele se envolveu com mulheres ardilosas, e que tenho certeza de seu sincero arrependimento por qualquer mal que possa ter causado.'

"'Três momentos!' gritou minha companheira. 'Sua tola! Sua tola inqualificável!'

"'Mr. Holmes, peço-lhe que encerre esta entrevista', disse a gélida voz. 'Obedeci ao desejo de meu pai recebendo-o, mas não sou obrigada a ouvir os destemperos dessa pessoa.'

"Soltando uma praga, Miss Winter jogou-se para a frente e, se eu não a tivesse segurado pelo pulso, teria agarrado aquela mulher ensandecida pelo cabelo. Arrastei-a para a porta e tive a sorte de conseguir enfiá-la no carro de aluguel sem um escândalo público, pois ela estava fora de si de raiva. De uma maneira contida, eu também estava furioso, Watson, pois havia algo de indescritivelmente irritante no calmo alheamento e na suprema autossatisfação daquela mulher que tentávamos salvar. Agora, portanto, mais uma vez, você sabe exatamente em que pé estamos, e é claro que preciso planejar algum novo movimento de abertura, pois esse gambito não funciona. Vou me manter em contato com você, Watson, pois é mais do que provável que você tenha um papel a desempenhar, embora seja igualmente possível que a próxima jogada vá caber a eles e não a nós."

E assim foi. Eles desferiram o golpe – ou melhor, ele desferiu, porque nunca pude acreditar que a dama estivesse a par disso. Acho que eu poderia mostrar exatamente o paralelepípedo que pisava quando meus olhos caíram sobre o cartaz, e uma pontada de angústia atravessou-me a alma. Foi entre o Grand Hotel e a Charing Cross Station, onde um jornaleiro perneta exibia seus jornais vespertinos. Fazia apenas dois dias que tivéramos a última conversa. Ali, preto sobre amarelo, estava a terrível manchete:

ATAQUE HOMICIDA
A SHERLOCK HOLMES

Creio que fiquei atordoado por alguns instantes. Depois tenho a confusa lembrança de ter passado a mão num jornal, do protesto do homem, a quem não paguei, e, finalmente, de parar na porta de uma farmácia enquanto procurava o fatídico parágrafo. Eis o que ele dizia:

> Soubemos com pesar que Mr. Sherlock Holmes, o conhecido detetive particular, foi vítima esta manhã de uma tentativa de homicídio que o deixou em deplorável estado. Não dispomos de detalhes precisos, mas o episódio parece ter ocorrido por volta do meio-dia em Regent Street, em frente ao Café Royal. O ataque foi obra de dois homens armados com bordões, e Mr. Holmes, atingido na cabeça e no corpo, apresenta ferimentos que os médicos qualificam de extremamente graves. Ele foi carregado para o Hospital de Charing Cross e mais tarde insistiu em ser levado para seus aposentos em Baker Street. Ao que parece, os malfeitores que o atacaram eram homens respeitavelmente vestidos, que fugiram dos circunstantes atravessando o Café Royal e saindo pelos fundos, em Glasshouse Street. Sem dú-

vida pertencem àquela irmandade criminosa que tantas vezes teve oportunidade de lamentar a atividade e a engenhosidade do ferido.

Não preciso dizer que, mal correra os olhos pelo parágrafo acima, eu já havia saltado num *hansom* e rumava para Baker Street. Encontrei Sir Leslie Oakshott, o famoso cirurgião, no vestíbulo e seu *brougham* à espera junto ao meio-fio.

[Howard Elcock, *Strand Magazine*, 1925]

"O ataque foi obra de dois homens armados com bordões." [Howard Elcock, *Strand Magazine*, 1925]

"Não há perigo imediato", anunciou-me. "Duas dilacerações no couro cabeludo e algumas contusões consideráveis. Vários pontos foram necessários. Apliquei-lhe uma injeção de morfina e o repouso é essencial, mas alguns minutos de conversa não seriam proibidos em absoluto."

Com essa permissão, entrei furtivamente no quarto à meia-luz. O paciente estava inteiramente acordado e ouvi meu nome num sussurro rouco. A persiana estava três quartos baixada, mas um raio de sol oblíquo penetrava, iluminando a cabeça enfaixada do ferido. Uma mancha vermelha molhara as compressas brancas. Sentei-me ao lado dele e abaixei a cabeça.

"Tudo bem, Watson. Não fique tão assustado", murmurou ele numa voz muito fraca. "Não é tão grave como parece."

"Graças a Deus!"

"Sou um especialista em se tratando de um único atacante, como você sabe. Consegui me defender da maioria dos golpes. Foi o segundo homem que se revelou demais para mim."

"Que posso fazer, Holmes? É claro, foi aquele maldito sujeito que os mandou. Vou lá e lhe arranco o couro se você me autorizar."

"Meu velho Watson! Não, não podemos fazer nada, a menos que a polícia ponha a mão nesses homens. Mas sua fuga havia sido bem-preparada. Podemos ter certeza disso. Espere um pouco. Tenho os meus planos. A primeira coisa é exagerar os meus ferimentos. Eles o procurarão em busca de notícias. Carregue nas tintas, Watson. Diga que terei muita sorte se viver uma semana – concussão, delírio, o que você quiser! Nenhum exagero será demais."

"Mas e Sir Leslie Oakshott?"

"Oh, não se preocupe. Ele verá meu pior lado. Cuidarei disso."

"Mais alguma coisa?"

"Sim. Diga a Shinwell Johnson para tirar aquela moça do caminho. Aqueles sujeitos vão estar à procura dela agora. Eles sabem, é claro, que ela estava comigo no caso. Se ousaram me atacar é pouco provável que a poupem. É urgente. Faça isso hoje à noite."

"Vou agora. Mais alguma coisa?"

"Ponha meu cachimbo na mesa – e o chinelo com o fumo. Ótimo! Venha todas as manhãs e planejaremos nossa campanha."

Combinei com Johnson aquela noite que Miss Winter seria levada para um subúrbio sossegado e ficaria escondida até que o perigo passasse.

Durante seis dias o público ficou sob a impressão de que Holmes estava às portas da morte. Os boletins falavam de um estado muito grave e parágrafos sinistros apareciam nos jornais. Minhas contínuas visitas me asseguravam de que as coisas não andavam assim tão mal. Sua constituição vigorosa e sua vontade resoluta operavam maravilhas. Ele se recuperava rapidamente e vez por outra eu desconfiava de que, na verdade, estava se recobrando mais depressa do que aparentava, mesmo para mim. O homem cultivava um curioso amor ao mistério que levava a muitos efeitos espetaculares, mas deixava até seu amigo mais íntimo sem saber quais poderiam ser exatamente os seus planos. Levava ao extremo o axioma segundo o qual o único conspirador seguro é o que conspira sozinho. Embora eu estivesse mais próximo dele que qualquer outra pessoa, tinha permanente consciência do fosso que nos separava.

No sétimo dia os pontos foram retirados, mas a notícia publicada nos jornais vespertinos falava de erisipela. Os mesmos jornais vespertinos traziam uma notícia que me vi obrigado, estivesse ele bem ou mal, a levar para o meu amigo. Dizia simplesmente que entre os passageiros do navio *Ruritania*, da companhia Cunard, que partiria de Liverpool na sexta-feira, estava o barão Adelbert Gruner, que tinha importantes negócios financeiros a resolver nos Estados Unidos antes de seu iminente casamento com Miss Violet de Merville, a única filha de etc. etc. Enquanto Holmes ouvia a notícia, vi estampada em seu rosto pálido uma expressão fria e concentrada que me revelou que ela o atingia profundamente.

"Sexta-feira!" exclamou. "Só três dias livres. Acredito que o patife quer se pôr a salvo de qualquer perigo. Mas não conseguirá, Watson! Com os diabos, não conseguirá! Agora, Watson, quero que me faça um favor."

"Estou ao seu dispor, Holmes."

"Bem, então dedique as próximas vinte e quatro horas a um intenso estudo da cerâmica chinesa."

Não me deu explicação, nem eu pedi nenhuma. Graças a uma longa experiência, eu havia aprendido a sabedoria da obediência. Mas depois de deixar seu quarto, caminhei por Baker Street dando tratos à bola: como cumprir ordem tão estranha? Finalmente, peguei um carro até a Biblioteca de Londres em St. James's Square, expus o assunto ao meu amigo Lomax, o bibliotecário assistente, e tomei o caminho de casa com um grosso volume debaixo do braço.

Dizem que um advogado que estuda um assunto às pressas para poder interrogar uma testemunha especializada na segunda-feira já terá esquecido todo esse conhecimento forçado antes do sábado. Eu certamente não gostaria de posar agora como uma autoridade em cerâmica. No entanto, durante todo aquele serão e toda aquela noite, com um curto intervalo para repouso, e toda a manhã seguinte, absorvi conhecimento e decorei nomes. Aprendi sobre todas as marcas de autenticidade dos grandes artistas decoradores, sobre o mistério das datas cíclicas, as marcas do período Hung-wu e as beldades de Yung-lo, os escritos de Tang-ying, e as glórias do período primitivo das dinastias Sung e Yüan. Estava de posse de toda essa informação quando visitei Holmes na noite seguinte. Encontrei-o já fora da cama, coisa que teria sido difícil presumir a partir das notícias publicadas, aninhado, com a cabeça toda enfaixada repousando sobre a mão, na sua poltrona favorita.

"Ora, Holmes", disse eu, "a se acreditar nos jornais, você está morrendo."

"Esta", respondeu ele, "é exatamente a impressão que pretendi dar. E então, Watson, aprendeu as suas lições?"

"Pelo menos tentei."

"Bom. Seria capaz de manter uma conversa inteligente sobre o assunto?"

"Acredito que sim."

"Então me passe aquela caixinha no aparador da lareira."

Ele abriu a tampa e retirou um pequeno objeto muito cuidadosamente embrulhado numa fina seda oriental. Desdobrou-a e revelou um delicado pires de um belíssimo azulão.

"É preciso tocá-lo com muito cuidado, Watson. É a verdadeira porcelana casca de ovo da dinastia Ming. Nunca peça superior passou pela Christie's. Um conjunto completo como esse valeria o resgate de um rei – de fato, é duvidoso que exista um conjunto completo fora do palácio imperial de Pequim. A visão de tal coisa deixaria um verdadeiro *connaisseur* enlouquecido."

"Que devo fazer com ele?"

Holmes entregou-me um cartão em que estava impresso: "Dr. Hill Barton, Half Moon Street, 369."

"Este será seu nome hoje à noite, Watson. Você irá à casa do barão Gruner. Conheço um pouco os seus hábitos e às oito e meia provavelmente estará livre. Uma mensagem lhe comunicará de antemão que você irá visitá-lo, e você dirá que está lhe levando uma peça de um conjunto absolutamente ímpar de cerâmica Ming. Pode se apresentar como médico também, já que esse é um papel que você pode desempenhar sem duplicidade. Você é um colecionador, esse conjunto atravessou o seu caminho, você ouviu falar do interesse do barão no assunto e não está avesso a vendê-lo por certo preço."

"Que preço?"

"Boa pergunta, Watson. Você daria certamente um grave vexame se não soubesse o preço de suas próprias mercadorias. Este pires foi obtido para mim por Sir James e vem, pelo que entendi, da coleção do seu cliente. Você não estará exagerando se disser que dificilmente se encontraria outro igual no mundo."

"Talvez eu pudesse sugerir que o conjunto fosse avaliado por um especialista."

"Excelente, Watson! Você está fulgurante. Sugira Christie ou Sotheby. Sua delicadeza o impede de fixar um preço você mesmo."

"Mas e se ele não me receber?"

"Oh, sim, ele o receberá. Tem a mania da coleção em sua forma mais aguda – e especialmente nesse assunto, sobre o qual é uma autoridade reconhecida. Sente-se, Watson, vou lhe ditar a carta. Nenhuma resposta é necessária. Você dirá simplesmente que irá vê-lo, e por quê."

Foi um documento admirável, curto, cortês e estimulante para a curiosidade de um *connaisseur*. Um mensageiro distrital foi devidamente despachado com ele. Na mesma noite, com o precioso pires na mão e o cartão do dr. Hill Barton no bolso, parti para a minha aventura.

A bela casa num amplo terreno indicava que o barão Gruner era, como Sir James dissera, um homem de considerável fortuna. Um longo e serpeante caminho, com massas de arbustos raros de ambos os lados, levava a um grande pátio de cascalho adornado com estátuas. A casa fora construída por um rei do ouro sul-africano na época do grande *boom*, e a construção comprida e baixa, com torrinhas nos cantos, embora fosse um pesadelo arquitetônico, impunha-se pelo tamanho e a solidez. Um mordomo que poderia ter adornado uma bancada de bispos me fez entrar e me confiou a um lacaio vestido de veludo, que me levou à presença do barão.

Ele estava de pé diante da porta aberta de um grande armário que ficava entre as janelas e que continha parte de sua coleção chinesa. Virou-se quando entrei, com um pequeno vaso marrom na mão.

"Tenha a bondade de se sentar, doutor", disse. "Eu estava examinando meus próprios tesouros e pensando se realmente teria condições de fazer alguma aquisição. Este pequeno exemplar Tang, que data do século VII, provavelmente lhe interessaria. Tenho certeza de que nunca viu execução mais primorosa ou esmalte mais magnífico. Trouxe o pires Ming de que falou?"

Desembrulhei a peça cuidadosamente e entreguei-a. Ele se sentou à sua escrivaninha, aproximou a lâmpada, pois estava escurecendo, e pôs-se a examiná-la. Enquanto o fazia, a luz amarela incidia sobre seus próprios traços, e pude estudá-lo tranquilamente.

Era sem dúvida um homem notavelmente bem-apessoado. Sua fama europeia de beleza era plenamente merecida. Embora de altura apenas mediana, tinha uma constituição graciosa, de linhas vigorosas. O rosto era moreno, quase oriental, com olhos grandes, escuros e langorosos que poderiam facilmente exercer um fascínio irresistível sobre as mulheres. O cabelo e o bigode eram negros; este último curto, pontudo e cuidadosamente encerado. Os traços eram regulares e agradáveis, exceto pela boca reta, de lábios finos. Se alguma vez vi a boca de um assassino foi aquela – um corte cruel e duro na face, cerrada, inexorável e terrível. Uma imprudência de sua parte afastar dela o bigode, pois era o sinal de perigo da natureza, exibido como uma advertência para suas vítimas. Sua voz era cativante e as maneiras pareciam perfeitas. Quanto à idade, calculei que tinha pouco mais de trinta anos, embora mais tarde seus documentos tenham mostrado que tivesse quarenta e dois.

"Belíssimo – realmente belíssimo!" disse ele finalmente. "E disse que tem um conjunto de seis, completando o jogo. O que me intriga é que eu nunca tenha ouvido falar de exemplares tão magníficos. Só tenho conhecimento de um na Inglaterra que se equipara a este, e ele certamente não deve estar à venda. Eu seria indiscreto se lhe perguntasse, dr. Hill Barton, como obteve esta peça?"

"Isso tem realmente importância?" perguntei com o ar mais displicente que consegui. "Pode ver que a peça é genuína, e, quanto ao valor, estou disposto a aceitar a avaliação de um especialista."

"Muito misterioso", disse ele com um rápido lampejo de desconfiança nos seus olhos negros. "Ao negociar com objetos de tamanho valor, naturalmente desejamos saber tudo sobre a transação. Que a peça é genuína, é certo. Não tenho dúvida nenhuma quanto a isso. Mas suponha – sou obrigado a levar em conta todas as possibilidades – que se prove mais tarde que o senhor não tinha o direito de vendê-la?"

"Eu lhe daria garantias contra qualquer alegação desse tipo."

"Isso, é claro, abriria a questão do valor da sua garantia."

"Meu banqueiro resolveria isso."

"Naturalmente. Contudo, toda essa transação me parece um tanto inusitada."

"Pode fazer negócio ou não", disse eu com indiferença. "Ofereci a peça primeiro ao senhor, pois sei que é um *connaisseur,* mas não terei dificuldades junto a outras pessoas."

"Quem lhe disse que eu era um *connaisseur*?"

"Sabia que escreveu um livro sobre o assunto."

"Leu o livro?"

"Não."

"Caramba! Fica cada vez mais difícil para mim compreender isto! O senhor é um *connaisseur* e colecionador, tem uma peça valiosíssima em sua coleção, e no entanto não se deu ao trabalho de consultar o único livro que lhe teria revelado o verdadeiro significado e valor do que tem em mãos. Como explica isto?"

"Sou um homem muito ocupado. Um médico clínico."

"Isso não é resposta. Quando um homem tem um *hobby*, dedica-se a ele, sejam quais forem as suas outras atividades. Disse em sua mensagem que era um *connaisseur*."

"De fato."

"Eu poderia fazer algumas perguntas para pô-lo à prova? Sou obrigado a lhe dizer, doutor – se realmente é um médico –, que este episódio se torna cada vez mais suspeito. Eu lhe perguntaria: que sabe sobre o imperador Shomu e como o associa com o Shoso-in perto de Nara? Não me diga que isso o deixa confuso, doutor! Fale-me um pouco sobre a dinastia Wei do Norte e seu lugar na história das cerâmicas."

Saltei da cadeira numa ira simulada.

"Isto é intolerável, senhor", disse. "Vim aqui para lhe fazer um favor, não para ser examinado como se fosse um menino de escola. Meu conhecimento sobre esses assuntos pode não ser profundo como o seu, mas certamente não responderei a perguntas que me são feitas de maneira tão ofensiva."

Ele me encarou com firmeza. O langor desaparecera de seus olhos. Eles brilharam de repente. Percebi um lampejo de dentes entre aqueles lábios cruéis.

"Qual é o jogo? Está aqui como um espião. É um emissário de Holmes. Isto é uma peça que está tentando me pregar. Pelo que sei, o sujeito está morrendo; assim, envia seus fantoches para me vigiar. O senhor chegou até aqui sem permissão e, por Deus!, talvez lhe pareça mais difícil sair do que entrar."

Ele se levantara de um salto e dei um passo atrás, preparando-me para um ataque, pois o homem estava fora de si de raiva. Talvez tivesse desconfiado de mim desde o início;

certamente aquele interrogatório lhe mostrara a verdade e estava claro que eu não podia ter mais nenhuma esperança de enganá-lo. Enfiou a mão numa gaveta lateral e vasculhou-a furiosamente. Em seguida alguma coisa lhe chegou aos ouvidos, porque parou, escutando atentamente.

"Ah!" exclamou. "Ah!" e correu para a sala atrás de si.

Dois passos me levaram à porta aberta, e terei para sempre na mente uma visão clara da cena lá dentro. A janela que dava para o jardim estava escancarada. Ao lado dela, parecendo um terrível fantasma, a cabeça enrolada em bandagens ensanguentadas, o rosto branco e abatido, estava Sherlock Holmes. No instante seguinte ele saíra pela janela e ouvi a batida de seu corpo contra os loureiros-de-jardim do lado de fora. Com um uivo de raiva o dono da casa correu para a janela aberta atrás dele.

E então! Foi coisa de um instante, mas vi claramente. Um braço – um braço de mulher – despontou entre as folhas. Ato contínuo, o barão soltou um berro horrível – um grito que ressoará para sempre em minha memória. Levou as duas mãos ao rosto e correu em volta da sala, batendo a cabeça horrivelmente contra as paredes. Depois caiu sobre o tapete, rolando e se contorcendo, enquanto um grito após outro ressoavam pela casa.

"Água! Pelo amor de Deus, água!" era o seu grito.

Peguei uma garrafa de uma mesa lateral e apressei-me a socorrê-lo. No mesmo momento o mordomo e vários lacaios vieram correndo do vestíbulo. Lembro que um deles desmaiou quando eu me ajoelhei junto ao homem ferido e virei aquela face medonha para a luz da lâmpada. O vitríolo a carcomia toda e pingava das orelhas e do queixo. Um olho já estava

"O barão correu para a sala. Dois passos me levaram à porta aberta. Junto à janela, parecendo um terrível fantasma, a cabeça enrolada em bandagens, o rosto branco e abatido, estava Sherlock Holmes." [Howard Elcock, *Strand Magazine*, 1925]

branco e vidrado. O outro estava vermelho e inflamado. Os traços que eu admirara minutos antes eram agora como uma bela pintura sobre a qual o artista tivesse passado uma esponja molhada e imunda. Estavam borrados, descoloridos, inumanos, terríveis.

Em poucas palavras, expliquei exatamente o que havia ocorrido, no que dizia respeito ao ataque com vitríolo. Alguns haviam pulado a janela, outros haviam corrido para o gramado, mas estava escuro e começara a chover. Entre os seus gritos a vítima vociferava contra a vingadora. "Foi aquela bruxa, Kitty Winter!" exclamava. "Oh, aquela bruxa! Ela vai pagar por isso! Ela vai pagar! Oh, Deus do céu, esta dor é mais do que posso suportar!"

Banhei seu rosto com óleo, apliquei chumaços de algodão nas superfícies em carne viva e administrei-lhe uma injeção hipodérmica de morfina. Toda a desconfiança de mim desaparecera de sua mente na presença daquele choque, e ele agarrava minhas mãos como se eu tivesse o poder até de limpar aqueles olhos de peixe morto que me fitavam. Eu poderia ter chorado sobre aquela ruína, se não me lembrasse muito claramente da vida sórdida que conduzira a tão hedionda mudança. Era repugnante sentir o toque de suas mãos ardentes, e fiquei aliviado quando seu médico de família, seguido muito de perto por um especialista, chegou para me substituir. Um inspetor de polícia havia chegado também, e para ele dei meu cartão verdadeiro. Teria sido inútil, bem como tolo, fazer diferente, pois eu era quase tão conhecido de vista na Yard como o próprio Holmes. Em seguida saí daquela casa de trevas e terror. Dali a uma hora encontrei-me em Baker Street.

Holmes estava em sua poltrona de costume, parecendo muito pálido e exausto. Afora seus ferimentos, também seus nervos de aço haviam sido abalados pelos acontecimentos da noite, e ele ouviu com horror meu relato da transformação do barão.

"A paga do pecado, Watson – a paga do pecado!" disse ele. "Mais cedo ou mais tarde ela sempre chega. Deus sabe, havia pecado bastante", acrescentou, pegando um volume marrom na mesa. "Aqui está o livro de que a mulher falou. Se isto não provocar o rompimento do casamento, nada mais o fará. Mas isto vai funcionar, Watson. Tem de funcionar. Nenhuma mulher que se respeite poderia suportar isto."

"É seu diário de amor?"

"Ou seu diário de lascívia. Chame-o como quiser. Assim que a mulher nos falou dele, compreendi que arma tremenda seria essa se conseguíssemos pôr as mãos nele. Na hora, não disse uma palavra que indicasse meus pensamentos, pois aquela mulher poderia revelá-la. Mas ruminei a ideia. Depois aquela agressão me deu a chance de fazer o barão pensar que não precisava tomar nenhuma precaução contra mim. Até aí, ia tudo muito bem. Eu esperaria um pouco mais, mas sua viagem aos Estados Unidos forçou-me a mão. Ele jamais teria deixado documento tão comprometedor para trás. Portanto tínhamos de agir de imediato. Um roubo durante a noite seria impossível. Ele toma precauções. Mas havia uma chance no serão, contanto que eu pudesse ter certeza de que alguma coisa lhe prendia a atenção. Foi aí que você e seu pires azul entraram na história. Mas eu precisava me certificar da localização do livro, e sabia que tinha apenas alguns minutos para agir, pois meu tempo era limitado pelo seu conhecimento sobre cerâmica chinesa. Por isso, recrutei a moça no último momento. Como poderia adivinhar que pacotinho era aquele que ela carregava com tanto cuidado sob a capa? Pensei que ela estava ali exclusivamente a meu serviço, mas parece que tinha uma missão própria a cumprir."

"Ele adivinhou que eu fora lá a seu mando."

"Eu temia que isso acontecesse. Mas você o entreteve tempo suficiente para que eu pegasse o livro, embora não o bastante para que fugisse sem ser visto. Ah, Sir James, alegra-me muito que tenha vindo!"

Nosso refinado amigo apareceu em resposta a um chamado anterior. Ouviu com a mais profunda atenção o relato de Holmes sobre o que ocorrera.

"O senhor operou maravilhas – maravilhas!" exclamou após ouvir a narrativa. "Mas se esses ferimentos forem tão medonhos quanto o dr. Watson descreve, certamente nosso objetivo de frustrar esse casamento será suficientemente alcançado sem o uso desse livro horrível."

Holmes sacudiu a cabeça.

"Mulheres do tipo de De Merville não agem assim. Ela o amaria ainda mais como um mártir desfigurado. Não, não. É o aspecto mental dele, não o físico, que temos de destruir. Aquele livro a trará de volta à Terra – e não conheço mais nada que o faria. Está escrito com a letra dele. Ela não conseguirá ignorá-lo."

Sir James levou consigo tanto o livro quanto o precioso pires. Estando eu mesmo atrasado, desci para a rua com ele. Um *brougham* o esperava. Ele saltou no carro, deu uma ordem apressada ao cocheiro de penacho e partiu rapidamente. Jogou metade de seu sobretudo pela janela para encobrir o brasão no painel, mas, apesar disso, pude vê-lo ao clarão da bandeira da nossa porta. Tive um arquejo de surpresa. Em seguida dei meia-volta e subi a escada rumo à sala de Holmes.

"Descobri quem é o nosso cliente", exclamei, anunciando minha grande novidade; "veja só, Holmes, é..."

"É um amigo leal e um perfeito cavalheiro", atalhou-me Holmes, erguendo a mão para me calar. "Que isto seja agora e para todo o sempre suficiente para nós."

Não sei como o livro incriminador foi usado. Talvez Sir James tenha cuidado disso. Talvez, como é mais provável, a tarefa tenha sido confiada ao pai da jovem dama. O efeito, de todo modo, foi tudo que se poderia ter desejado. Três dias mais tarde apareceu um parágrafo no *Morning Post* dizendo que o casamento entre o barão Adelbert Gruner e Miss Violet de Merville não se realizaria. O mesmo jornal estampou o primeiro interrogatório do tribunal por ocasião do processo contra Miss Kitty Winter sob a grave acusação de atentado com vitríolo. Tantas circunstâncias atenuantes vieram à luz no julgamento que a sentença, como todos devem se lembrar, foi a menor possível para semelhante crime. Sherlock Holmes foi ameaçado de processo por arrombamento, mas quando o objetivo é bom e o cliente suficientemente ilustre, até a rígida lei britânica torna-se humana e elástica. Até hoje, meu amigo nunca se sentou no banco dos réus.

O Rosto Lívido

Embora limitadas, as ideias do meu amigo Watson são extremamente pertinazes. Durante muito tempo ele me importunou, querendo que eu relatasse uma de minhas próprias experiências. Talvez eu mesmo tenha estimulado essa insistência, pois muitas vezes tive oportunidade de lhe mostrar como seus relatos são superficiais e de acusá-lo de agradar ao gosto popular em vez de se limitar rigorosamente aos fatos e números. "Tente fazer isso você mesmo, Holmes!" ele retrucava, e sou forçado a admitir que, agora que tenho a caneta na mão, começo de fato a perceber que o assunto precisa ser apresentado de uma maneira que possa interessar ao leitor. O episódio que se segue dificilmente deixará de fazê-lo, pois está entre os mais estranhos episódios de minha coleção, embora por acaso Watson não tenha nenhum registro dele na sua. Por falar em meu velho amigo e biógrafo, eu aproveitaria este ensejo para observar que, se me sobrecarrego com um companheiro em minhas várias pequenas investigações, não o faço por sentimento ou capricho, mas porque Watson tem algumas características notáveis, a que, em sua simplicidade, deu pouca atenção em meio às suas exageradas avaliações de meus próprios desempenhos. Um aliado que prevê nossas conclusões e curso de ação é sempre perigoso, mas um para quem cada desdobramento chega como uma perpétua surpresa, e para quem o futuro é sempre um livro fechado, é realmente um auxiliar ideal.

Verifico em minha agenda que foi em janeiro de 1903, logo após o término da Guerra dos Bôeres, que recebi uma visita de Mr. James M. Dodd, um britânico grandalhão, insolente, queimado de sol e honesto. O bom Watson havia me abandonado nessa época por uma esposa, a única ação egoísta de que posso me lembrar em nossa associação. Eu estava sozinho.

Tenho o costume de me sentar de costas para a janela e instalar meus visitantes na cadeira em frente, onde a luz incide de cheio sobre eles. Mr. James M. Dodd pareceu não saber como começar a conversa. Não fiz nenhuma tentativa de ajudá-lo, porque seu silêncio me dava mais tempo para observá-lo. Já tendo constatado que é conveniente impressionar os clientes com minha capacidade, apresentei-lhe algumas de minhas conclusões.

"Vem da África do Sul, pelo que vejo."

"Sim, senhor", respondeu ele com alguma surpresa.

"Milícia Montada Imperial, imagino."

"Exatamente."

"Corpo de Middlesex, sem dúvida."

"Isso mesmo, Mr. Holmes, é um mágico."

Sorri à sua expressão aturdida.

"Quando um cavalheiro de aparência viril entra em minha sala tendo no rosto essa cor bronzeada que o sol inglês jamais poderia dar, e com o lenço enfiado na manga e não no bolso, não é difícil situá-lo. O senhor usa barba curta, que mostra que não é um soldado de linha. Tem o talhe do cavaleiro. Quanto a Middlesex, seu cartão já me mostrou que é um corretor da bolsa de Throgmorton Street. Em que outro regimento ingressaria?"

"O senhor vê tudo."

"Não vejo mais que o senhor, mas treinei-me para prestar atenção ao que vejo. Mas não foi para discutir a ciência da observação que o senhor veio me ver esta manhã, Mr. Dobbs. Que andou acontecendo em Tuxbury Old Park?"

"Mr. Holmes...!"

"Meu caro senhor, não há nenhum mistério. Sua carta veio com esse cabeçalho, e, como marcou esta visita em termos muito urgentes, ficou claro que algo súbito e importante havia ocorrido."

"Sim, realmente. Mas a carta foi escrita à tarde, e muita coisa aconteceu desde então. Se o coronel Emsworth não tivesse me expulsado..."

"Expulsado o senhor!"

"Bem, foi como se o tivesse feito. É um osso duro de roer, o coronel Emsworth. O disciplinador mais rígido do Exército em seu tempo, e aquela era uma época de linguajar grosseiro também. Eu não teria conseguido suportar o coronel se não fosse por Godfrey."

Acendi meu cachimbo e me recostei na cadeira.

"Talvez queira me explicar sobre o que está falando."

Meu cliente abriu um sorriso malicioso.

"Já estava acreditando que sabe tudo sem que seja preciso lhe contar", retrucou. "Mas vou lhe dar os fatos, e espero em Deus que seja capaz de me dizer o que significam. Passei a noite

"Acendi meu cachimbo e me recostei na cadeira. 'Talvez queira me explicar sobre o que está falando.'"
[Howard Elcock, *Strand Magazine*, 1926]

toda acordado dando tratos à bola, e quanto mais penso, mais incrível isso fica.

"Quando me alistei em janeiro de 1901 – exatamente dois anos atrás – o jovem Godfrey Emsworth havia ingressado no mesmo esquadrão. Como era o único filho do coronel Emsworth – que ganhou a Cruz Vitória na Crimeia – e tinha sangue guerreiro nas veias, não espanta que se alistasse como voluntário. Não havia rapaz melhor no regimento. Criamos uma amizade – o tipo de amizade que só se pode fazer quando se vive a mesma vida, partilhando as mesmas alegrias e pesares. Ele era meu companheiro, e isso significa muito no Exército. Vivemos juntos maus e bons momentos durante um ano de duros combates. Depois ele foi atingido por uma bala de uma arma de caça pesada nos combates perto de Diamond Hill, junto a Pretória. Recebi uma carta do hospital na Cidade do Cabo e uma de Southampton. Desde então, nenhuma palavra – nem uma só palavra, Mr. Holmes, durante mais de seis meses, e ele é o meu maior amigo.

"Bem, quando a guerra terminou e nós todos voltamos, escrevi para o pai dele perguntando pelo paradeiro de Godfrey. Nenhuma resposta. Esperei um pouco e escrevi novamente. Dessa vez tive uma resposta, curta e áspera. Godfrey havia partido numa viagem de volta ao mundo e era improvável que voltasse antes de um ano. Só isso.

"Não fiquei satisfeito, Mr. Holmes. Tudo aquilo me pareceu tão artificial! Ele era um bom rapaz e não abandonaria um amigo daquele jeito. Aquilo não combinava com ele. Além disso, fiquei sabendo depois que ele era o herdeiro de muito dinheiro, e também que ele e o pai nem sempre se davam lá muito bem. O velho era por vezes um tirano, e o jovem Godfrey tinha brios demais para suportar isso. Não, eu não estava satisfeito e decidi que iria até a raiz daquele assunto. Ocorreu, contudo, que meus próprios negócios precisavam ser postos em ordem, depois de dois anos, e assim apenas esta semana pude me voltar de novo para o caso de Godfrey. Mas agora que o retomei, pretendo deixar tudo de lado para pô-lo em pratos limpos."

Mr. James M. Dodd parecia o tipo de pessoa que seria melhor ter como amigo que como inimigo. Seus olhos azuis eram inflexíveis e seu queixo quadrado enrijecera enquanto falava.

"Bem, que fez então?"

"Minha primeira medida foi ir à casa dele, Tuxbury Old Park, perto de Bedford, e examinar o terreno por mim mesmo. Assim, escrevi para a mãe – estava farto daquele pai grosseirão – e fiz um ataque frontal: Godfrey era meu grande amigo, gostaria muito de lhe contar sobre nossas experiências comuns, estaria nas proximidades, teria ela alguma objeção a que eu *et cetera*? Recebi uma resposta muito amável e um oferecimento para me hospedar por uma noite. Foi isso que me levou até lá segunda-feira.

"Tuxbury Old Hall é de difícil acesso – fica a oito quilômetros de qualquer lugar. Como não havia carro na estação, tive de andar, carregando minha mala, e estava quase escurecendo quando cheguei. É uma casa grande e desconjuntada num vasto parque. Eu diria que tinha as mais variadas idades e estilos, começando numa base elisabetana, com estrutura de madeira exposta, e terminando num pórtico vitoriano. No interior, tudo era revestido de painéis, tapeçarias e velhos quadros desbotados, uma casa de sombras e mistério. Havia um mordomo, o velho Ralph, que parecia ter a mesma idade da casa, e a mulher dele, que talvez fosse ainda mais velha. Ela fora a ama de Godfrey e, como eu o ouvira falar a seu respeito como só superada pela mãe em sua afeição, senti-me atraído por ela apesar de sua aparência esquisita. Gostei da mãe também – uma mulher meiga e tímida, pequenina e muito branca. Foi apenas ao próprio coronel que fiz objeção.

"Tivemos logo uma pequena discussão, e eu teria voltado imediatamente para a estação se não tivesse percebido que era esse o objetivo dele. Fui conduzido diretamente a seu gabinete, e lá o encontrei, um homem enorme, encurvado, com a pele sem viço e a barba grisalha e eriçada, sentado atrás de uma mesa atulhada. Um nariz cheio de vasos vermelhos projetava-se como um bico de abutre, e dois ferozes olhos cinza me fitavam sob sobrancelhas peludas. Pude compreender nesse instante por que Godfrey falava tão raramente do pai.

"'Bem, senhor', disse ele com uma voz áspera, 'eu estaria interessado em saber as razões reais de sua visita.'

"Respondi que as explicara em minha carta à sua esposa.

"'Sim, sim; disse que conheceu Godfrey na África. Só temos, é claro, sua palavra para atestar isso.'

"'Tenho as cartas dele no bolso.'

"'Deixe-me vê-las, por gentileza.'

"Olhou de relance para as duas que lhe entreguei e as devolveu.

"'Bem, e então?' perguntou.

"'Eu gostava muito de seu filho Godfrey, senhor. Muitos laços e lembranças nos unem. Não é natural que me espante diante do seu silêncio repentino e deseje saber o que foi feito dele?'

"'Pelo que me lembro, já me correspondi com o senhor e lhe disse o que foi feito dele. Partiu numa viagem de volta ao mundo. Sua saúde estava debilitada após suas experiências na África, e tanto sua mãe quanto eu fomos de opinião que repouso absoluto e mudança de ambiente eram necessários. Por gentileza, transmita esta explicação a quaisquer outros amigos que possam ter interesse pelo assunto.'

"'Certamente', respondi. 'Mas talvez possa ter a bondade de me informar o nome do vapor em que partiu, bem como a data. Não tenho dúvida de que conseguiria lhe fazer chegar uma carta.'

"Meu pedido pareceu deixar meu anfitrião ao mesmo tempo desconcertado e irritado. Suas bastas sobrancelhas baixaram sobre seus olhos e ele tamborilou os dedos sobre a mesa com impaciência. Finalmente, levantou os olhos com a expressão de quem viu seu adversário fazer uma jogada perigosa no xadrez e decidiu como reagir.

"'Muitas pessoas, Mr. Dodd', disse ele, 'ficariam ofendidas diante de sua pertinácia infernal e pensariam que essa insistência chegou às raias de uma impertinência execrável.'

"'Deve atribuí-la, senhor, à minha verdadeira estima por seu filho.'

"'Exatamente. Já levei isso em consideração na medida do possível. Devo lhe pedir, contudo, que desista dessas inquirições. Toda família tem seus assuntos íntimos e seus próprios motivos, que nem sempre podem ser revelados a intrusos, por mais bem-intencionados que sejam. Minha mulher está ansiosa por ouvir coisas sobre o passado de Godfrey que o senhor tem condições de lhe contar, mas eu lhe pediria para não tocar no presente e no futuro. Essas indagações não têm nenhuma utilidade, senhor, e nos põem numa posição difícil e delicada.'"

"Assim, cheguei a um impasse, Mr. Holmes. Não havia como sair dele. Pude apenas fingir que aceitava a situação e registrar intimamente a promessa de que não descansaria até que o destino de meu amigo fosse elucidado. Foi uma noite tediosa.

Jantamos silenciosamente, os três, numa velha sala lúgubre e desbotada. A senhora me perguntou avidamente sobre o filho, mas o velho pareceu macambúzio. Eu estava tão aborrecido com tudo aquilo que me despedi o mais cedo possível, nos limites da decência, e me recolhi a meu quarto. Era um quarto grande e parcamente mobiliado no térreo, sombrio como o resto da casa, mas depois de dormir um ano na estepe, Mr. Holmes, o sujeito deixa de ter muitas exigências quanto a seu alojamento. Abri as cortinas e contemplei o jardim, observando que era uma bela noite, com uma brilhante meia-lua. Depois me sentei junto ao fogo crepitante com a lâmpada numa mesa a meu lado, e tentei me distrair com um romance. Fui interrompido, porém, por Ralph, o velho mordomo, que chegou com uma nova provisão de carvões.

"'Pensei que poderia ficar sem carvão durante a noite, senhor. Faz um tempo inclemente e estes quartos são frios.'

"Ele hesitou antes de sair do quarto, e quando levantei os olhos estava parado, fitando-me com uma expressão tristonha no rosto enrugado.

"'Perdão, senhor, mas não pude deixar de ouvir o que falou sobre *Master* Godfrey durante o jantar. Como sabe, minha mulher foi ama dele, de modo que posso dizer que sou seu pai de criação. É natural que a gente se interesse. O senhor disse que ele se portou bem, não foi?'

"'Não havia homem mais corajoso no regimento. Se não tivesse me arrancado uma vez de sob os rifles dos bôeres, talvez eu não estivesse aqui.'

"O velho mordomo esfregou as mãos magras.

"'Sim, sim, *Master* Godfrey era exatamente como diz. Sempre corajoso. Não há uma árvore no parque em que não tenha trepado. Nada o detinha. Era um excelente menino – e ah, senhor, era um excelente homem.'

"Levantei-me de um salto.

"'Escute aqui!' exclamei. 'Disse que ele *era*. Fala como se tivesse morrido. Que significa todo esse mistério? Que aconteceu com Godfrey Emsworth?'

"Agarrei o velho pelo ombro, mas ele se esquivou.

"'Não sei o que quer dizer, senhor. Pergunte ao patrão sobre *Master* Godfrey. Ele sabe. Não cabe a mim interferir.'

"Ia saindo do quarto, mas segurei-lhe o braço.

"'Ouça', disse. 'Vai responder a uma pergunta antes de sair, nem que eu precise segurá-lo a noite toda. Godfrey está morto?'

"Ele não conseguia me olhar nos olhos. Parecia um homem hipnotizado. A resposta saiu a custo de seus lábios. Foi terrível e inesperada.

"'Por Deus, gostaria que estivesse!' exclamou, e, desvencilhando-se, saiu às pressas do quarto.

"Há de imaginar, Mr. Holmes, que voltei para minha cadeira num estado de espírito não muito feliz. As palavras do velho pareciam admitir uma única interpretação. Claramente meu pobre amigo se envolvera em alguma transação criminosa, ou pelo menos indecorosa, que atingia a honra da família. Aquele velho severo mandara o filho embora e o escondera do mundo, temendo que algum escândalo viesse à luz. Godfrey era um sujeito imprudente. Era facilmente influenciado pelos que o cercavam. Sem dúvida caíra em mãos erradas e fora desencaminhado, arruinando-se. Seria lamentável se isso tivesse realmente acontecido, mas mesmo assim era meu dever procurá-lo e ver se poderia ajudá-lo. Estava ponderando o assunto ansiosamente quando levantei os olhos, e lá estava Godfrey Emsworth parado diante de mim."

MEU CLIENTE FIZERA uma pausa, como se profundamente emocionado.

"Por favor, continue", eu disse. "Seu problema apresenta algumas características bastante inusitadas."

"Ele estava do lado de fora da janela, Mr. Holmes, com o rosto colado no vidro. Como lhe contei, eu tinha ido ver a noite lá fora. Depois, deixara as cortinas semiabertas. A figura dele estava emoldurada nessa abertura. A janela descia até o piso e pude vê-lo de corpo inteiro, mas foi o seu rosto que atraiu meu olhar. Estava mortalmente pálido – nunca vi homem tao branco. Creio que fantasmas podem ter esse aspecto; mas seus olhos encontraram os meus, e eram os olhos de um homem vivo. Quando viu que eu o fitava, deu um salto para trás e desapareceu na escuridão.

"Havia alguma coisa de chocante naquele homem, Mr. Holmes. Não era apenas o rosto lívido, branco como queijo, a tremeluzir na escuridão. Era algo mais sutil – algo de fugidio, de furtivo, de culpado –, algo muito diferente do rapaz franco e viril que eu conhecera. Deixou uma sensação de horror na minha mente.

"Mas, depois de brincar de soldado com os bôeres durante um ou dois anos, um homem mantém o sangue-frio e age rapidamente. Mal Godfrey desaparecera, eu estava à janela. O trinco estava emperrado e levei algum tempo para conseguir levantá-lo. Saí então rapidamente e corri pela trilha do jardim na direção que, a meu ver, ele podia ter tomado.

"A trilha era longa e a luz não muito boa, mas tive a impressão de que alguma coisa se mexia à minha frente. Corri e gritei seu nome, mas foi inútil. Quando cheguei ao fim da trilha, vi várias outras se ramificando em diferentes direções, rumo a várias dependências externas da casa. Parei, hesitante, e nesse momento ouvi nitidamente o som de uma porta se fechando. Não fora atrás de mim, na casa, mas à minha frente, em algum

"Quando viu que eu o fitava, deu um salto para trás e desapareceu na escuridão."
[Howard Elcock, *Strand Magazine*, 1926]

lugar na escuridão. Foi o bastante, Mr. Holmes, para me assegurar de que eu não tivera uma visão. Godfrey havia corrido e fechado uma porta atrás de si. Disso eu tinha certeza.

"Não havia mais nada que eu pudesse fazer, e passei uma noite inquieta, revolvendo aquele assunto na minha mente e tentando encontrar alguma teoria que pudesse dar conta dos fatos. No dia seguinte encontrei o coronel bem mais cordato e, como sua mulher comentou que havia alguns lugares de interesse nas vizinhanças, isso me deu oportunidade de perguntar se minha presença por mais uma noite os incomodaria. A aquiescência do velho, concedida com certa má vontade, deu-me um dia livre para fazer minhas observações. Eu já estava plenamente convencido de que Godfrey estava se escondendo em algum lugar ali perto, restava elucidar onde e por quê.

"A casa era tão grande e tão espalhada que um regimento poderia estar escondido nela sem ninguém perceber. Se o segredo estivesse ali, eu teria dificuldade em penetrá-lo. Mas a porta que eu ouvira certamente não estava na casa. Eu tinha de explorar o jardim e ver o que podia descobrir. Não encontrei obstáculo, pois os velhos estavam ocupados em seus afazeres e me deixaram por minha própria conta.

"Havia várias pequenas dependências externas, mas no fundo do jardim erguia-se uma construção independente de certo porte – grande o bastante para servir de residência a um jardineiro ou guarda-caça. Poderia aquele som de porta se fechando ter vindo dali? Aproximei-me com cuidado, como se estivesse passeando a esmo pelo parque. Quando o fazia, um homenzinho lépido, barbudo, de paletó preto e chapéu-coco – não parecia em absoluto um jardineiro – saiu pela porta. Para minha surpresa, trancou-a atrás de si e enfiou a chave no bolso. Em seguida me olhou com alguma surpresa.

"'É um visitante?' perguntou-me.

"Respondi que sim, e que era um amigo de Godfrey.

"'É uma pena que ele esteja fora, em suas viagens, pois teria gostado de me ver', continuei.

"'Naturalmente. Certamente', disse com um ar bastante culpado. 'Sem dúvida o senhor renovará sua visita numa ocasião mais propícia.' Ele seguiu em frente, mas ao me virar notei que estava parado me observando, atrás dos loureiros do outro lado do jardim."

"Dei uma boa olhada na casinha ao passar por ela, mas as janelas estavam bem vedadas por cortinas e, até onde se podia perceber, estava vazia. Se fosse audacioso demais, eu poderia prejudicar meu próprio jogo e até receber ordens de deixar o local, pois continuava consciente de estar sendo observado. Assim, caminhei de volta para a casa e esperei pela noite antes de levar adiante minha investigação. Quando tudo estava escuro, esgueirei-me pela minha janela e me dirigi o mais silenciosamente possível para a casinha misteriosa.

"Eu disse que ela estava bem vedada com cortinas, mas então encontrei as folhas das janelas fechadas também. Como, apesar disso, uma réstia de luz passava por uma delas, concentrei minha atenção nela. Tive sorte, porque a cortina não fora inteiramente fechada e havia uma brecha entre as folhas da janela, de modo que pude ver o interior do cômodo. Era um lugar bastante alegre, com uma lâmpada forte e fogo crepitando na lareira. Diante de mim estava sentado o homenzinho que eu vira de manhã. Fumava um cachimbo e lia um jornal."

"Que jornal?" perguntei.

Meu cliente pareceu aborrecido com a interrupção de sua narrativa.

"Isso pode ter importância?"

"A mais vital."

"Realmente não notei."

"Talvez tenha observado se era um jornal de folhas largas, ou daquele tipo menor que costumamos associar aos semanais."

"Agora que menciona isso, não era grande. Poderia ser o *Spectator*. No entanto, não me sobrava muita cabeça para detalhes desse tipo, pois um segundo homem estava sentado de costas para a janela, e eu poderia jurar que esse segundo homem era Godfrey. Não pude ver o seu rosto, mas reconheci a inclinação dos seus ombros. Apoiava-se no cotovelo, numa atitude de grande melancolia, o corpo voltado para o fogo. Eu hesitava quanto ao que fazer quando senti uma brusca batida no ombro e dei com o coronel Emsworth ao meu lado.

"'Por aqui, senhor!' disse ele em voz baixa. Caminhou em silêncio em direção à casa e eu o segui até meu próprio quarto. Ele havia pegado um horário de trens no vestíbulo.

"'Há um trem para Londres às oito e meia', disse. 'O carro estará na porta às oito.'

"Ele estava branco de raiva e, de fato, senti-me numa posição tão difícil que consegui apenas gaguejar algumas desculpas incoerentes, alegando minha preocupação com o meu amigo para tentar me justificar.

"'O assunto não está em discussão', respondeu ele abruptamente. 'O senhor cometeu uma gravíssima invasão na privacidade de nossa família. Estava aqui como um convidado e tornou-se um espião. Nada mais tenho a dizer, senhor, exceto que não tenho nenhum desejo de voltar a vê-lo.'

"A essas palavras, perdi a paciência e falei com certa veemência.

"'Vi o seu filho, e estou convencido de que por alguma razão pessoal o senhor o está escondendo do mundo. Não tenho a menor ideia de quais são os seus motivos para isolá-lo dessa maneira, mas tenho certeza de que ele não é mais um homem livre. Eu o advirto, coronel, de que até eu me certificar da segurança e do bem-estar do meu amigo, jamais desistirei de meus esforços para chegar ao fundo do mistério, e certamente não me deixarei intimidar por nada que possa dizer ou fazer.'

"O velho assumiu um aspecto diabólico e eu realmente pensei que estava prestes a me atacar. Eu lhe disse que era um velho gigante macilento e feroz, e embora eu não seja nenhum poltrão, poderia me ver em maus lençóis se tentasse me defender contra ele. Mas após um longo olhar de raiva ele deu meia-volta e saiu do quarto. De minha parte, peguei o trem indicado de manhã, com a firme intenção de vir diretamente procurá-lo e pedir o seu conselho e assistência na entrevista que já lhe escrevera para solicitar."

ESSE FOI O PROBLEMA que meu visitante me expôs. Sua solução, como o leitor atilado já terá percebido, apresentava poucas dificuldades, pois um número muito limitado de alternativas deveria chegar à raiz da questão. Apesar disso, por elementar que fosse, o caso tinha pontos de interesse e novidade que podem justificar seu registro. Assim, fui em frente, usando meu conhecido método de análise lógica para estreitar o campo das soluções possíveis.

"Os criados", perguntei, "quantos havia na casa?"

"Por tudo quanto me foi dado ver, apenas o velho mordomo e sua mulher. Pareciam viver da maneira mais simples."

"Não havia nenhum criado, então, na casa independente?"

"Nenhum, a menos que o homenzinho de barba fizesse esse papel. Ele pareceu, contudo, ser uma pessoa bastante superior."

"Isso parece muito sugestivo. Teve alguma indicação de que se levava comida de uma casa para a outra?"

"Agora que menciona isso, vi o velho Ralph carregando uma cesta pela trilha do jardim, na direção da casinha. A ideia de comida não me ocorreu naquele momento."

"Fez alguma indagação local?"

"Sim, fiz. Falei com o chefe da estação e também com o estalajadeiro da aldeia. Perguntei simplesmente se sabiam alguma coisa sobre o meu velho camarada Godfrey Emsworth. Ambos me asseguraram que ele partira numa viagem de volta ao mundo. Ele voltara para casa e depois partira de novo, quase em seguida. Ficou evidente que a história era unanimemente aceita."

"Não disse nada sobre suas desconfianças?"

"Nada."

"Isso foi muito sábio. O assunto certamente deve ser investigado. Voltarei com o senhor para Tuxbury Old Park."

"Hoje?"

Calhou que nesse momento eu estava elucidando o caso que meu amigo Watson descreveu como o da Escola da Abadia, em que o duque de Greyminster estava tão profundamente envolvido. Eu recebera também, do sultão da Turquia, uma incumbência que exigia ação imediata, pois consequências políticas do tipo mais grave poderiam decorrer de sua negligência. Assim, foi só no início da semana seguinte, como o meu diário registra, que tive condições de partir para minha missão em Bedfordshire em companhia de Mr. James M. Dodd. A caminho de Euston, apanhamos um cavalheiro grave e taciturno, de aspecto cinzento, com quem eu fizera os necessários arranjos.

"Este é um velho amigo", disse eu a Dodd. "É possível que sua presença se revele inteiramente desnecessária, mas, por outro lado, pode ser essencial. No presente estágio, não precisamos ir mais longe neste assunto."

As narrativas de Watson acostumaram o leitor, sem dúvida, com o fato de que não desperdiço palavras nem revelo os meus pensamentos enquanto um caso está efetivamente sob consideração. Dodd pareceu surpreso, mas nada mais foi dito, e nós três continuamos nossa viagem juntos. No trem, fiz a Dodd mais uma pergunta que queria que o nosso companheiro ouvisse.

"O senhor disse que viu o rosto de seu amigo muito claramente à janela; foi tão claramente que tem certeza de sua identidade?"

"Não tenho a menor dúvida a esse respeito. Seu nariz estava comprimido contra o vidro. A luz da lâmpada o iluminou de cheio."

"Não poderia ter sido alguém parecido com ele?"

"Não, era ele."

"Mas disse que estava mudado, não?"

"Só na cor. Seu rosto estava – como descrever isso? – estava de uma brancura de barriga de peixe. Estava alvo."

"Todo ele estava igualmente pálido?"

"Acho que não. Foi sua testa que vi tão claramente quando estava colada na vidraça."

"O senhor o chamou?"

"No primeiro momento fiquei assustado e horrorizado demais. Depois eu o persegui, como lhe contei, mas sem resultado."

Meu caso estava praticamente completo, e só um pequeno incidente era necessário para arrematá-lo. Quando, após uma viagem considerável de carro, chegamos à casa estranha, velha e espalhada que meu cliente descrevera, foi Ralph, o idoso mordomo, que abriu a porta. Eu havia alugado a carruagem para o dia todo e havia pedido a meu idoso amigo que permanecesse lá dentro a menos que o chamássemos. Ralph, um velhote enrugado, vestia o convencional paletó preto com calça cinza, com apenas uma curiosa variante: usava luvas de couro marrom, que ao nos ver retirou imediatamente, pousando-as sobre a mesa do vestíbulo ao passarmos por ela. Possuo, como meu amigo Watson talvez tenha comentado, sentidos anormalmente aguçados e havia no ar um cheiro leve, mas incisivo. Parecia emanar da mesa do vestíbulo.

Virei-me, pus meu chapéu ali, derrubei-o com um piparote e, ao me curvar para apanhá-lo, dei um jeito de pôr o nariz a uns trinta centímetros das luvas. Sim, era indubitavelmente delas que aquele curioso odor alcatroado emanava. Passei para o gabinete com o meu caso encerrado. É uma pena que eu tenha de mostrar minhas cartas ao contar minha própria história. Era ocultando esses elos da cadeia que Watson conseguia produzir seus *finales* espalhafatosos.

O coronel Emsworth não estava em seu gabinete, mas chegou bem depressa ao receber a mensagem de Ralph. Ouvimos seu passo rápido e pesado no corredor. A porta foi aberta com violência e ele irrompeu no aposento com sua barba eriçada e traços contorcidos, um velho terrível, como jamais vi. Tinha nossos cartões na mão – rasgou-os e sapateou sobre os fragmentos.

"Eu não lhe disse, seu intrometido infernal, que está proibido de entrar nesta propriedade? Nunca mais se atreva a mostrar sua maldita cara aqui de novo. Se entrar novamente sem o meu consentimento estarei dentro de meus direitos de usar de violência. Vou lhe dar um tiro! Por Deus, vou sim. Quanto ao senhor", disse, virando-se para mim, "estendo-lhe a mesma advertência. Conheço bem sua ignóbil profissão, mas o senhor deve levar seus renomados talentos para algum outro campo. Não há lugar para eles aqui."

"Não posso ir embora daqui", disse meu cliente com firmeza, "até ouvir dos próprios lábios de Godfrey que ele não está sob nenhuma coação."

Nosso anfitrião involuntário tocou a campainha.

"A porta foi aberta com violência e ele irrompeu no aposento com sua barba eriçada e traços contorcidos, um velho terrível, como jamais vi."
[Howard Elcock, *Strand Magazine*, 1926]

"Ralph", disse ele, "telefone para a polícia do condado e peça ao inspetor que mande dois guardas aqui. Diga-lhe que há ladrões na casa."

"Um momento", atalhei. "Deve estar ciente, Mr. Dodd, de que o coronel Emsworth está dentro de seus direitos e que nada justifica nossa presença em sua casa. Por outro lado, ele deveria reconhecer que o senhor é movido exclusivamente por solicitude para com seu filho. Ouso esperar que, se nos fosse permitido ter uma conversa de cinco minutos com o coronel Emsworth, eu poderia certamente alterar sua visão do caso."

"Não mudo de ideia tão facilmente", respondeu o velho soldado. "Ralph, faça o que lhe disse. Que diabos está esperando? Ligue para a polícia!"

"Nada disso", disse eu, pondo-me de costas contra a porta. "Qualquer interferência da polícia provocaria exatamente a catástrofe que o senhor teme." Peguei minha agenda e rabisquei uma palavra numa folha solta. "Foi isto", disse, entregando-a ao coronel Emsworth, "que nos trouxe aqui."

Ele fixou a palavra com um semblante de que até a expressão de assombro havia desaparecido.

"Como sabe?" perguntou, ofegante, sentando-se pesadamente em sua cadeira.

"É obrigação minha saber das coisas. Esse é meu ofício."

Ele imergiu em profunda reflexão, sua mão descarnada puxando a barba espalhada. Depois fez um gesto de resignação.

"Bem, se desejam ver Godfrey, irão vê-lo. Não queria isto, mas os senhores me forçaram. Ralph, diga a Mr. Godfrey e a Mr. Kent que em cinco minutos estaremos com eles."

Ao fim desse tempo descemos pela trilha do jardim e nos vimos diante da casa misteriosa. Um homenzinho barbudo estava parado à porta com uma expressão de considerável espanto no rosto.

"Isso é muito repentino, coronel Emsworth", disse ele. "Perturbará todos os nossos planos."

"Não posso evitar, Mr. Kent. Fomos postos contra a parede. Mr. Godfrey pode nos receber?"

"Sim, está esperando lá dentro." Virou-se e nos conduziu para uma sala de estar mobiliada com simplicidade. Havia um homem de pé, de costas para a lareira, e ao vê-lo meu cliente deu um salto adiante, a mão estendida.

"Ora, Godfrey, meu velho, isto é ótimo!"

Mas o outro o repeliu com um gesto.

"Não me toque, Jimmie. Fique a distância. Sim, tem razão de se espantar! Não estou muito parecido com o elegante anspeçada Emsworth do Esquadrão B, não é?"

Sua aparência era certamente extraordinária. Era possível ver que realmente fora um belo homem, com traços bem-delineados bronzeados por um sol africano, mas, espalhadas sobre a superfície mais escura, viam-se estranhas manchas esbranquiçadas que lhe haviam descolorado a pele.

"É por isto que não estimulo visitas", disse. "Você não me incomoda, Jimmie, mas eu teria podido passar sem o seu amigo. Suponho que há algum bom motivo para isso, mas fico numa situação desfavorável."

"Eu queria me certificar de que estava tudo bem com você, Godfrey. Eu o vi naquela noite quando você olhou pela minha janela, e não poderia esquecer desse assunto até pôr tudo em pratos limpos."

"O velho Ralph me contou que você estava aqui, e não pude resistir à tentação de dar uma espiada. Esperava que não tivesse me visto e tive de correr quando ouvi a janela se abrir."

"Mas, pelo amor de Deus, que está acontecendo?"

"Bem, não é uma história muito longa", disse ele, acendendo um cigarro. "Você se lembra daquela luta de manhã em Buffelsspruit, nos arredores de Pretória, na estrada de ferro do Leste? Soube que fui ferido?"

"Sim, soube, mas nunca me inteirei dos detalhes."

"Três de nós fomos separados dos outros. Era uma região muito acidentada, você talvez se lembre. Estávamos lá o Simpson – aquele que chamávamos de Baldy Simpson –, o Anderson e eu. Estávamos nos desvencilhando dos bôeres, mas eles se esconderam e nos pegaram aos três. Os outros dois foram mortos. Eu levei um balaço de uma arma de caça pesada no ombro. Mas me agarrei firme ao meu cavalo e ele galopou muitos quilômetros antes que eu desmaiasse e caísse da sela.

"Quando voltei a mim, anoitecia; sentia-me muito fraco e doente. Para minha surpresa, havia uma casa bem perto dali, uma casa bastante grande, com uma varanda larga e muitas janelas. Fazia um frio horrível. Você se lembra do frio entorpecedor que costumava fazer à tardinha, um frio mortífero, insuportável, muito diferente de uma revigorante e saudável geada. Bem, eu estava enregelado até os ossos e minha única esperança parecia estar em chegar àquela casa. Levantei-me, cambaleando, e me arrastei adiante, mal sabendo o que fazia. Tenho uma vaga lembrança de subir lentamente os degraus, entrar por uma porta escancarada, penetrar numa vasta sala em que se viam várias camas e me jogar numa delas com um suspiro de satisfação. Não estava feita, mas isso não me incomodou em absoluto. Puxei as cobertas sobre o meu corpo trêmulo e num instante caí num sono profundo.

"Era de manhã quando despertei, e tive a impressão de que, em vez de emergir num mundo normal, tinha mergulhado num extraordinário pesadelo. O sol africano entrava de cheio pelas janelas grandes, sem cortinas, e cada detalhe do vasto dormitório, desguarnecido, caiado, sobressaía nitidamente. De pé, diante de mim, havia um homenzinho que mais parecia um anão, com uma cabeça enorme e bulbosa, a tagarelar alvoroçadamente em holandês, acenando duas mãos horríveis que me pareciam esponjas marrons. Atrás dele havia um grupo de pessoas que pareciam estar se divertindo muito com a situação, mas um calafrio me percorreu quando olhei para elas. Nenhuma era um ser humano normal. Todas eram contorcidas, inchadas ou desfiguradas de alguma maneira estranha. O riso dessas monstruosidades esquisitas era algo medonho de se ouvir.

"Parecia que ninguém ali sabia falar inglês, mas a situação exigia um esclarecimento, pois a criatura da cabeça grande estava ficando terrivelmente irritada, e, em meio a gritos de animal selvagem, pusera suas mãos deformadas sobre mim e me puxava para fora da cama, apesar do sangue que voltava a brotar do meu ferimento. O monstrinho era forte como um touro e não sei o que poderia ter feito comigo se um homem idoso, que era claramente uma autoridade, não tivesse sido atraído para o quarto pela gritaria. Ele disse algumas palavras severas em holandês e meu perseguidor se esquivou. Em seguida virou-se para mim, fitando-me com indizível espanto.

"'Como diabos veio parar aqui?' perguntou, assombrado. 'Espere um pouco, vejo que está exausto e que esse seu ombro machucado precisa ser tratado. Sou médico e logo lhe farei um curativo. Mas, homem de Deus! Corre muito mais perigo aqui do que jamais correu no campo de batalha. Está no leprosário e dormiu na cama de um leproso.'

"Preciso lhe dizer mais, Jimmie? Ao que parece, diante da aproximação da batalha, todas aquelas pobres criaturas haviam sido evacuadas na véspera. Depois, com o avanço dos britânicos, haviam sido levadas de volta por esse homem, o superintendente médico, que me assegurou que, embora ele próprio se considerasse imune à doença, jamais teria ousado fazer o que eu fizera. Pôs-me num quarto privado, tratou-me bondosamente e dentro de cerca de uma semana fui removido para o hospital-geral em Pretória.

"Essa é a minha tragédia. Esperei contra todas as esperanças, e foi só depois que cheguei em casa que os terríveis sinais que você vê no meu rosto me contaram que eu não havia escapado. Que me restava fazer? Estava nesta propriedade isolada. Tínhamos dois criados de absoluta confiança. Havia uma casa em que eu podia morar. Sob promessa de sigilo total, o dr. Kent, que é cirurgião, dispôs-se a ficar comigo. Parecia um esquema bastante simples. A alternativa era pavorosa – segregação pelo resto da vida entre estranhos, sem a menor esperança de libertação. Mas era necessário um segredo absoluto, ou mesmo nesta tranquila região rural teria havido clamor, e eu teria sido arrastado para o meu horrível destino. Mesmo você, Jimmie – mesmo você devia ser mantido na ignorância. Não consigo imaginar por que meu pai amoleceu."

O coronel Emsworth apontou para mim.

"Foi este cavalheiro que me forçou." Desdobrou o pedaço de papel em que eu havia escrito a palavra "lepra". "Pareceu-me que ele sabia tanto que o mais seguro era que fosse inteirado de tudo."

"Realmente", disse eu. "Quem sabe algum bem não pode resultar disso? Pelo que entendi, somente Mr. Kent viu o paciente. Posso lhe perguntar, senhor, se é uma autoridade em afecções desse tipo, que são, pelo que sei, de natureza tropical ou semitropical?"

"Tenho o conhecimento comum de um homem formado em medicina", respondeu ele com certa afetação.

"Não tenho a menor dúvida quanto à sua competência, senhor, mas com certeza há de convir que, em tais casos, uma segunda opinião é valiosa. Evitou isso, pelo que entendo, por temor de ser pressionado a segregar o paciente."

"Isso mesmo", disse o coronel Emsworth.

"Previ esta situação", expliquei, "e trouxe comigo um amigo em cuja discrição podem ter plena confiança. Tive oportunidade de lhe prestar certa vez um serviço profissional e ele está disposto a aconselhar como amigo, não como especialista. Seu nome é Sir James Saunders."

A perspectiva de uma entrevista com Lord Roberts não teria produzido maior assombro e prazer no mais jovem suboficial que os que se refletiam agora nas feições de Mr. Kent.

"Ficarei realmente orgulhoso", murmurou.

"Pedirei então a Sir James que venha aqui. No momento ele está na carruagem, junto à porta. Nesse meio-tempo, coronel Emsworth, poderíamos talvez nos reunir em seu gabinete, onde eu poderia dar as explicações necessárias."

E É AQUI que sinto falta do meu Watson. Com perguntas argutas e exclamações de pasmo, ele poderia elevar minha simples arte, que não passa de senso comum sistematizado, a um prodígio. Ao contar minha própria história, não tenho essa ajuda. Vou, contudo, transmitir meu processo de pensamento exatamente como o expus à minha pequena audiência, que incluiu a mãe de Godfrey, no gabinete do coronel Emsworth.

"Esse processo", disse eu, "inicia-se com a suposição de que, quando eliminamos tudo que é impossível, o que resta, ainda que improvável, deve ser a verdade. É bem possível que restem várias explicações, caso em que testamos uma após outra, até que uma delas obtenha respaldo suficiente. Agora apliquemos esse princípio ao presente caso. Tal como ele me foi inicialmente apresentado, havia três explicações possíveis para o isolamento ou encarceramento deste cavalheiro numa dependência da mansão de seu pai. Havia a explicação de que ele estava se ocultando por causa de um crime, ou que estava louco e desejava-se evitar um hospício, ou que tinha alguma doença que impunha essa segregação. Não consegui pensar em nenhuma outra solução adequada. Estas, portanto, tinham de ser analisadas e sopesadas umas contra as outras.

"A solução criminal não resistia a exame. Não havia notícia de nenhum crime não resolvido nesse distrito. Eu tinha certeza disso. Mesmo que houvesse algum crime ainda não detectado, seria claramente do interesse da família se livrar do delinquente e despachá-lo para o estrangeiro, não mantê-lo escondido em casa. Não pude encontrar nenhuma explicação para essa linha de conduta.

"Loucura era mais plausível. A presença da segunda pessoa na casa sugeria um guardião. O fato de ele ter trancado a porta ao sair reforçava a suposição e dava a ideia de confinamento. Por outro lado, esse confinamento não podia ser muito severo, ou o rapaz não poderia ter escapado e ido dar uma olhada no amigo. Como deve se lembrar, Mr. Dodd, sondei em busca de pistas, perguntando-lhe por exemplo sobre o jornal que Mr. Kent estava lendo. Se fosse o *Lancet* ou o *British Medical Journal* isso me teria ajudado. Não é ilegal, no entanto, manter um lunático numa propriedade privada, contanto que esteja sob os cuidados de uma pessoa qualificada e que as autoridades tenham sido devidamente notificadas. Por que, então, toda essa insistência desesperada no sigilo? Mais uma vez eu não podia fazer a teoria se ajustar aos fatos.

"Restava a terceira possibilidade, na qual, por mais rara e improvável que fosse, tudo parecia se encaixar. A lepra não é incomum na África do Sul. Por uma casualidade extraordinária, esse jovem poderia tê-la contraído. Sua família se veria numa situação horrível, já que desejaria livrá-lo da segregação. Grande sigilo seria necessário para evitar a disseminação de rumores e a subsequente interferência das autoridades. Não seria difícil encontrar um médico devotado para se encarregar do doente, desde que suficientemente remunerado. Não haveria motivo algum para que não lhe fosse concedida alguma liberdade após o cair da noite. A descoloração da pele é um resultado comum da doença. A cadeia de argumentos era convincente – tão convincente que decidi agir como se ela estivesse realmente provada. Quando, ao chegar aqui, percebi que Ralph, a pessoa que leva as refeições, usava luvas impregnadas de desinfetante, minhas últimas dúvidas se dissiparam. Uma única palavra lhe mostrou, senhor, que seu segredo fora descoberto, e, se a escrevi em vez de pronunciá-la, foi para lhe provar que podia confiar em minha discrição." Eu terminava essa pequena análise do caso quando a porta foi aberta e a figura austera do grande dermatologista foi introduzida. Dessa vez, porém, sua fisionomia esfíngica se descontraíra e havia uma cálida humanidade em seus olhos. Caminhou até o coronel Emsworth e apertou-lhe a mão.

"Cabe-me muitas vezes transmitir más notícias, e raramente boas", disse. "O que torna esta oportunidade ainda mais grata. Não é lepra."

"Quê?"

"Um nítido caso de pseudolepra ou ictiose, uma afecção escamosa da pele, de aspecto feio, renitente, mas possivelmente curável e certamente não infecciosa. Sim, Mr. Holmes, trata-se de uma coincidência notável. Mas será coincidência? Não haverá em ação forças sutis de que pouco sabemos? Quem sabe a terrível apreensão que este jovem sem dúvida sentiu desde a sua exposição àquele contágio não produziu um efeito físico que simula o que ele temia? De qualquer maneira, penhoro minha reputação profissional... Mas a senhora desmaiou! Recomendo que Mr. Kent fique com ela até que se recupere desse ditoso choque!"

A Pedra Mazarin

Era agradável para o dr. Watson ver-se mais uma vez na desleixada sala do primeiro andar de Baker Street que fora o ponto de partida de tantas aventuras extraordinárias. Ele fitou os diagramas científicos nas paredes à sua volta, a bancada de produtos químicos chamuscada por ácidos, o estojo do violino encostado num canto, o balde de carvão que guardava os velhos cachimbos e o tabaco. Finalmente, seus olhos chegaram ao rosto sorridente de Billy, o jovem mas muito sensato e diplomático mensageiro, que ajudava um pouco a amenizar a solidão e o isolamento que cercavam a figura saturnina do grande detetive.

"Tudo parece quase inalterado, Billy. Você também não mudou. Será que poderei dizer o mesmo dele?"

Billy lançou uma olhadela solícita para a porta fechada do quarto.

"Creio que está dormindo", disse.

Eram sete horas da noite de um lindo dia de verão, mas o dr. Watson, suficientemente familiarizado com a irregularidade dos horários do seu velho amigo, não ficou nem um pouco surpreso.

"Isso significa um caso, não é?"

"Sim, senhor; ele está muito envolvido nele neste exato momento. Temo por sua saúde. Está ficando mais pálido e mais magro e não come nada. 'Quando gostaria de jantar, Mr. Holmes?' perguntou-lhe Mrs. Hudson. 'Às sete e meia de depois de amanhã', foi a resposta. O senhor conhece o jeito dele quando está empolgado com um caso."

"Sim, Billy, conheço."

"Ele está seguindo alguém. Ontem saiu disfarçado de operário à procura de emprego. Hoje, era uma velhota. Conseguiu me enganar completamente, e eu já devia conhecer suas manhas." Billy apontou com um sorriso para uma sombrinha bamba encostada no sofá: "Aquilo é parte da indumentária."

"Mas afinal do que se trata, Billy?"

O rapaz baixou a voz, como alguém que discute importantes segredos de Estado. "Não me importo de lhe contar, senhor, mas isto não deve sair daqui. É o caso do diamante da coroa."

"Quê? O roubo de cem mil libras?"

"Sim, senhor. Eles precisam recuperá-lo, senhor. Sabe, tivemos o primeiro-ministro e o ministro do Interior ambos sentados neste mesmo sofá. Mr. Holmes foi muito gentil com eles. Logo os deixou à vontade e lhes prometeu fazer tudo o que pudesse. Esteve aqui também Lord Cantlemere..."

"Ah!"

"Sim, o senhor sabe o que isso significa. É um sujeito empertigado, se é que posso dizer isto. Simpatizei com o primeiro-ministro e não tenho nada contra o ministro do Interior, que pareceu um homem cortês, polido, mas não posso suportar Sua Senhoria. Mr. Holmes também não. Sabe, ele não acredita em Mr. Holmes e foi contra a ideia de contratá-lo. *Preferiria* que ele fracassasse."

"E Mr. Holmes sabe disso?"

"Mr. Holmes sempre sabe tudo que há para saber."

"Bem, esperemos que ele não fracasse e que Lord Cantlemere fique desconcertado. Mas, diga-me, Billy, que cortina é aquela naquela janela?"

"Mr. Holmes mandou que a instalassem ali três dias atrás. Há uma coisa engraçada escondida atrás dela."

Billy avançou e puxou o pano que encobria a janela de sacada.

O dr. Watson não conseguiu conter um grito de espanto. Havia ali um fac-símile de seu velho amigo, de roupão e tudo, o rosto voltado a três quartos para a janela e inclinado, como se lesse um livro invisível, enquanto o corpo se afundava numa poltrona. Billy desprendeu a cabeça e a ergueu.

"Nós a colocamos em diferentes ângulos, para que pareça mais natural. Eu não ousaria tocar nela se a persiana não estivesse abaixada. Mas quando está levantada, é possível ver isto do outro lado da rua."

"Já usamos coisa parecida uma vez."

"Antes do meu tempo", disse Billy. Abriu a persiana e olhou para a rua. "Há gente olhando para nós ali em frente. Posso ver um sujeito na janela agora. Dê uma olhada o senhor mesmo."

Watson dera um passo adiante quando a porta do quarto se abriu e a silhueta comprida e fina de Holmes emergiu, o rosto pálido e abatido, mas o passo e a audição tão alertas como sempre. Com um único salto estava à janela e havia fechado a persiana de novo.

"É melhor assim, Billy", disse ele. "Você estava pondo a sua vida em risco, meu rapaz, e ainda não posso dispensá-lo. Bem,

Watson, é bom vê-lo de novo na sua velha morada. Você chega num momento crítico."

"É o que estou percebendo."

"Pode ir, Billy. Esse garoto é um problema, Watson. Até que ponto tenho o direito de permitir que ele corra perigo?"

"Perigo de quê, Holmes?"

"De morte súbita. Estou esperando algo esta noite."

"Esperando o quê?"

"Ser assassinado, Watson."

"Não, não; está brincando, Holmes!"

"Mesmo o meu senso de humor limitado seria capaz de gerar uma piada melhor que esta. Mas podemos ficar à vontade nesse ínterim, não é? O sifão e os charutos estão no lugar de sempre. Deixe-me vê-lo mais uma vez na poltrona de costume. Espero que não tenha aprendido a desdenhar meu cachimbo e meu deplorável tabaco. Ele tem de substituir a comida estes dias."

"Mas por que não comer?"

"Porque nossas faculdades se refinam quando as deixamos à míngua. Ora, sem dúvida, como médico, você tem de admitir, meu caro Watson, que o que nossa digestão ganha em matéria de suprimento de sangue significa uma perda correspondente para o cérebro. Eu sou um cérebro, Watson. O resto de mim é um mero apêndice. Portanto, é o cérebro que devo considerar."

"Mas e esse perigo, Holmes?"

"Ah, sim, caso ele aconteça, talvez convenha que você sobrecarregue sua memória com o nome e o endereço do assassino. Pode dá-los para a Scotland Yard, com meu amor e minha bênção de despedida. Sylvius é o nome... Conde Negretto Sylvius. Anote-o, homem, anote-o! Moorside Gardens nº 33, N.W. – entendeu?"

O semblante honesto de Watson crispou-se de ansiedade. Ele conhecia muito bem os imensos riscos assumidos por Holmes e sabia perfeitamente que era provável que as palavras do amigo representassem mais uma subestimação que um exagero do perigo. Sempre um homem de ação, Watson elevou-se à altura da ocasião.

"Conte comigo, Holmes. Não tenho nada para fazer por um ou dois dias."

"Sua moral não melhora, Watson. Você acrescentou a lorota a seus outros vícios. Apresenta todos os sinais do médico assoberbado, com um chamado a cada hora."

"Nada de tão importante. Mas você não pode mandar prender esse sujeito?"

"Sim, Watson, eu poderia. É isso que o atormenta tanto."

"Mas por que não o faz?"

"Porque não sei onde está o diamante."

"Ah! O Billy me contou – a joia da coroa desaparecida!"

"Sim, a grande pedra amarela Mazarin. Joguei minha rede e peguei meus peixes. Mas não peguei a pedra. Que adianta pôr a mão *neles*? Podemos tornar o mundo um lugar melhor metendo-os atrás das grades. Mas não é esse o meu objetivo. O que eu quero é a pedra."

"E o conde Sylvius é um dos seus peixes?"

"Sim, e é um tubarão. Ele morde. O outro é Sam Merton, o *boxeur*. Não é um mau sujeito, o Sam, mas o conde o usou. Sam não é um tubarão. É um gobião pateta e teimoso. Mesmo assim, está se sacudindo de um lado para outro na minha rede."

"Onde está esse conde Sylvius?"

"Passei toda a manhã juntinho dele. Você já me viu como uma velha dama, Watson. Nunca estive mais convincente. De fato, ele apanhou minha sombrinha para mim uma vez. 'Com sua licença, madame', disse – é meio italiano, você sabe, e tem as maneiras graciosas do Sul quando está de veia, mas é um demônio encarnado quando não está. A vida é cheia de peripécias, Watson."

"Poderia ter havido uma tragédia."

"Sim, é possível. Eu o segui até a oficina do velho Straubenzee em Minories. Straubenzee fabricou a pistola de ar comprimido – um belíssimo trabalho, a meu ver, e alguma coisa me diz que ela está na janela em frente no presente momento. Viu o boneco? Claro, Billy o mostrou para você. Bem, uma bala pode atravessar a sua bonita cabeça a qualquer instante. Ah, que foi, Billy?"

O garoto havia reaparecido na sala com um cartão numa salva. Holmes passou os olhos nele com um arquear de sobrancelhas e um sorriso divertido.

"O homem em pessoa. Não esperava por isso. Segure a rede, Watson! Um homem de coragem. Talvez você tenha ouvido falar de sua reputação como caçador de caça pesada. Seria realmente um desfecho triunfante para os seus excelentes anais como caçador se me acrescentasse à sua bolsa. Isto é uma prova de que ele está sentindo que estou nos seus calcanhares."

"Mande chamar a polícia."

"Provavelmente o farei. Mas não ainda. Poderia dar uma olhada cuidadosa pela janela, Watson, e ver se há alguém parado na rua?"

Watson olhou cautelosamente pela borda da persiana.

"Sim, há um homem de aspecto grosseiro perto da porta."

"Deve ser Sam Merton – o fiel mas bastante tolo Sam. Onde está esse cavalheiro, Billy?"

"Na sala de espera, senhor."

"Traga-o aqui quando eu tocar."

"Sim, senhor."

"Mesmo que eu não esteja na sala, traga-o aqui."

"Sim, senhor."

Watson esperou que a porta se fechasse e em seguida voltou-se para o companheiro, parecendo preocupado.

"Ouça, Holmes, isto é simplesmente impossível. Esse é um homem desesperado, que não se deixa deter por nada. Pode ter vindo para matá-lo."

"Não seria surpresa para mim."

"Insisto em ficar com você."

"Causaria um horrível embaraço."

"A ele?"

"Não, meu caro companheiro – a mim."

"Bem, não posso deixá-lo de maneira alguma."

"Pode sim, Watson. E o fará, pois nunca deixou de jogar o jogo. Tenho certeza de que jogará até o fim. Esse homem veio movido por seu próprio objetivo, mas poderá ficar pelo meu." Holmes pegou sua agenda e escreveu algumas linhas. "Tome um carro de aluguel até a Scotland Yard e entregue isto a Youghal, do DIC. Volte com a polícia. O sujeito será preso em seguida."

"Farei isso com alegria."

"Até a sua volta, terei justo o tempo suficiente para descobrir onde está a pedra", disse Holmes, e tocou a campainha. "Acho que vamos sair pelo quarto. Esta segunda saída é extremamente útil. Certamente prefiro ver meu tubarão sem que ele me veja, e tenho, como você deve se lembrar, minha própria maneira de fazer isso."

Foi portanto numa sala vazia que Billy, um minuto depois, introduziu o conde Sylvius. O famoso caçador, desportista e cosmopolita era um sujeito alto, moreno, com um tremendo bigode escuro disfarçando uma boca cruel, de lábios finos, sobre a qual se destacava um nariz comprido, curvado como o bico de uma águia. Estava bem-vestido, mas a gravata lustrosa, o alfinete brilhante e os anéis coruscantes produziam um efeito ostentoso. Quando a porta se fechou atrás de si, ele olhou à sua volta com uma expressão feroz, assustado, como alguém que desconfia de uma armadilha a cada passo. Em seguida teve um violento sobressalto ao ver a cabeça impassível e a gola do roupão que se projetavam acima do espaldar da poltrona, junto à janela. Primeiro sua expressão foi de puro assombro. Depois a luz de uma horrível esperança fulgurou em seus olhos escuros, assassinos. Depois de dar mais uma olhada à sua volta para se certificar de que não havia nenhuma testemunha, aproximou-se da figura silenciosa na ponta dos pés, a grossa bengala semierguida. Preparava-se para o salto e o golpe final quando ouviu uma voz serena e sardônica que vinha da porta aberta do quarto:

"Não a quebre, conde! Não a quebre!"

O assassino recuou, cambaleando, o espanto no semblante convulsionado. Por um instante semiergueu mais uma vez a pesada bengala, como se fosse transferir sua violência da efígie para o original; havia porém naqueles firmes olhos cinza e naquele sorriso zombeteiro alguma coisa que fez sua mão baixar.

"É uma belezinha", disse Holmes, avançando para a imagem. "É obra de Tavernier, o modelador francês. Ele é tão bom em

"A grossa bengala semierguida, ele se preparava para o salto e o golpe final quando ouviu uma voz serena e sardônica que vinha da porta aberta do quarto: 'Não a quebre, conde! Não a quebre!'"
[A. Gilbert, *Strand Magazine*, 1921]

figuras de cera quanto o seu amigo Straubenzee em pistolas de ar comprimido."

"Pistolas de ar comprimido, senhor! Que quer dizer?"

"Ponha seu chapéu e sua bengala na mesinha. Obrigado! Sente-se, por favor. Poderia lhe pedir que pusesse o seu revólver ali também? Oh, se prefere se sentar sobre ele, ótimo. Sua visita é de fato extremamente oportuna, eu queria muitíssimo conversar alguns minutos com o senhor."

O conde franziu as sobrancelhas grossas e ameaçadoras.

"Eu também desejava trocar algumas palavras com você, Holmes. É por isto que estou aqui. Não vou negar que pretendi atacá-lo há instantes."

Holmes apoiou a perna na borda da mesa.

"Realmente percebi que tinha alguma ideia do gênero na cabeça", disse. "Mas por que essas atenções pessoais?"

"Porque você saiu dos seus cuidados para ir me irritar. Porque pôs seus homens no meu encalço."

"Meus homens! Eu lhe asseguro que não!"

"Conversa! Eu mandei segui-los. Esse jogo é para dois, Holmes."

"Esse é um detalhe sem importância, conde Sylvius, mas talvez possa me tratar com menos sem-cerimônia. Compreenda que, com minha rotina de trabalho, eu me veria em termos de intimidade com metade da galeria dos malfeitores, e o senhor há de convir que exceções são odiosas."

"Bem, *Mr.* Holmes então."

"Excelente! Mas eu lhe asseguro que está enganado quanto aos meus supostos agentes."

O conde Sylvius deu uma risada insolente.

"Outras pessoas são capazes de observar tão bem quanto o senhor. Ontem foi um velho desportista. Hoje, uma mulher idosa. Vigiaram-me o dia todo."

"Realmente, o senhor me lisonjeia. Na véspera de ser enforcado, o velho barão Dawson disse que, no meu caso, o que a lei ganhara o palco havia perdido. E agora o senhor elogia gentilmente minhas pequenas caracterizações?"

"Era o senhor... o senhor mesmo?"

Holmes deu de ombros. "Pode ver ali no canto a sombrinha que me entregou tão polidamente em Minories antes de começar a desconfiar."

"Se eu soubesse, talvez o senhor nunca..."

"...tivesse visto este humilde lar novamente. Eu sabia muito bem disso. Todos temos oportunidades perdidas a deplorar. O fato é que não sabia, por isso cá estamos nós!"

As sobrancelhas franzidas do conde cerraram-se ainda mais sobre os seus olhos ameaçadores. "O que está dizendo só piora as coisas. Não eram seus agentes, mas sua própria encenação, seu abelhudo! Admite que me perseguiu. Por quê?"

"Ora, conde. O senhor costumava caçar leões na Argélia."

"E daí?"

"Mas por quê?"

"Por quê? A diversão... a emoção... o perigo!"

"E sem dúvida para livrar o país de uma praga?"

"Exatamente."

"Em síntese, aí estão as minhas próprias razões."

O conde levantou-se de um salto e moveu a mão involuntariamente em direção ao bolso traseiro.

"Sente-se, senhor, sente-se! Havia uma outra razão, mais prática. Quero aquele diamante amarelo!"

O conde Sylvius recostou-se de novo na cadeira com um sorriso perverso.

"Palavra de honra!" exclamou.

"O senhor sabia que era por isso que eu estava no seu encalço. O verdadeiro motivo que o trouxe aqui esta noite é descobrir quanto eu sei sobre o assunto e até que ponto minha eliminação é absolutamente essencial. Bem, eu diria que, do seu ponto de vista, ela é absolutamente essencial, porque sei tudo sobre o diamante, exceto uma única coisa, que o senhor está prestes a me contar."

"Oh, realmente! E, por gentileza, que fato é esse que ignora?"

"Onde o diamante da coroa está agora."

O conde lançou um olhar arguto para Holmes. "Ah, quer saber isso, não é? Como diabos eu poderia lhe dizer onde ele está?"

"Pode e vai dizer."

"Vejamos!"

"Não é capaz de blefar comigo, conde Sylvius." Os olhos de Holmes, fixos no visitante, contraíram-se e iluminaram-se até parecerem dois ameaçadores pontos de aço. "É transparente como vidro laminado. Vejo até o fundo de sua mente."

"Nesse caso, é claro, sabe onde está o diamante!"

Holmes bateu palmas, deliciado, e apontou um dedo zombeteiro. "Então sabe. Acaba de admitir!"

"Não admito coisa alguma."

"Ora, conde, se for razoável, podemos fazer negócio. Se não, vai se machucar."

O conde Sylvius voltou os olhos para o teto. "E o senhor fala de blefe!" disse.

Holmes encarou-o, pensativo, como um mestre do xadrez que medita seu lance decisivo. Em seguida abriu a gaveta da mesa e tirou uma caderneta quadrada.

"Sabe o que guardo nesta caderneta?"

"Não, senhor, não sei!"

"O senhor!"

"Eu?"

"Sim, o *senhor.* Está tudo aqui – cada ação de sua vida infame e perigosa."

"Miserável!" gritou o conde com olhos chamejantes. "Minha paciência tem limite!"

"Está tudo aqui, conde. Os fatos reais relativos à morte da velha Mrs. Harold, que lhe deixou a propriedade de Blymer, que o senhor perdeu no jogo tão rapidamente!"

"Está sonhando!"

"E a história completa da vida de Miss Minnie Warrender."

"Ora! Não fará nada com isso!"

"Há muito mais aqui, conde. Há o roubo no trem de luxo para a Riviera em 13 de fevereiro de 1892. Aqui está o cheque falsificado no mesmo ano no Crédit Lyonnais."

"Não; nisso o senhor se engana."

"Então tenho razão nos outros casos! Vamos, conde, o senhor é um jogador de cartas. Quando o adversário tem todos os trunfos, poupamos tempo baixando a nossa mão."

"Que tem toda esta conversa a ver com a joia de que falou?"

"Calma, conde. Contenha essa mente ansiosa! Deixe-me chegar ao que interessa à minha própria e enfadonha maneira. Tenho tudo isso contra o senhor; mas, acima de tudo, tenho motivos claros para acusar tanto o senhor quanto seu capanga no caso do diamante da coroa."

"Vejamos!"

"Tenho o cocheiro de carro de aluguel que o levou a Whitehall e o que o pegou lá. Tenho o funcionário que o viu perto do mostruário. Tenho Ikey Sanders, que se recusou a cortar a pedra para o senhor. Ikey deu com a língua nos dentes e o jogo está encerrado."

As veias na testa do conde saltaram. Suas mãos escuras e peludas fecharam-se numa convulsão de emoção contida. Ele tentou falar, mas as palavras lhe faltaram.

"Esta é a mão que tenho", disse Holmes. "Ponho todas as cartas na mesa. Mas falta uma. Não sei onde está a pedra."

"Nunca saberá."

"Não? Ora, seja razoável, conde. Considere a situação. Vai passar vinte anos trancafiado. Sam Merton também. Que proveito conseguirão tirar do seu diamante? Absolutamente nenhum. Mas se entregá-lo – bem, entro num acordo com o senhor e não o denuncio. Não queremos o senhor nem Sam. Queremos a pedra. Desista dela e, no que me diz respeito, ficará livre no futuro, enquanto se comportar. Se cometer mais um deslize... bem, será o último. Mas desta vez minha missão é conseguir a pedra, não o senhor."

"Mas e se eu recusar?"

"Bem, nesse caso – é pena! – terá de ser o senhor e não a pedra."

Billy aparecera em resposta a um toque de campainha.

"Parece-me, conde, que seria interessante ter seu amigo Sam nesta conferência. Afinal, os interesses dele deveriam estar representados. Billy, você verá um cavalheiro grande e feio junto à porta da frente. Peça-lhe para subir."

"E se ele não quiser vir, senhor?"

"Nada de violência, Billy. Não seja grosseiro com ele. Se lhe disser que o conde Sylvius o chama, certamente virá."

"Que vai fazer agora?" perguntou o conde quando Billy desapareceu.

"Meu amigo Watson esteve comigo até há pouco. Eu lhe disse que tinha um tubarão e um gobião na minha rede; agora estou puxando a rede e eles virão juntos."

O conde se levantara e tinha a mão nas costas. Holmes segurou um objeto proeminente no bolso de seu roupão.

"Você não vai morrer na cama, Holmes."

"Essa ideia já me ocorreu muitas vezes. Será que isso importa muito? Afinal de contas, conde, é mais provável que o senhor se retire na perpendicular que na horizontal. Mas essas antecipações do futuro são mórbidas. Por que não nos entregarmos inteiramente ao gozo do presente?"

Um brilho súbito e feroz surgiu nos olhos escuros e ameaçadores do consumado criminoso. A figura de Holmes parecia crescer à medida que ele ficava mais tenso e alerta.

"Não adianta apalpar o seu revólver, meu amigo", disse ele com voz serena. "Sabe perfeitamente que não ousaria usá-lo, mesmo que eu lhe desse tempo para sacá-lo. Revólveres são coisas detestáveis, barulhentas, conde. Melhor continuar com pistolas de ar comprimido. Ah! Parece-me que ouvi os passos delicados do seu estimado parceiro. Bom dia, Mr. Merton. A rua está muito maçante, não é?"

O pugilista, um rapaz robusto com um rosto chupado, de expressão obtusa e teimosa, postou-se à porta, constrangido, olhando à sua volta com perplexidade. As maneiras afáveis de Holmes eram uma experiência nova para ele, e, embora percebesse vagamente que eram hostis, não sabia como se opor a elas. Pediu ajuda ao seu camarada mais esperto.

"Qual é o jogo agora, conde? Que quer esse sujeito? Que está acontecendo?" Sua voz era grave e rouca.

O conde deu de ombros e foi Holmes quem respondeu.

"Se me permite ser sintético, Mr. Merton, eu diria que está *tudo* encerrado."

O pugilista continuou dirigindo suas observações para o companheiro.

"Este sujeito está tentando ser engraçado, ou o quê? Eu não estou para brincadeiras."

"Não, suponho que não", disse Holmes. "Acho que posso lhe prometer que ficará ainda mais mal-humorado à medida que a noite avançar. Agora ouça, conde Sylvius. Sou um homem ocupado e não tenho tempo a perder. Vou entrar naquele quarto. Por favor, sintam-se inteiramente à vontade na minha ausência. O senhor pode explicar ao seu amigo em que pé estão as coisas sem o estorvo da minha presença. Vou tentar praticar a 'Barcarolle' em meu violino. Em cinco minutos estarei de volta para ouvir a sua resposta final. Compreendeu bem a alternativa, não? Que vamos pegar: o senhor ou a pedra?"

Holmes retirou-se, apanhando seu violino no canto ao passar. Instantes depois, as notas longas e plangentes da mais obsedante das melodias fizeram-se ouvir através da porta fechada do quarto.

"Então, que está acontecendo?" perguntou Merton ansiosamente quando seu companheiro se voltou para ele. "O sujeito sabe sobre a pedra?"

"Sabe perigosamente demais sobre ela. Não tenho certeza de que não sabe tudo..."

"Meu Deus!" O semblante pálido do pugilista ficou um pouco mais branco.

"Ikey Sanders nos alcaguetou."

"Fez isso, fez? Vou acabar com esse camarada, mesmo que vá para a forca por isso."

"Isso não nos ajudará muito. Temos de decidir o que fazer."

"Um instante", disse o pugilista, lançando um olhar desconfiado para a porta do quarto. "Esse sujeito é esperto, temos de ficar de olho. Será que não está ouvindo?"

"Como poderia, com toda essa música?"

"Certo. Talvez alguém atrás de uma cortina. Há cortinas demais nesta sala." Ao olhar em volta, viu de repente, pela primeira vez, a efígie junto à janela e ficou parado, apontando-a de olhos arregalados, pasmo demais para falar.

"Ora! É só um manequim", disse o conde.

"Um boneco, é? Incrível! Assim, nem Madame Tussaud. É o homem cuspido e escarrado, roupão e tudo. Mas e essas cortinas, conde?"

"Ora, que se danem as cortinas! Estamos perdendo o nosso tempo, e não nos sobra muito. Ele pode nos meter na cadeia por causa dessa pedra."

"O pior é que pode!"

"Mas vai nos deixar escapar, contanto que lhe digamos onde ela está."

"Quê? Desistir dela? Desistir de cem mil libras?"

"É uma coisa ou outra."

Merton coçou a cabeça.

"Ele está sozinho ali dentro. Vamos liquidá-lo. Se estivesse com a luz apagada, não teríamos nada a temer."

O conde sacudiu a cabeça.

"Ele está armado e de atalaia. Se lhe déssemos um tiro, dificilmente conseguiríamos escapar num lugar como este. Além disso, é muito provável que a polícia saiba de alguma prova que ele tenha conseguido. Ei! Que foi isso?"

Ouvira-se um som indefinido que parecia ter vindo da janela. Os dois homens se viraram de um salto, mas tudo estava silencioso. Exceto pela estranha figura sentada na poltrona, a sala estava certamente vazia.

"Alguma coisa na rua", disse Merton. "Agora escute aqui, chefe, você tem miolos. Certamente pode pensar num jeito de sairmos desta. Se uma bala não resolve, decida o que devemos fazer."

"Já enganei gente melhor do que ele", respondeu o conde. "A pedra está aqui no meu bolso secreto. Não quis correr o risco de deixá-la por aí. Poderá estar fora da Inglaterra esta noite e cortada em quatro em Amsterdam antes de domingo. Ele não sabe nada sobre Van Seddar."

"Pensei que Van Seddar iria na próxima semana."

"*Iria*. Mas agora terá de partir no próximo barco. Um de nós terá de ir com a pedra às escondidas a Lime Street e lhe dizer isso."

"Mas o fundo falso não está pronto."

"Bem, ele terá de pegá-la como está e correr o risco. Não há um minuto a perder." Mais uma vez, com a percepção do perigo que se torna um instinto para o desportista, o conde parou e olhou fixamente para a janela. Sim, era certamente da rua que aquele som indistinto tinha vindo.

"Quanto a Holmes", continuou, "podemos enganá-lo com muita facilidade. Veja, o idiota não nos prenderá se conseguir a pedra. Bem, vamos lhe prometer a pedra. Vamos pô-lo na pista falsa com relação a ela, e, antes que ele descubra que *é* uma pista falsa, a pedra estará na Holanda e nós, fora do país."

"Isso me soa bom!" exclamou Sam Merton com um largo sorriso.

"Vá e diga ao holandês para se aviar. Vou ver este sujeito e fazê-lo engolir uma confissão fictícia. Vou lhe dizer que a pedra está em Liverpool. Estou farto dessa música chorosa; ela me dá nos nervos! Quando ele descobrir que a pedra não está em Liverpool, ela estará em quatro pedaços e nós, navegando. Volte aqui, saia da frente desse buraco de fechadura. Aqui está a pedra."

"Não sei como tem coragem de andar com ela."

"Onde ficaria mais segura? Se nós conseguimos tirá-la de Whitehall, alguma outra pessoa certamente conseguiria tirá-la do meu quarto."

"Deixe-me dar uma olhada nela."

O conde Sylvius lançou um olhar pouco lisonjeiro ao cúmplice e ignorou a mão suja estendida para ele.

"Está pensando o quê? Que vou roubá-la de você? Escute aqui, companheiro, estou ficando um pouquinho cansado do seu jeito."

"Ora, Sam, não quis ofendê-lo. Não podemos nos dar ao luxo de brigar. Venha até a janela, se quiser ver bem esta lindeza. Agora segure-a contra a luz! Aqui!"

"Obrigado!"

Com um único movimento Holmes saltou da poltrona do boneco e agarrou a joia preciosa. Segurando-a numa das mãos, apontou com a outra um revólver para a cabeça do conde. Os dois bandidos cambalearam para trás, assombrados. Antes que se recobrassem do susto, Holmes apertara a campainha elétrica.

"Nada de violência, cavalheiros... nada de violência, eu lhes peço! Pensem na minha mobília! Devem saber perfeitamente que estão numa situação insustentável. A polícia está à espera lá embaixo."

A perplexidade do conde sobrepujava sua fúria e seu medo.

"Mas como diabos...?" falou, ofegante.

"A sua surpresa é muito natural. Não sabe que uma segunda porta de meu quarto se abre atrás daquela cortina. Imaginei que deviam ter me ouvido quando removi o boneco, mas a sorte estava do meu lado. Ela me deu a chance de ouvir a picante conversa de vocês, que teria sido lamentavelmente reprimida se tivessem conhecimento de minha presença."

O conde fez um gesto de resignação.

"Você levou a melhor, Holmes. Acredito que é o próprio demônio."

"Não estou muito longe dele, de qualquer maneira", respondeu Holmes com um sorriso polido.

O intelecto lento de Sam Merton só pouco a pouco avaliara a situação. Nesse momento, quando o som de passos pesados vinha da escada lá fora, ele finalmente quebrou o seu silêncio.

"Uma prisão justa! Mas e esse maldito violino? Continuo a ouvi-lo!"

"Ora, ora!" respondeu Holmes. "Tem toda razão. Deixe-o tocar! Esses gramofones modernos são uma invenção extraordinária!"

A polícia irrompeu sala adentro, as algemas retiniram e os criminosos foram levados para o carro de aluguel que esperava. Watson deixou-se ficar com Holmes, cumprimentando-o por essa nova folha acrescentada a sua coroa de louros. Mais uma vez a conversa de ambos foi interrompida pelo imperturbável Billy com sua salva.

"Lord Cantlemere, senhor."

"Traga-o aqui, Billy. Esse é o eminente par do reino que representa os mais elevados interesses", disse Holmes. "É uma pessoa excelente e leal, mas do Antigo Regime. Será que deveríamos fazê-lo relaxar? Que podemos ousar tomar uma pequena liberdade? Podemos conjecturar que não sabe de nada do que aconteceu."

A porta se abriu para dar passagem a uma figura magra e austera, com um rosto fino, de traços marcados; as suíças pendentes, de um negrume lustroso, estavam em desacordo com os ombros caídos e o andar vacilante. Holmes avançou afavelmente e apertou uma mão inerte.

"Como vai, Lord Cantlemere? Está frio para esta época do ano, mas tépido dentro de casa. Quer me dar o seu sobretudo?"

"Não, obrigado; não vou tirá-lo."

Holmes pousou a mão na manga, insistente.

"Por favor, permita-me! O meu amigo dr. Watson poderia lhe assegurar que essas mudanças de temperatura são extremamente insidiosas."

Sua Senhoria desvencilhou-se dele com alguma impaciência.

"Estou muito bem, senhor. Não preciso ficar. Vim apenas perguntar como sua missão voluntária está progredindo."

"É difícil... muito difícil."

"Temia que encontrasse dificuldades."

Havia um nítido escárnio nas palavras e nas maneiras do velho cortesão.

"Todo homem encontra os seus limites, Mr. Holmes, mas pelo menos isso nos cura da fraqueza da presunção."

"Sim, senhor, tenho estado inteiramente confuso."

"Sem dúvida."

"Especialmente num ponto. Quem sabe poderia me ajudar em relação a ele?"

"Demorou demais a pedir meu conselho. Pensei que seus próprios métodos fossem suficientes. Apesar disso, estou disposto a ajudá-lo."

"Veja, Lord Cantlemere, poderemos sem dúvida mover um processo contra os verdadeiros ladrões."

"Quando os tiver capturado."

"Exatamente. Mas a questão é: como devemos proceder contra o receptador?"

"A posse real da pedra?"

"O senhor o prenderia por isso?"

"Indubitavelmente."

Holmes raramente ria, mas nunca chegou tão perto disso, pelo que seu velho amigo Watson podia se lembrar.

"Nesse caso, meu caro senhor, vejo-me na penosa necessidade de recomendar que seja preso."

Lord Cantlemere ficou furioso. Restos de um ardor antigo coraram suas faces amareladas.

"Toma uma grande liberdade, Mr. Holmes. Em cinquenta anos de serviço público, não me lembro de caso parecido. Sou um homem ocupado, senhor, envolvido com assuntos importantes, e não tenho tempo nem gosto para piadas tolas. Posso lhe dizer francamente que nunca acreditei na sua capacidade e sempre fui da opinião de que o caso estava muito mais seguro nas mãos da força policial regular. Sua conduta confirma todas as minhas conclusões. Tenho a honra, senhor, de lhe desejar boa-noite." Holmes trocara rapidamente de posição e estava entre o par e a porta.

"Um momento, senhor", disse. "Realmente sair com a pedra Mazarin seria uma ofensa mais grave do que ser encontrado na posse temporária dela."

"Senhor, isto é intolerável! Deixe-me passar."

"Ponha a mão no bolso direito do seu sobretudo."

"Que quer dizer?"

"Vamos... vamos, faça o que estou pedindo."

Um instante depois o assombrado par do reino estava parado, pestanejando e gaguejando, com a grande pedra amarela sobre a palma trêmula.

"Quê? Quê? Como pode ser, Mr. Holmes?"

"Não se assuste, Lord Cantlemere, não se assuste!" exclamou Holmes. "Meu velho amigo aqui pode lhe dizer que tenho o costume malicioso de fazer essas brincadeiras. E também que nunca consigo resistir a uma situação dramática. Tomei a liberdade – a grande liberdade, admito – de pôr a pedra no seu bolso no início da nossa entrevista."

Os olhos do velho par dançavam da pedra para o rosto risonho diante de si.

"Senhor, estou perplexo. Mas... sim... é realmente a pedra Mazarin. Estamos em grande dívida para com o senhor. Seu senso de humor pode, como admite, ser um tanto deturpado, e sua exibição foi extremamente extemporânea, mas pelo menos eu retiro qualquer reflexão que tenha feito sobre a sua espantosa capacidade profissional. Mas como..."

"O caso está apenas pela metade; os detalhes podem esperar. Sem dúvida, Lord Cantlemere, seu prazer em comunicar esse feliz resultado no exaltado círculo a que retornará será uma pequena expiação para minha brincadeira. Billy, acompanhe Sua Senhoria até a porta, e diga a Mrs. Hudson que eu ficaria satisfeito se ela nos mandasse jantar para dois o quanto antes."

As Três Empenas

Creio que nenhuma de minhas aventuras com Mr. Sherlock Holmes começou de forma tão abrupta, ou tão dramática, como esta que intitulo "As Três Empenas". Eu não via Holmes havia alguns dias e não tinha a menor ideia do novo canal para o qual suas atividades haviam sido dirigidas. Mas meu amigo estava loquaz aquela manhã e acabara de me instalar na poltrona surrada e baixa a um lado da lareira, enquanto ele se enroscava, cachimbo na boca, na cadeira oposta, quando nosso visitante chegou. Se eu dissesse que um touro furioso chegara, daria uma impressão mais clara do que aconteceu.

A porta se abriu e um negro enorme irrompeu na sala. Teria sido uma figura cômica se não fosse tão assustador, pois vestia um terno xadrez cinzento chamativo com uma esvoaçante gravata salmão. Projetava para a frente a cara larga e o nariz chato, enquanto os olhos escuros e soturnos, com um lampejo reprimido de maldade, iam e vinham entre nós dois.

"Qual dos cavaleiros é *Masser* Holmes?" perguntou.

Holmes ergueu seu cachimbo com um sorriso lânguido.

"Oh! é *Masser*, é?" disse nosso visitante, contornando o ângulo da mesa de uma forma desagradável e sorrateira. "Escute aqui, *Masser* Holmes, não se meta nos negócios dos outros. Deixe as pessoas tratarem dos negócios delas. Entendeu bem, *Masser* Holmes?"

"Continue falando", disse Holmes. "É ótimo."

"Ah, é ótimo, é?" grunhiu o selvagem. "Não vai ser tão ótimo se eu tiver de lhe dar um corretivo. Já lidei com gente da sua laia, e eles não pareciam ótimos quando eu terminei. Olhe isto, *Masser* Holmes!"

Sacudiu um punho enorme e nodoso debaixo do nariz do meu amigo. Holmes examinou-o atentamente, com ar de profundo interesse. "Você nasceu assim?" perguntou. "Ou foi ficando aos poucos?"

Talvez tenha sido a frieza glacial do meu amigo, ou talvez o ligeiro tinido que produzi ao pegar o atiçador de brasas. O fato foi que as maneiras de nosso visitante tornaram-se menos exuberantes.

"Bem, eu lhe avisei", disse ele. "Tenho um amigo que tem um interesse lá em Harrow – sabe o que eu quero dizer – e ele não pretende aguentar nenhuma intromissão sua. Entendeu? O *Masser* não é a justiça, eu também não sou a justiça; não se meta, ou eu vou estar por lá também. Não se esqueça."

"Há algum tempo quero encontrá-lo", disse Holmes. "Não lhe peço que se sente porque não gosto do seu cheiro, mas não é Steve Dixie, o pugilista?"

"Esse é o meu nome, *Masser* Holmes, e vai ter comigo se tentar me levar pelo beiço."

"Isso certamente não me ocorreria", disse Holmes, os olhos fixos na bocarra medonha do nosso visitante. "Mas houve a morte do jovem Perkins na frente do Holborn Bar... Quê? Está indo embora?"

O negro dera um salto atrás e seu rosto estava cinza. "Não vou ouvir essa conversa", disse. "Que é que eu tenho a ver com

"'Escute aqui, Mr. Holmes, não se meta nos negócios dos outros. Deixe as pessoas tratarem dos negócios delas. Entendeu bem, Mr. Holmes?'"
[Howard Elcock, *Strand Magazine*, 1926]

esse Perkins, *Masser* Holmes? Eu estava treinando no Bull Ring em Birmingham quando esse garoto se meteu naquela encrenca."

"Sim, você vai contar isso para o juiz, Steve", disse Holmes. "Andei de olho em você e em Barney Stockdale..."

"Então valha-me Deus! *Masser* Holmes..."

"Basta. Suma daqui. Eu o encontrarei quando precisar de você."

"Bom dia, *Masser* Holmes. Espero que não fique sentido comigo por causa dessa visita."

"Ficarei, a menos que me diga quem o mandou aqui."

"Ora, isso não é nenhum segredo, *Masser* Holmes. Foi esse mesmo 'cavalheiro' que mencionou agora mesmo."

"E quem o instigou a isso?"

"Meu Deus. Não sei, *Masser* Holmes. Ele só disse: 'Steve, vá falar com Mr. Holmes e diga-lhe que sua vida não está segura se ele se meter para os lados de Harrow.' Esta é toda a verdade." Sem esperar mais nenhuma pergunta, nosso visitante saiu da sala de repente, de maneira tão precipitada como entrara. Holmes bateu as cinzas do cachimbo com um risinho silencioso.

"Que bom que você não teve de lhe dar uma porretada na carapinha, Watson. Observei as suas manobras com o atiçador. Mas na verdade ele é um sujeito bastante inofensivo, um grande bebê musculoso, tolo, fanfarrão e, como você viu, assustadiço. Pertence ao bando de Spencer John e ultimamente participou de um trabalho sujo que eu talvez esclareça quando tiver tempo. Seu chefe imediato, Barney, é uma pessoa mais astuta. São especializados em assaltos, intimidação e coisas do gênero. O que quero saber é: quem está por trás deles neste caso em particular?"

"Mas por que eles querem intimidá-lo?"

"É aquele caso de Harrow Weald. Isso me faz decidir examinar o assunto, pois se alguém acha que vale a pena se dar tanto trabalho, deve haver alguma coisa ali."

"Mas o quê?"

"Eu ia lhe contar quando tivemos esse interlúdio cômico. Aqui está o bilhete de Mrs. Maberley. Se quiser vir comigo, vamos lhe mandar um telegrama e partir imediatamente."

> Caro Mr. Sherlock Holmes,
> Ocorreu-me uma sucessão de incidentes estranhos relacionados a esta casa e eu apreciaria muito o seu conselho. Poderá me encontrar em casa a qualquer hora amanhã. A casa fica a uma curta caminhada da Weald Station. Creio que meu finado marido, Mortimer Maberley, foi um dos seus antigos clientes.
>
> Cordialmente,
> Mary Maberley

O endereço era: "As Três Empenas, Harrow Weald."

"Então é isso!" disse Holmes. "E agora, se você dispõe de tempo, Watson, vamos nos pôr a caminho."

Uma curta viagem de trem e uma mais curta dc coche levaram-nos à casa, uma construção de tijolo e madeira situada num terreno de um acre coberto por um capinzal não tratado. Três pequenas projeções acima das janelas de cima faziam uma débil tentativa de justificar o seu nome. Atrás havia um pequeno bosque de pinheiros melancólicos, pouco crescidos, e o aspecto geral do lugar era pobre e deprimente. Apesar disso, constatamos que a casa era bem mobiliada, e fomos recebidos por uma senhora de certa idade extremamente cativante, com todas as marcas de refinamento e cultura.

"Lembro-me bem do seu marido, senhora", disse Holmes, "embora faça alguns anos que ele usou meus serviços num caso trivial."

"Provavelmente está mais familiarizado com o nome do meu filho Douglas."

Holmes fitou-a com grande interesse.

"Ora vejam! É a mãe de Douglas Maberley? Eu o conheci ligeiramente. Mas é claro que Londres inteira o conheceu. Que criatura magnífica! Onde está agora?"

"Morto, Mr. Holmes, morto! Era *attaché* em Roma, e morreu de pneumonia mês passado."

"Lamento. Não se podia associar a morte a um homem como ele. Nunca conheci alguém tão cheio de vida. Viveu intensamente – em cada fibra!"

"Intensamente demais, Mr. Holmes. Essa foi a sua ruína. O senhor se lembra dele como era – jovial e esplêndido. Não viu a criatura mal-humorada, rabugenta e introvertida em que se transformou. Tinha o coração partido. Num único mês pareceu-me ver meu valente menino transformar-se num homem cínico e exausto."

"Um caso de amor... uma mulher?"

"Ou um demônio. Bem, não foi para falar do meu pobre rapaz que lhe pedi que viesse, Mr. Holmes."

"O dr. Watson e eu estamos ao seu dispor."

"Aconteceram alguns fatos muito estranhos. Faz mais de um ano que moro nesta casa e, como desejava levar uma vida retirada, pouco vi os meus vizinhos. Três dias atrás esteve aqui um homem que se apresentou como corretor de imóveis.

Disse que esta casa conviria perfeitamente a um cliente seu e que, se eu quisesse dispor dela, dinheiro não seria problema. Aquilo me pareceu muito estranho, pois há várias casas vazias à venda que parecem tão convenientes quanto esta, mas claro que me interessei pelo que dizia. Assim pedi um preço que era quinhentas libras mais do que paguei. Ele aceitou imediatamente a proposta, mas acrescentou que seu cliente desejava comprar também os móveis e pediu que eu fizesse um preço para eles. Como parte desta mobília é de minha antiga casa, e é, como vê, de muito boa qualidade, pedi uma gorda soma redonda. Também com isso ele concordou prontamente. Eu sempre quis viajar, e o negócio era tão bom que realmente parecia que eu seria dona de meu nariz pelo resto da minha vida.

"Ontem o homem chegou com o contrato já todo redigido. Por sorte eu o mostrei a Mr. Sutro, meu advogado, que mora em Harrow. Ele me disse: 'Este documento é muito estranho. Está ciente de que, se o assinar, não poderá legalmente tirar *coisa alguma* da casa... nem mesmo seus objetos de uso pessoal?' Quando o homem voltou à noite mostrei-lhe isso, e disse que só tinha intenção de vender os móveis."

"'Não, não, tudo', respondeu.

"'Mas minhas roupas? Minhas joias?'

"'Bem, bem, alguma concessão poderia ser feita para os seus pertences pessoais. Mas nada poderá sair da casa sem ser examinado. Meu cliente é um homem muito liberal, mas tem as suas manias e o seu próprio jeito de fazer as coisas. Com ele, é tudo ou nada.'

"'Nesse caso, deve ser nada', respondi. O assunto ficou nesse pé, mas a coisa toda me pareceu tão insólita que pensei..."

Nesse instante tivemos uma interrupção extraordinária.

Holmes ergueu a mão, pedindo silêncio. Depois cruzou a sala a passos largos, abriu bruscamente a porta e arrastou para dentro uma mulher alta e magricela que agarrara pelo ombro. Ela entrou se debatendo e cacarejando; mais parecia uma enorme e desengonçada galinha enxotada do galinheiro.

"Solte-me! Que está fazendo?" gritava.

"Mas que é isso, Susan?"

"Bem, madame, eu estava vindo perguntar se as visitas iam ficar para almoçar quando este homem pulou em cima de mim."

"Fazia cinco minutos que eu a estava escutando, mas não quis interromper a interessantíssima narrativa. Seu peito está chiando um pouco, Susan, não é verdade? Você resfolega demais para esse tipo de trabalho."

Susan virou um semblante amuado, mas pasmo, para seu captor.

"Quem é o senhor, afinal de contas, e que direito tem de me puxar assim?"

"Eu simplesmente desejava fazer uma pergunta na sua presença. Mencionou para alguém, Mrs. Maberley, que ia me escrever e me consultar?"

"Não, Mr. Holmes."

"Foi a senhora que postou sua carta?"

"Foi Susan."

"Exatamente. Agora, Susan, para quem você escreveu ou mandou uma mensagem dizendo que a sua patroa estava me pedindo conselho?"

"É mentira. Não mandei mensagem nenhuma."

"Ora, Susan, asmáticos podem ter vida curta, você sabe. É feio pregar mentiras. Para quem você contou?"

"Susan!" exclamou a patroa. "Você é uma mulher má, traiçoeira. Lembro agora que a vi conversando com alguém por cima da sebe."

"Era assunto meu", disse a mulher, irritada.

"E se eu lhe disser que foi com Barney Stockdale que falou?" disse Holmes.

"Bem, se sabe, para que pergunta?"

"Não tinha certeza, mas agora tenho. Bem, Susan, você ganhará dez libras se me disser quem está por trás de Barney."

"Alguém que poderia pagar mil libras para cada dez que o senhor tem no mundo."

"Um homem rico, então? Não; você sorriu... uma mulher rica. Agora que fomos tão longe, poderia dizer o nome tam bém e ganhar as dez libras."

"Primeiro vou vê-lo no inferno."

"Oh, Susan! Que linguagem!"

"Estou indo embora daqui. Estou farta de todos vocês. Mando buscar o meu baú amanhã." Precipitou-se para a porta.

"Até logo, Susan. Tome um paregórico... Agora", continuou, passando subitamente de jovial a severo, depois que a porta se fechou sobre a mulher vermelha e furibunda, "esse bando não está brincando. Veja com que rapidez eles estão agindo. A carta que me mandou tinha o carimbo de dez horas da noite. No entanto, Susan conseguiu passar a informação para Barney. Barney teve tempo de procurar seu patrão e receber instruções; ele ou ela – inclino-me por esta segunda possibilidade, em vista do sorriso de Susan quando pensou que eu me enganara – traça um plano. Black Steve é chamado e tentam me demover de vir aqui antes de onze horas da manhã seguinte. É um trabalho rápido, como veem."

"Mas que querem eles?"

"Sim, essa é a questão. A quem esta casa pertenceu antes da senhora?"

"A um capitão reformado chamado Ferguson."

"Havia algo de notável em relação a ele?"

"Não que eu soubesse."

"Ocorreu-me que poderia ter enterrado alguma coisa. É claro que hoje em dia, quando as pessoas enterram tesouros, fazem-no no banco dos Correios. Mas sempre há alguns lunáticos por aí. O mundo seria enfadonho sem eles. A princípio, pensei em objetos de valor enterrados. Mas, nesse caso, por que haveriam de querer a sua mobília? Será que a senhora tem um Rafael ou um *First Folio* de Shakespeare sem saber?"

"Não, acho que não tenho nada mais raro que um aparelho de chá Crown Derby."

"Isso dificilmente justificaria todo esse mistério. Ademais, por que não declarariam abertamente o que querem? Se cobiçam o seu aparelho de chá, podem sem dúvida oferecer um preço por ele, sem comprar tudo quanto a senhora possui. Não, pelo que entendo, há alguma coisa que a senhora não sabe que tem e de que não abriria mão se soubesse."

"É assim que interpreto a coisa", disse eu.

"O dr. Watson concorda, portanto o assunto está resolvido."

"Bem, Mr. Holmes, que pode ser?"

"Vejamos se mediante esta análise puramente mental podemos chegar a uma ideia mais precisa. A senhora está nesta casa há um ano."

"Quase dois."

"Tanto melhor. Durante esse período, ninguém lhe pediu nada. Agora, de repente, nestes últimos três ou quatro dias, fazem-lhe solicitações urgentes. Que deduziria disso?"

"Isso só pode significar", disse ela, "que o objeto, seja lá o que for, acaba de entrar na casa."

"Resolvido mais uma vez", disse Holmes. "Agora, Mrs. Maberley, algum objeto acaba de chegar?"

"Não; não comprei nada novo este ano."

"É mesmo? Isto é extremamente notável. Bem, penso que o melhor seria deixar a situação se desenvolver um pouco mais, até que tenhamos dados mais claros. Seu advogado é um homem competente?"

"Mr. Sutro é extremamente competente."

"Tem outra empregada, ou somente a linda Susan, que acaba de bater a porta da frente?"

"Tenho uma mocinha."

"Peça a Sutro para passar uma ou duas noites aqui na casa. Talvez a senhora precise de proteção."

"Contra quem?"

"Como saber? A situação está certamente obscura. Se não consigo descobrir o que procuram, tenho de abordar a questão pela outra ponta e tentar chegar ao principal. Aquele corretor de imóveis deu algum endereço?"

"Apenas seu cartão, com a ocupação. Haines-Johnson, leiloeiro e avaliador."

"Tenho a impressão de que não o encontraremos no Catálogo. Homens honestos não escondem o endereço de seu escritório. Bem, a senhora me comunicará qualquer novo desdobramento. Assumi o seu caso e pode ficar certa de que cuidarei dele até o fim."

Quando atravessamos pelo *hall*, os olhos de Holmes, que não deixavam passar nada, deram com vários baús e malas amontoados num canto. As etiquetas rebrilhavam sobre eles.

"'Milano.' 'Lucerne.' Vêm da Itália."

"São as coisas do pobre Douglas."

"A senhora não desfez essa bagagem? Há quanto tempo a recebeu?"

"Chegou semana passada."

"Mas a senhora disse... ora, certamente este poderia ser o elo perdido. Quem nos assegura que não há alguma coisa de valor aí?"

"Isso não seria possível, Mr. Holmes. O pobre Douglas tinha apenas seu salário e uma pequena renda anual. Como poderia ter algo de valor?"

Holmes estava perdido em pensamentos.

"Não protele isso mais, Mrs. Maberley", disse por fim. "Mande levar essas coisas para o seu quarto. Examine-as assim que possível e veja o que contêm. Virei amanhã ouvir o seu relato."

Ficou evidente que As Três Empenas estavam sob a mais rigorosa vigilância, pois, quando contornamos a sebe alta no fim do caminho, lá estava o pugilista negro parado à sombra. Topamos com ele muito de repente, e pareceu uma figura sinistra e ameaçadora naquele lugar solitário. Holmes bateu a mão no bolso.

"Procurando o seu revólver, Mr. Holmes?"

"Não, o meu frasco de perfume, Steve."

"É muito engraçado, *Masser* Holmes, não é?"

"As coisas não lhe parecerão engraçadas, Steve, se eu o apanhar. Eu o avisei esta manhã."

"Bem, *Masser* Holmes, pensei bem no que disse e não quero mais falar sobre aquele caso de *Masser* Perkins. Se achar que posso ajudá-lo, aqui estou."

"Bem, nesse caso, diga-me quem está por trás de você nesta história."

"Valei-me, Senhor! Eu já lhe contei a verdade, *Masser* Holmes. Eu não sei. Meu chefe Barney me dá ordens, só isso."

"Bem, apenas tenha em mente, Steve, que a senhora naquela casa e tudo que se encontra sob aquele teto estão sob a minha proteção. Não se esqueça disso."

"Certo, *Masser* Holmes. Vou me lembrar."

"Deixei-o temendo pela própria pele, Watson", observou Holmes quando nos afastávamos. "Acho que trairia seu em-

"Topamos com o pugilista negro muito de repente, e pareceu uma figura sinistra e ameaçadora naquele lugar solitário."
[Howard Elcock, *Strand Magazine*, 1926]

pregador, se soubesse quem é. Foi sorte minha saber alguma coisa sobre o bando de Spencer John, e que Steve era um deles. Pois bem, Watson, este é um caso para Langdale Pike, e vou vê-lo agora mesmo. Quando voltar, talvez esteja mais informado sobre o assunto."

NÃO VI MAIS Holmes aquele dia, mas pude imaginar perfeitamente como o passou, pois Langdale Pike era seu livro de referências humano para tudo que dizia respeito a escândalo social. Essa estranha e lânguida criatura passava suas horas de vigília numa janela de sacada de um clube em St. James's

Street, e era a estação receptora, bem como transmissora, de todos os mexericos da metrópole. Tinha, ao que se dizia, um rendimento de quatro dígitos pelos parágrafos que escrevia toda semana para os jornalecos que alimentam um público curioso. Se alguma vez, nas profundezas mais turvas da vida de Londres, havia algum redemoinho ou turbilhão, era detectado com exatidão automática por esse mostrador humano na superfície. Discretamente, Holmes passava informações a Langdale e vez por outra era auxiliado por ele.

Quando encontrei o meu amigo em seus aposentos na manhã seguinte, percebi por sua conduta que estava tudo bem; apesar disso, uma surpresa extremamente desagradável estava à nossa espera. Ela tomou a forma do seguinte telegrama:

> Por favor venha imediatamente. A casa da cliente foi roubada à noite. Polícia assumiu o caso.
>
> SUTRO

Holmes deu um assobio. "O drama chegou a uma crise, e mais depressa do que eu esperava. Há uma grande força motriz por trás desse caso, Watson, o que não me surpreende depois do que ouvi. Esse Sutro, claro, é o advogado dela. Temo ter cometido um erro ao não lhe pedir que passasse a noite de vigília. Esse sujeito provou-se claramente um caniço rachado. Bem, não há nada a fazer senão outra viagem para Harrow Weald."

As Três Empenas pareciam muito diferentes da casa tranquila da véspera. Um grupinho de ociosos se reunira junto ao portão do jardim, enquanto um par de guardas examinava as janelas e os canteiros de gerânios. Lá dentro, encontramos um velho encanecido que se apresentou como o advogado, juntamente com um alvoroçado e rubicundo inspetor, que cumprimentou Holmes como a um velho amigo.

"Bem, Mr. Holmes, lamento lhe dizer que não tem nenhuma chance neste caso. É apenas um roubo comum, banal, perfeitamente dentro da capacidade da velha polícia. Não há necessidade de nenhum especialista."

"Não tenho dúvida de que o caso está em muito boas mãos", disse Holmes. "Apenas um roubo comum, o senhor disse?"

"Exatamente. Sabemos muito bem quem são os homens e onde encontrá-los. É o bando de Barney Stockdale, o que tem aquele negão... foram vistos aqui nas redondezas."

"Excelente! E que foi que levaram?"

"Bem, parece que não levaram muita coisa. Mrs. Maberley foi cloroformizada e a casa foi... Ah! Cá está a própria senhora."

Nossa amiga da véspera, parecendo muito pálida e doente, entrara na sala apoiando-se numa criadinha.

"O senhor me deu um bom conselho, Mr. Holmes", disse ela, com um sorriso pesaroso. "Infelizmente não o acatei. Não quis perturbar Mr. Sutro, e assim fiquei desprotegida."

"Só soube do acontecido esta manhã", explicou o advogado.

"Mr. Holmes aconselhou-me a ter um amigo na casa. Desprezei seu conselho e paguei por isso."

"A senhora parece muito doente", disse Holmes. "Talvez não esteja em condições de me contar o que aconteceu."

"Está tudo aqui", disse o inspetor, dando uma batidinha num alentado caderno.

"Mesmo assim, se a dama não estiver fatigada demais..."

"Na verdade há muito pouco para contar. Não tenho dúvida de que a malvada Susan havia planejado a entrada deles. Deviam conhecer cada palmo da casa. Por um momento, tive consciência do trapo embebido em clorofórmio que me puseram sobre a boca, mas não tenho noção de quanto tempo posso ter passado desacordada. Quando despertei, havia um homem ao lado da cama e um outro estava se levantando, tendo na mão uma trouxa tirada da bagagem do meu filho, que estava parcialmente aberta e espalhada pelo chão. Antes que ele pudesse escapar, dei um salto e o agarrei."

"Arriscou-se muito", disse o inspetor.

"Agarrei-me a ele, mas ele se desvencilhou, e talvez o outro tenha me golpeado, porque não me lembro de mais nada. Mary, a criada, ouviu o barulho e começou a gritar à janela. Isso trouxe a polícia, mas os bandidos haviam escapado."

"O que levaram?"

"Bem, não me parece haver nada de valor faltando. Tenho certeza de que não havia nada nos baús do meu filho."

"Os homens não deixaram nenhuma pista?"

"Havia uma folha de papel que talvez eu tenha arrancado do homem que agarrei. Estava no chão, toda amassada. É a letra do meu filho."

"O que significa que não tem muita utilidade", disse o inspetor. "Agora, se fosse a do ladrão..."

"Exatamente", disse Holmes. "Que vigoroso senso comum! Apesar disso, eu teria curiosidade em vê-la."

O inspetor tirou da carteira uma folha de papel ofício dobrada.

"Nunca deixo passar nada, por mais insignificante que seja", disse, com alguma pomposidade. "É o conselho que lhe dou, Mr. Holmes. Em vinte e cinco anos de experiência, aprendi minha lição. Sempre há a possibilidade de impressões digitais ou alguma outra coisa."

Holmes examinou a folha de papel.

"Como interpreta isto, inspetor?"

"Pelo que posso ver, parece ser o fim de um romance esquisito."

"Certamente isto poderá se provar o fim de uma história esquisita", disse Holmes. "Deve ter notado o número no alto da página. É duzentos e quarenta e cinco. Onde estão as outras duzentas e quarenta e quatro páginas?"

"Bem, suponho que os ladrões as levaram. Que façam bom proveito."

"Parece esquisito arrombar uma casa para roubar papéis desse tipo. Isto lhe sugere alguma coisa, inspetor?"

"Sim, senhor, sugere que, na pressa, os bandidos simplesmente passaram a mão na primeira coisa que viram pela frente. Espero que se divirtam."

"Por que mexeriam nas coisas do meu filho?" perguntou Mrs. Maberley.

"Bem, como não encontraram nada de valor no térreo, tentaram a sorte no andar de cima. É a minha interpretação. Que lhe parece, Mr. Holmes?"

"Preciso refletir sobre isso, inspetor. Venha até a janela, Watson." Em seguida, enquanto estávamos juntos ali, ele leu todo o pedaço de papel. O texto começava no meio de uma frase e dizia:

> ... rosto sangrava muito dos cortes e pancadas, mas muito mais lhe sangrava o coração ao ver aquele lindo rosto, o rosto pelo qual estivera disposto a sacrificar a própria vida, contemplar sua agonia e humilhação. Ela sorriu – sim, por Deus! sorriu, demônio desalmado que era, e ele ergueu os olhos para ela. Foi naquele momento que o amor morreu e nasceu o ódio. O homem deve viver para alguma coisa. Se não pelo seu abraço, minha dama, então certamente por sua destruição e minha completa vingança.

"Estranha gramática!" disse Holmes com um sorriso, ao devolver o papel ao inspetor. "Notaram como o 'ele' se transformou subitamente em 'minha'? O autor ficou tão empolgado com sua própria história que, no momento supremo, imaginou ser ele próprio o herói."

"Parece uma grande tolice", disse o inspetor ao recolocar a folha na carteira. "Como? Já vai embora, Mr. Holmes?"

"Parece-me que não há mais nada para eu fazer, agora que o caso está em mãos tão capazes. A propósito, Mrs. Maberley, disse que pretendia viajar?"

"Sempre foi o meu sonho, Mr. Holmes."

"Aonde gostaria de ir... Cairo, Madeira, à Riviera?

"Ah, se tivesse dinheiro, eu daria a volta ao mundo."

"Naturalmente. A volta ao mundo. Bem, bom dia. Talvez eu lhe mande um bilhetinho à noite." Quando passamos pela janela vi de relance o inspetor sorrir e sacudir a cabeça. "Esses sujeitos inteligentes sempre têm um quê de loucura." Foi o que vi naquele sorriso.

"Agora, Watson, estamos na última etapa de nossa pequena jornada", disse Holmes quando nos vimos de volta ao tumulto do centro de Londres. "Parece-me que o melhor é pôr esse caso em pratos limpos imediatamente, e seria bom que você viesse comigo, pois é mais seguro ter uma testemunha quando se está lidando com uma dama como Isadora Klein."

Havíamos tomado um carro de aluguel e corríamos para um endereço em Grosvenor Square. Holmes estivera mergulhado em pensamentos, mas despertou de repente.

"A propósito, Watson, está entendendo tudo claramente, não é?"

"Não, não posso dizer isso. Apenas deduzo que estamos indo visitar a dama que está por trás de toda essa trapalhada."

"Exatamente! Mas o nome Isadora Klein não lhe diz nada? Ela foi, é claro, *a* célebre beldade. Nunca houve uma mulher que se lhe comparasse. É uma espanhola genuína, o verdadeiro sangue dos arrogantes conquistadores, e seus ancestrais foram senhores em Pernambuco por muitas gerações. Ela se casou com o idoso rei do açúcar alemão, Klein, e logo passou a ser a mais rica, bem como a mais linda viúva, na face da Terra. Depois houve um intervalo de aventura, quando ela se entregou à satisfação de seus gostos. Teve vários amantes, e Douglas Maberley, um dos homens mais admiráveis de Londres, foi um deles. O que tiveram, segundo todos os testemunhos, foi mais do que uma aventura. Ele não era uma mariposa da sociedade, mas um homem forte, orgulhoso, que dava tudo e tudo esperava. Mas ela é a *'belle dame sans merci'* da ficção. Quando seu capricho é satisfeito a aventura termina, e se o parceiro não aceita sua palavra, sabe como convencê-lo."

"Então aquela era a história dele próprio..."

"Ah! Agora você está juntando coisa com coisa. Ouvi falar que ela está prestes a se casar com o jovem duque de Lomond, que quase poderia ser seu filho. A mãe de Sua Graça poderia fechar os olhos para a idade, mas um grande escândalo seria coisa muito diferente, de modo que é imperativo... Ah! Chegamos."

Era uma das mais belas casas de esquina do West End. Um lacaio que parecia um autômato pegou nossos cartões e voltou para dizer que a senhora não estava em casa. "Então esperaremos até que chegue", disse Holmes jovialmente.

A máquina desconcertou-se.

"Não está em casa significa que não está em casa *para os senhores*", disse o lacaio.

"Bom", respondeu Holmes. "Isso significa que não precisaremos esperar. Por gentileza, leve este bilhete à sua patroa."

Rabiscou três ou quatro palavras numa folha de sua caderneta, dobrou-a e entregou-a ao homem.

"Que disse você, Holmes?" perguntei.

"Escrevi simplesmente: 'Então terá de ser a polícia?' Acho que com isso conseguiremos entrar."

Funcionou – com espantosa celeridade. Um minuto depois estávamos numa sala de estar das *Mil e uma noites*, vasta e maravilhosa, numa penumbra quebrada aqui e ali por uma luz elétrica rosada. A dama havia chegado, pareceu-me, àquela quadra da vida em que a mais orgulhosa beldade prefere a meia-luz. Ela se levantou de um canapé quando entramos: alta, majestosa, uma silhueta perfeita, um rosto lindo, impassível como uma máscara, com dois maravilhosos olhos espanhóis que pareciam querer nos fuzilar.

"Que invasão é essa... e esta mensagem insultante?" perguntou ela, segurando o pedaço de papel.

"Não preciso explicar, madame. Tenho demasiado respeito por sua inteligência para fazê-lo – embora confesse que essa inteligência venha se equivocando de maneira surpreendente ultimamente."

"Como assim, senhor?"

"Supondo que os valentões que contratou poderiam me amedrontar, levando-me a abandonar meu trabalho. Certamente nenhum homem abraçaria a minha profissão se o perigo não o atraísse. Foi a senhora, portanto, que me forçou a examinar o caso do jovem Maberley."

"Não sei do que está falando. Que tenho eu a ver com valentões contratados?"

Holmes deu-lhe as costas, irritado.

"Sim, eu superestimei a sua inteligência. Bem, boa tarde!"

"Pare! Aonde vai?"

"À Scotland Yard."

Antes que chegássemos a meio caminho da porta, ela nos alcançara e segurava o braço dele. Transformara-se num instante de aço em veludo.

"Venham sentar-se, cavalheiros. Vamos discutir o assunto. Sinto que posso ser franca com o senhor, Mr. Holmes. Tem os sentimentos de um cavalheiro. Com que rapidez o instinto de uma mulher descobre isso! Vou tratá-lo como um amigo."

"Não posso lhe prometer o mesmo, madame. Não sou a lei, mas represento a justiça até onde chegam os meus débeis poderes. Estou pronto a ouvir, depois lhe direi como vou agir."

"Sem dúvida foi tolice minha ameaçar um homem corajoso como o senhor."

"A verdadeira tolice, madame, foi colocar-se a senhora nas mãos de um bando de patifes capazes de chantageá-la ou traí-la."

"Não, não! Não sou tão ingênua. Como prometi ser franca, posso dizer que ninguém, exceto Barney Stockdale e Susan, sua mulher, têm a menor ideia de quem é seu empregador. Quanto a eles, bem, não é a primeira..." Ela sorriu e meneou a cabeça com encantadora e coquete intimidade.

"Entendo. A senhora os pôs à prova antes."

"São bons cães de caça que correm em silêncio."

"Esses cães costumam morder, mais cedo ou mais tarde, a mão que os alimenta. Serão presos por esse roubo. A polícia já está no seu encalço."

"Terão o que merecem. É para isso que são pagos. Não aparecerei no caso."

"A menos que eu a introduza nele."

"Não, não; não o faria. É um cavalheiro. Trata-se do segredo de uma mulher."

"Em primeiro lugar, deve devolver esse manuscrito."

Rindo baixinho, ela caminhou em direção à lareira. Ali estava uma massa calcinada que ela fragmentou com o atiçador.

"Devo devolver isso?" perguntou. Pareceu tão maliciosa e bela postada ali diante de nós com um sorriso desafiador que tive a impressão de que, de todos os criminosos de Holmes, era esse que eu teria mais dificuldade em enfrentar. Ele, no entanto, era imune a sentimentos.

"Isto sela o seu destino", disse friamente. "É muito decidida em suas ações, madame, mas desta vez se excedeu."

Ela deixou o atiçador cair com um tinido.

"Como é duro!" exclamou. "Posso lhe contar toda a história?"

"Acho que eu poderia contá-la para a senhora."

"Mas precisa vê-la com os meus olhos, Mr. Holmes. Deve compreendê-la do ponto de vista de uma mulher que vê a ambição de toda a sua vida prestes a ser destruída no último momento. Pode-se condenar essa mulher se ela tenta se proteger?"

"O pecado original foi seu."

"Sim, sim! Eu admito. Ele era um rapaz adorável, o Douglas, mas acontece que não se encaixava nos meus planos. Queria casamento... casamento, Mr. Holmes, com um plebeu sem vintém. Só isso o contentaria. Depois tornou-se teimoso. Parecia pensar que, porque eu fora generosa com ele, tinha de continuar sendo, e somente com ele. Era intolerável. Finalmente, tive de fazê-lo compreender isso."

"Contratando malfeitores para surrá-lo sob a sua própria janela."

"Parece realmente saber tudo. Bem, é verdade. Barney e os rapazes o afugentaram, e o fizeram, admito, de maneira um pouco rude. Mas que fez ele então? Poderia eu ter acreditado que um cavalheiro praticaria semelhante ação? Escreveu um livro em que relatava a sua própria história. Eu, é claro, era o lobo; ele, o cordeiro. Estava tudo lá, sob nomes diferentes, lógico; mas quem em Londres teria deixado de reconhecer aquilo? Que diz disso, Mr. Holmes?"

"Bem, ele estava no seu pleno direito."

"Era como se o ar da Itália tivesse penetrado em seu sangue, contaminando-o com o velho e cruel espírito italiano. Ele me escreveu e mandou uma cópia do livro para me conceder a tortura da antecipação. Havia duas cópias, informou-me – uma para mim, uma para seu editor."

"Como soube que o editor não havia recebido a dele?"

"Eu sabia quem era o seu editor. Não era o seu único romance, o senhor sabe. Descobri que ele não recebera notícia nenhuma da Itália. Depois sobreveio a morte repentina de Douglas. Enquanto o outro manuscrito existisse, não haveria segurança para mim. Poderia estar entre as suas coisas, é claro, e estas seriam devolvidas à sua mãe. Pus o bando em ação. Uma mulher introduziu-se na casa como criada. Eu quis fazer a coisa com honestidade. Realmente quis. Estava disposta a comprar a casa com tudo dentro. Dispus-me a pagar qualquer preço que ela quisesse pedir. Só tentei o outro caminho depois que tudo o mais falhara. Agora, Mr. Holmes, admitindo que fui dura demais com Douglas – e Deus sabe que o lamento –, que mais eu poderia fazer quando todo o meu futuro estava em jogo?"

Sherlock Holmes sacudiu os ombros.

"Bem, bem", disse. "Suponho que terei de silenciar um crime como de costume. Quanto custa uma viagem de volta ao mundo em primeira classe?"

A senhora encarou-o, espantada.

"Seria possível fazê-la com cinco mil libras?"

"Bem, acredito que sim, realmente!"

"Ótimo. Penso que assinará um cheque para mim nesse valor, e providenciarei para que chegue a Mrs. Maberley. A senhora lhe deve uma pequena mudança de ares. Enquanto isso, madame" – advertiu-a, sacudindo o dedo indicador –, "tome cuidado! Tome cuidado! Não poderá brincar para sempre com ferramentas afiadas sem cortar essas mãos delicadas."

O Vampiro de Sussex

Holmes lera atentamente um bilhete que a última entrega do correio lhe trouxera. Depois, com o risinho seco que era sua expressão mais próxima de uma risada, jogou-o para mim.

"Como mistura do moderno e do medieval, do prático e do extravagante, isso me parece certamente o máximo", disse. "Que acha você, Watson?"

Eis o que li:

Old Jewry nº 46, 19 de novembro

Ref.: Vampiros

Senhor,

Nosso cliente, Mr. Robert Ferguson, da Ferguson & Muirhead, corretores de chá, de Mincing Lane, numa comunicação desta mesma data, consultou-nos acerca de vampiros. Como nossa firma é estritamente especializada na avaliação de maquinaria, a matéria parece escapar a nosso âmbito de competência; recomendamos assim a Mr. Ferguson que o procurasse e lhe expusesse o assunto. Não nos esquecemos da sua ação bem-sucedida no caso Matilda Briggs.

Atenciosamente,

Morrison, Morrison, And Dodd

por E.J.C.

"Matilda Briggs não era o nome de uma jovem, Watson", disse Holmes num tom nostálgico. "Era um navio associado ao rato-gigante de Sumatra, uma história para a qual o mundo ainda não está preparado. Mas que sabemos nós sobre vampiros? Não escapará também ao nosso âmbito de competência? Qualquer coisa é melhor que a estagnação, mas realmente parece que nos transportaram para um conto de fadas de Grimm. Estique o braço, Watson, e veja o que o V tem a nos dizer."

Inclinei-me para trás e peguei o grande volume do índice a que ele se referia. Holmes equilibrou-o nos joelhos e passou os olhos lenta e amorosamente sobre o registro de casos antigos, de mistura com informações acumuladas numa vida inteira.

"Viagem do *Gloria Scott*", leu. "Foi um caso grave. Tenho uma vaga lembrança de que você o registrou, Watson, embora eu não tenha podido felicitá-lo pelo resultado. Victor Lynch, o falsário. Venenoso, lagarto, ou monstro-de-gila. Um caso extraordinário, aquele! Vittoria, a beldade do circo. Vanderbilt e o arrombador de cofres. Víboras. Vigor, a maravilha de Hammersmith. Ah! Bom e velho índice! É insuperável. Ouça isto, Watson, Vampirismo na Hungria. E novamente, Vampiros na Transilvânia." Virava as páginas com sofreguidão, mas depois de um breve e atento exame deixou o grande livro cair com um rosnado de decepção.

"Tolices, Watson, tolices! Que temos nós a ver com cadáveres ambulantes, que só param quietos em seus túmulos se estacas forem cravadas nos seus corações? É pura loucura."

"Mas provavelmente", respondi, "o vampiro não era necessariamente um morto, não é? Uma pessoa viva podia ter o hábito.

Li, por exemplo, sobre velhos que sugavam o sangue de jovens para assimilar sua juventude."

"Tem razão, Watson. Há menção a essa lenda em uma dessas referências. Mas será que devemos dar real atenção a coisas desse tipo? Esta agência continua decididamente plantada no chão, e aqui deve permanecer... Este mundo é grande o bastante para nós. Nenhum fantasma precisa se apresentar. Temo que não possamos levar Mr. Robert Ferguson muito a sério. Este bilhete deve ser dele e talvez lance alguma luz sobre o que o inquieta."

"Ah! Bom e velho índice! É insuperável. Ouça isto, Watson." [Howard Elcock, *Strand Magazine*, 1924]

Pegou uma segunda carta, que permanecera despercebida sobre a mesa enquanto ele estivera absorvido pela primeira. Começou a lê-la com um sorriso divertido no rosto, mas este foi pouco a pouco substituído por uma expressão de intenso interesse e concentração. Tendo acabado, ficou algum tempo perdido em pensamentos, a carta pendendo entre os dedos. Finalmente, com um sobressalto, despertou de seu devaneio.

"Cheeseman's, em Lamberley. Onde fica Lamberley, Watson?"

"Fica em Sussex, ao sul de Horsham."

"Não é muito longe, hein? E Cheeseman's?"

"Conheço essa região, Holmes. É cheia de casas antigas, que têm os nomes dos homens que as construíram séculos atrás. Você encontrará Odley's e Harvey's e Carriton's – as pessoas foram esquecidas, mas seus nomes vivem em suas casas."

"Precisamente", disse Holmes com frieza. Uma das peculiaridades de sua natureza orgulhosa, autossuficiente, era que, embora registrasse qualquer nova informação de maneira muito silenciosa e cuidadosa em seu cérebro, raramente passava recibo para quem a fornecia. "Imagino que ficaremos sabendo muito mais sobre Cheeseman's, em Lamberley, antes de chegarmos ao fim deste caso. Esta carta, como supus, é de Robert Ferguson. A propósito, ele diz conhecê-lo."

"A mim!"

"É melhor você ler."

Estendeu-me a carta. Tinha por cabeçalho o endereço citado.

CARO MR. HOLMES,

O senhor me foi recomendado por meus advogados, mas o assunto é de fato tão extraordinariamente delicado que sinto grande dificuldade em discuti-lo. Diz respeito a um amigo, em cujo interesse estou agindo. Esse cavalheiro desposou há cerca de cinco anos uma senhora peruana, filha de um negociante peruano que ele conhecera em conexão com a importação de fertilizantes. A dama era muito bonita, mas sua origem e religião estrangeiras sempre criaram uma distância de interesses e sentimentos entre marido e mulher, de tal modo que, passado algum tempo, o amor que ele tinha por ela talvez tivesse esfriado e talvez ele tivesse passado a considerar sua união como um erro. Parecia-lhe que ela possuía em seu caráter aspectos que nunca poderia explorar ou compreender. Isso era tanto mais penoso quanto ela era a mais amorosa esposa que um homem poderia ter – para todos efeitos, absolutamente devotada.

Agora quanto ao ponto que deixarei mais claro quando nos encontrarmos. De fato, este bilhete destina-se apenas a lhe dar uma ideia geral da situação e a averiguar se o senhor se disporia a examinar o assunto. A dama começou a mostrar alguns traços curiosos, em completo desacordo com a sua doce e gentil disposição costumeira. O cavalheiro foi casado duas vezes e teve um filho da primeira mulher. Esse menino tem agora quinze anos, um jovem encantador e afetuoso, embora lamentavelmente inválido em decorrência de um acidente sofrido na infância.

Duas vezes a esposa foi flagrada no ato de agredir esse pobre rapaz da maneira mais gratuita. Uma vez golpeou-o com uma bengala e deixou um grande vergão em seu braço.

Este foi um problema irrelevante, contudo, comparado à sua conduta para com o próprio filho, um lindo garotinho que ainda não completou um ano. Numa ocasião, há cerca de um mês, essa criança foi deixada pela ama por alguns minutos. Um grito alto da criança, como se de dor, fez a ama voltar. Ao entrar correndo no quarto, ela viu sua patroa, a senhora, debruçada sobre o bebê e visivelmente mordendo-lhe o pescoço. Via-se ali um pequeno ferimento, do qual um filete de sangue escorria. A ama ficou tão horrorizada que desejou chamar o marido, mas a senhora lhe implorou que não o fizesse e de fato lhe deu cinco libras como paga por seu silêncio. Nenhuma explicação jamais foi dada, e por algum tempo o assunto foi deixado de lado.

Aquilo causou, contudo, uma impressão terrível na mente da ama, e daquele momento em diante ela passou a observar atentamente a patroa e a manter uma vigilância mais estreita sobre o bebê, a quem amava ternamente. Parecia-lhe que, assim como ela observava a mãe, esta por sua vez a observava, e que cada vez que era obrigada a deixar o bebê sozinho, a mãe estava à espera, querendo se aproximar dele.

Dia e noite a ama protegia a criança, e dia e noite a mãe silenciosa, vigilante, parecia estar à espreita, como um lobo com um cordeiro. Isso deve lhe parecer inacreditável, mas peço-lhe que considere o caso seriamente, pois dele dependem a vida de uma criança e a sanidade de um homem.

Finalmente chegou um dia pavoroso em que não foi mais possível esconder os fatos do marido. A resistência da ama se esgotara; ela não conseguiu mais suportar a tensão e confessou tudo para o homem.

A história lhe pareceu tão fantástica quanto deve estar parecendo ao senhor agora. Ele sabia que a mulher era uma esposa amorosa, e, exceto pelas agressões ao enteado, uma mãe amorosa. Por que, então, haveria de ferir seu próprio bebezinho? Disse à ama que ela estava sonhando, que suas desconfianças eram as de uma lunática e que semelhantes calúnias contra a patroa não seriam toleradas. Enquanto conversavam, ouviu-se um grito súbito de dor. Ama e patrão correram juntos para o quarto da criança. Imagine os sentimentos dele, Mr. Holmes, quando a mulher, que estivera ajoelhada junto ao berço, se levantou e ele viu sangue no pescoço exposto da criança e no lençol. Com um grito de horror, ele se virou para o rosto da mulher à luz e viu sangue em seus lábios. Fora ela – ela, indubitavelmente – que sugara o sangue do pobre bebê.

O assunto ficou nesse estado. Ela se encontra agora confinada em seu quarto. Não houve nenhuma explicação. O marido está semienlouquecido. Como eu, ele pouco sabe sobre vampirismo além do nome. Pensava que era uma fábula extravagante de terras estrangeiras. No entanto, aqui, no próprio coração do Sussex inglês – bem, tudo isto poderá ser discutido com o senhor de manhã. Irá me receber? Usará seus grandes poderes para auxiliar um homem torturado? Se a resposta for positiva, faça a gentileza de telegrafar para Ferguson, Cheeseman's, Lamberley, e estarei em seus aposentos às dez horas.

Atenciosamente,
ROBERT FERGUSON

P.S.: Creio que seu amigo Watson jogou rúgbi pelo Blackheath quando eu era três quartos do Richmond. É a única apresentação pessoal que posso oferecer.

"Claro, lembro-me dele", disse eu ao soltar a carta. "O grande Bob Ferguson, o melhor três quartos que o Richmond já teve.

Foi sempre um camarada bondoso. É próprio dele se preocupar tanto com o problema de um amigo."

Holmes fitou-me, pensativo, e sacudiu a cabeça.

"Você sempre me surpreende, Watson", disse. "Há possibilidades inexploradas em você. Por favor, amigo, anote um telegrama. 'Examinarei seu caso com prazer.'"

"*Seu* caso!"

"Não devemos deixá-lo pensar que esta agência está na mão de imbecis. É evidente que o caso é dele. Mande-lhe esse telegrama e deixemos o assunto descansar até amanhã de manhã."

Na manhã seguinte, às dez horas em ponto, Ferguson entrou em nossa sala. Eu me lembrava dele como um homem alto, esbelto, com pernas ágeis e velozes, o que lhe permitia levar a melhor sobre muitos zagueiros adversários. Certamente não há nada mais penoso na vida que encontrar a ruína de um excelente atleta que conhecemos em seu apogeu. Sua constituição grande desmoronara, o cabelo louro rareava e os ombros estavam caídos. Temo ter suscitado emoções correspondentes nele.

"Olá, Watson", disse ele, e a sua voz ainda era grave e cordial. "Você não parece exatamente o mesmo homem da época em que eu o joguei no meio da multidão, por sobre as cordas, em Old Deer Park. Imagino que mudei um pouco também. Mas foram estes últimos dias que me fizeram envelhecer. Vejo pelo seu telegrama, Mr. Holmes, que é inútil fingir que sou o representante de alguém."

"É mais simples tratar das coisas diretamente."

"Claro que sim. Mas pode imaginar como é difícil falar da única mulher que temos o dever de proteger e ajudar. Que posso fazer? Como posso ir à polícia com uma história como esta? No entanto, as crianças têm de ser protegidas. Será loucura, Mr. Holmes? Será alguma coisa no sangue? Teve algum caso parecido em sua experiência? Pelo amor de Deus, dê-me algum conselho pois estou completamente desorientado."

"É muito natural, Mr. Ferguson. Agora sente-se aqui, recomponha-se e dê-me algumas respostas claras. Posso lhe assegurar que não estou nem de longe desorientado e que tenho certeza de que encontraremos uma solução. Em primeiro lugar, diga-me que medidas tomou. Sua mulher continua perto das crianças?"

"Tivemos uma cena medonha. Ela é uma mulher extremamente amorosa, Mr. Holmes. Se alguma vez uma mulher amou um homem com todo o seu coração e a sua alma, é assim que ela me ama. Minha descoberta desse incrível, desse horrível segredo partiu-lhe o coração. Não quis nem mesmo falar. Não deu nenhuma resposta a minhas censuras – apenas fitou-me com olhos esgazeados, desesperados. Depois correu para o seu quarto e trancou-se lá. Desde então, recusa-se a me ver. Tem uma criada que a serve desde antes de nos casarmos, chamada Dolores – mais uma amiga que uma criada. Leva-lhe comida."

"Então a criança não corre nenhum perigo imediato?"

"Mrs. Mason, a ama, jurou que não a deixará, noite ou dia. Posso ter absoluta confiança nela. Estou mais preocupado com relação ao pobrezinho do Jack, pois, como lhe disse em meu bilhete, ele foi agredido por ela duas vezes."

"Mas nunca foi ferido?"

"Não, ela lhe bateu ferozmente. Isso é ainda mais terrível porquanto ele é um aleijadinho inofensivo." O semblante macilento de Ferguson suavizou-se quando falou do filho. "Seria de imaginar que a invalidez do querido menino abrandaria o coração de qualquer um. Uma queda na infância e uma torção na espinha, Mr. Holmes. Mas tem o coraçãozinho mais adorável, mais afetuoso."

Holmes pegou a carta da véspera e pôs-se a lê-la. "Quem mais mora em sua casa, Mr. Ferguson?"

"Duas criadas que não estão conosco há muito tempo. Um cavalariço, Michael, que dorme na casa. Minha mulher, meu filho Jack, o bebê, Dolores e Mrs. Mason. Não há mais ninguém."

"Pelo que entendi, não conhecia bem a sua mulher quando se casou com ela?"

"Só a conhecera algumas semanas antes."

"Fazia quanto tempo que essa criada, Dolores, estava com ela?"

"Alguns anos."

"Sendo assim, Dolores devia conhecer de fato o caráter de sua mulher melhor do que o senhor."

"Sim, pode-se dizer isso."

Holmes fez uma anotação.

"Creio", disse, "que posso ser mais útil em Lamberley que aqui. Este é eminentemente um caso para investigação pessoal.

Se a senhora permanecer em seu quarto, nossa presença não poderia aborrecê-la ou incomodá-la. Ficaríamos, é claro, na estalagem."

Ferguson fez um gesto de alívio.

"Isso é o que eu esperava, Mr. Holmes. Se for mesmo, um trem excelente parte às duas de Victoria."

"É claro que vamos. Há uma calmaria no momento. Posso lhe dar todas as minhas energias. Watson irá conosco, naturalmente. Mas há um ou dois pontos sobre os quais eu gostaria de estar muito certo antes de partir. Essa infeliz senhora, pelo que entendi, foi vista agredindo ambas as crianças, seu próprio bebê e o seu filho, não?

"Isso mesmo."

"Mas as agressões tomaram formas diferentes, não? Ela bateu em seu filho."

"Uma vez com uma bengala e uma vez com as mãos, de maneira muito brutal."

"Ela não deu nenhuma explicação para isso?"

"Nenhuma, a não ser que o detestava. Disse isso muitas vezes."

"Bem, isso não é inusitado entre madrastas. Um ciúme póstumo, poderíamos dizer. A senhora é ciumenta por índole?"

"Sim, é muito ciumenta – um ciúme tão intenso quanto seu arrebatado amor tropical."

"Mas o menino... ele tem quinze anos, pelo que entendi, e provavelmente tem a mente muito desenvolvida, já que sua atividade física foi circunscrita. Ele não deu nenhuma explicação para essas agressões?"

"Não; declarou que não havia nenhuma razão."

"Eles eram bons amigos em geral?"

"Não; nunca houve nenhum amor entre eles."

"Mas o senhor disse que ele é afetuoso, não?"

"Nunca houve no mundo um filho mais devotado. Minha vida é a sua vida. Tem extremo interesse pelo que digo ou faço."

Mais uma vez Holmes fez uma anotação. Ficou algum tempo pensativo.

"Sem dúvida o senhor e o menino eram grandes camaradas antes desse segundo casamento. Haviam se unido muito, não?"

"Muito."

"E o menino, tendo uma índole tão afetuosa, devia ser devotado à memória da mãe, não é?"

"Extremamente."

"Parece sem dúvida ser um rapaz muito interessante. Há um outro ponto com relação a essas agressões. Os estranhos ataques ao bebê e as agressões ao seu filho ocorreram no mesmo período?"

"No primeiro caso, sim. Foi como se um frenesi tivesse se apossado dela, e ela tivesse descarregado a sua fúria sobre eles. No segundo caso, somente Jack sofreu. Mrs. Mason não teve nenhuma queixa com relação ao bebê."

"Isso certamente complica o caso."

"Não entendo, Mr. Holmes."

"Possivelmente não. Formamos teorias provisórias e esperamos que o tempo ou um conhecimento maior as destruam. Um mau hábito, Mr. Ferguson; mas a natureza humana é fraca. Temo que seu velho amigo aqui tenha dado uma ideia exagerada de meus métodos científicos. No presente estágio, contudo, direi apenas que seu problema não me parece insolúvel e que pode esperar encontrar-nos em Victoria às duas horas."

Era o cair da tarde de um dia nublado e brumoso de novembro quando, tendo deixado nossas malas na Chequers, em Lamberley, seguimos de coche por uma longa e sinuosa estradinha de argila e finalmente chegamos à isolada e antiga casa de fazenda em que Ferguson morava. Era uma construção grande e espalhada, muito antiga no centro, muito nova nas alas, com altas chaminés Tudor e um telhado pontudo de lajes de Horsham, manchado de líquen. Os degraus da porta eram curvos, de tão gastos, e os azulejos antigos que forravam o pórtico eram marcados com o rébus de um queijo e um homem, representando o nome do construtor original. Dentro, os tetos se ondulavam com pesadas vigas de carvalho, e os assoalhos irregulares vergavam-se em curvas pronunciadas. Um odor de velhice e decadência impregnava toda a construção em ruínas.

Ferguson conduziu-nos a uma sala central muito ampla. Ali, numa imensa e antiquada lareira, atrás da qual havia uma tela de ferro datada de 1670, ardia e crepitava um esplêndido fogo.

Olhando à minha volta, vi que a sala era uma mistura das mais singulares de datas e lugares. As paredes semiapaineladas poderiam sem dúvida ter pertencido ao primeiro proprietário rural no século XVII. Na parte inferior, contudo, eram ornamentadas por uma linha de aquarelas modernas e bem-escolhidas; acima, onde o estuque amarelo tomava o lugar do carvalho, estava pendurada uma bela coleção de armas e utensílios sul-americanos, sem dúvida trazidos pela senhora peruana que estava no andar de cima. Holmes levantou-se, com aquela vívida curiosidade que brotava de sua mente indagativa, e examinou-os com alguma atenção. Retornou com uma expressão pensativa.

"Olá!" exclamou. "Olá!"

Um spaniel estivera deitado numa cesta, a um canto. Ele avançou lentamente em direção ao dono, andando com dificuldade. Suas patas traseiras moviam-se de maneira irregular e o rabo se arrastava no chão.

"Que é, Mr. Holmes?"

"O cão. Que tem ele?"

"Foi o que deixou o veterinário intrigado. Uma espécie de paralisia. Meningite espinhal, pensou. Mas está passando. Logo ele estará bom... não é, Carlo?"

Um arrepio de assentimento passou pelo rabo caído. Os olhos tristonhos do cão iam e vinham entre nós dois. Sabia que estávamos discutindo o seu caso.

"Isso começou de repente?"

"Numa única noite."

"Há quanto tempo?"

"Uns quatro meses atrás."

"Extremamente notável. Extremamente sugestivo."

"Que vê nisso, Mr. Holmes?"

"Uma confirmação do que já havia pensado."

"Pelo amor de Deus, que *pensa* o senhor? Isto pode lhe parecer um mero enigma intelectual, mas é uma questão de vida ou morte para mim! Minha mulher uma provável assassina... meu filho em constante perigo! Não brinque comigo, Mr. Holmes. É terrivelmente sério."

O grande três quartos do rúgbi tremia da cabeça aos pés. Holmes pôs a mão sobre o seu braço, acalmando-o.

"Temo que vá sofrer, Mr. Ferguson, seja qual for a solução", disse. "Eu o pouparia tanto quanto possível. Não posso dizer mais por enquanto, mas espero ter algo de preciso antes de deixar esta casa."

"Queira Deus consiga! Se me derem licença, cavalheiros, vou subir ao quarto de minha mulher e ver se houve alguma mudança."

ESTEVE FORA DA SALA alguns minutos, durante os quais Holmes retomou seu exame das curiosidades na parede. Quando nosso anfitrião voltou, ficou claro por seu semblante carregado que não fizera nenhum progresso. Trouxe consigo uma moça alta e magra, de rosto moreno.

"O chá está pronto, Dolores", disse. "Veja se sua patroa tem tudo que pode desejar."

"Ela muito doente", exclamou a moça, fitando o patrão com olhos indignados. "Não pede comida. Muito doente. Precisa de doutor. Tem medo de ficar sozinha com ela sem doutor."

Ferguson olhou para mim com uma pergunta nos olhos.

"Eu ficaria satisfeito se pudesse ser útil."

"Sua patroa receberia o dr. Watson?"

"Eu levo ele. Não pede licença. Ela precisa de doutor."

"Então vou com a senhorita agora mesmo."

Segui a moça, que tremia, tomada de forte emoção, escada acima e ao longo de um antigo corredor. Na ponta havia uma pesada porta com reforços de ferro. Ao vê-la, ocorreu-me que, se Ferguson tentasse abrir caminho à força até a mulher, encontraria considerável dificuldade. A moça tirou uma chave do bolso e as pesadas pranchas de carvalho rangeram nos seus velhos gonzos. Entrei e ela me seguiu rapidamente, trancando a porta atrás de si.

Deitada na cama, vi uma mulher que estava claramente com febre alta. Estava apenas semiconsciente, mas quando entrei ergueu um par de olhos assustados, mas bonitos, e me fitou com apreensão. Pareceu aliviada ao ver um estranho e deixou-se cair sobre o travesseiro com um suspiro. Dei alguns passos em sua direção com algumas palavras tranquilizadoras e ela ficou quieta enquanto eu lhe tomava o pulso e a temperatura. Ambos estavam altos, mas minha impressão foi que ela sofria de uma excitação mental e nervosa, não de uma doença real.

"Ela deitada assim um dia, dois dia. Medo ela morre", disse a moça.

A mulher virou seu rosto afogueado e bonito para mim.

"Onde está o meu marido?"

"Está lá embaixo e gostaria de vê-la."

"Não o verei. Não o verei." Em seguida pareceu resvalar no delírio. "Um demônio! Um demônio! Oh, que devo fazer com este diabo?"

"Posso fazer alguma coisa para ajudá-la?"

"Não. Ninguém pode ajudar. Acabou. Está tudo destruído. Não importa o que eu faça, está tudo destruído."

A mulher devia estar sendo vítima de um forte delírio. Eu não era capaz de ver o honesto Bob Ferguson no papel de um demônio ou diabo.

"Madame", disse eu, "seu marido a ama muito. Está sofrendo profundamente com este acontecimento."

Novamente ela pousou sobre mim aqueles olhos esplêndidos.

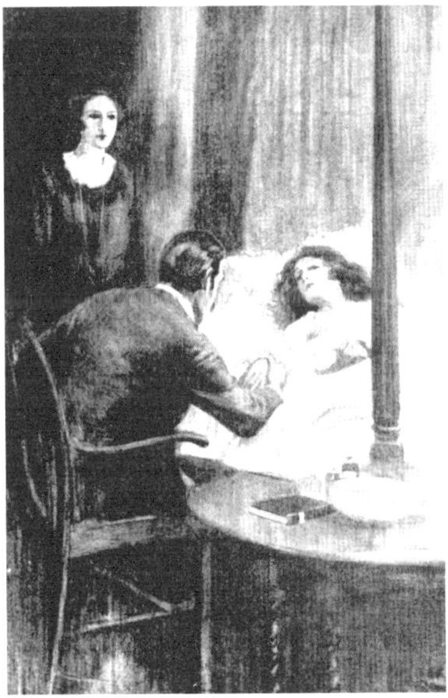

"A mulher virou seu rosto afogueado e bonito para mim. 'Onde está o meu marido?' perguntou."
[Howard Elcock, *Strand Magazine*, 1924]

"Ele me ama. Sim. Mas eu não o amo também? Não o amo a ponto de preferir me sacrificar a lhe partir o coração? É assim que o amo. No entanto, ele foi capaz de pensar que eu... de falar aquilo de mim."

"Ele está muito pesaroso, mas não consegue compreender."

"Não, não pode entender. Mas devia confiar."

"Vai vê-lo?" sugeri.

"Não, não. Não posso esquecer aquelas palavras terríveis, nem a expressão no seu rosto. Não o verei. Agora vá. Não pode fazer nada por mim. Diga-lhe apenas uma coisa. Quero o meu filho. Tenho direito ao meu filho. Esta é a única mensagem que posso lhe mandar." Virou o rosto para a parede e não quis dizer mais nada.

Voltei para a sala no térreo, onde Ferguson e Holmes continuavam sentados junto à lareira. Ferguson ouviu com desânimo meu relato da conversa.

"Como posso lhe mandar a criança?" disse. "Como saber que estranho impulso poderia tomar conta dela? Como posso algum dia esquecer como se levantou do lado dele com sangue nos lábios?" Estremeceu à lembrança. "A criança está em segurança com Mrs. Mason e lá deve continuar."

Uma criada esperta, a única coisa moderna que vimos na casa, havia trazido algum chá. Enquanto ela o servia, a porta se abriu e um jovem entrou na sala. Era um rapaz digno de nota, de rosto pálido e cabelo louro; seus excitáveis olhos azul-claros chamejaram de repente de emoção e alegria quando pousaram sobre o pai. Correu para ele e enlaçou-lhe o pescoço com o abandono de uma menina amorosa.

"Oh, papai", exclamou. "Não sabia que ainda iria chegar. Senão, teria ficado aqui à sua espera. Ah, estou tão contente em vê-lo!"

Ferguson desvencilhou-se gentilmente do abraço, com pequenas mostras de embaraço.

"Meu velho camarada", disse, dando batidinhas muito ternas na cabeça loura. "Vim cedo porque meus amigos, Mr. Holmes e o dr. Watson, se deixaram convencer a vir e passar um serão conosco."

"Esse é Mr. Holmes, o detetive?"

"Sim."

O rapazinho lançou-nos um olhar muito penetrante, e, ao que me pareceu, inamistoso.

"E o seu outro filho, Mr. Ferguson?" perguntou Holmes. "Poderíamos conhecer o bebê?"

"Peça a Mrs. Mason que desça com o bebê", disse Ferguson. O menino saiu, tropegando de uma maneira curiosa que revelou aos meus olhos médicos que ele sofria da espinha. Logo retornou e atrás dele veio uma mulher alta e descarnada, carregando nos braços uma criança muito bonita, de olhos escuros, cabelo dourado, uma maravilhosa mistura do saxão e do latino. Ferguson tinha evidente amor por ela, pois a tomou nos braços e a afagou com grande ternura.

"Imagine alguém tendo a coragem de feri-lo", murmurou, baixando os olhos para a pequenina mancha vermelha, inflamada, no pescoço do querubim.

Foi nesse instante que, por acaso, olhei de relance para Holmes e vi nele uma expressão singularmente concentrada.

Seu rosto estava endurecido, como se tivesse sido entalhado em marfim antigo, e os olhos, que haviam fitado pai e filho por um momento, estavam fixos agora, com ávida curiosidade, em alguma coisa do outro lado da sala. Acompanhando seu olhar, pude apenas imaginar que estava olhando, pela janela, o melancólico e gotejante jardim. É verdade que uma folha da janela, semicerrada, obstruía a vista; apesar disso, era certamente para lá que Holmes olhava com concentrada atenção. Em seguida ele sorriu e seus olhos voltaram para o bebê. No seu pescoço gorducho, lá estava a marquinha enrugada. Sem falar, Holmes examinou-a com atenção. Por fim, sacudiu um dos pequenos punhos cheios de covinhas que se agitavam à sua frente.

"Até logo, homenzinho. Você fez uma estranha entrada na vida. Ama, gostaria de conversar com a senhora em particular."

Levou-a para um lado e falou-lhe seriamente por alguns minutos. Ouvi apenas as últimas palavras, que foram: "Sua aflição, espero, logo terá fim." A mulher, que parecia uma criatura azeda, de poucas palavras, retirou-se com a criança.

"Como é Mrs. Mason?" perguntou Holmes.

"Não muito cativante externamente, como pode ver, mas um coração de ouro e devotada à criança."

"Gosta dela, Jack?" perguntou Holmes, virando-se subitamente para o menino. Seu rosto expressivo obscureceu-se, e ele sacudiu a cabeça.

"Jack tem simpatias e antipatias muito fortes", disse Ferguson, enlaçando o menino. "Por sorte sou uma de suas simpatias."

O menino arrulhou e aninhou a cabeça no peito do pai. Ferguson afastou-o com delicadeza.

"Vamos, caia fora, meu pequeno Jacky", disse, e olhou o filho amorosamente até ele desaparecer. "Agora, Mr. Holmes", continuou depois que o menino saiu, "tenho de fato a impressão de que o trouxe aqui inutilmente, pois que pode fazer senão se compadecer de mim? Deve parecer um caso excessivamente delicado e complexo do seu ponto de vista."

"É certamente delicado", disse o meu amigo com um sorriso divertido, "mas até agora sua complexidade não me impressionou. Foi um caso para dedução intelectual, mas quando a dedução intelectual original é confirmada ponto por ponto por muitos incidentes independentes, o subjetivo torna-se objetivo e podemos dizer com confiança que atingimos a nossa meta. Na verdade, eu a atingira antes de deixarmos Baker Street e o resto foi mera observação e confirmação."

Ferguson levou sua mão grande à testa franzida.

"Por Deus, Holmes", disse com voz rouca, "se puder dizer a verdade nesse assunto, não me mantenha em suspense. Em que posição eu fico? Que devo fazer? A mim pouco me importa como descobriu os seus fatos, contanto que realmente os conheça."

"Certamente eu lhe devo uma explicação, e o senhor a terá. Mas permita-me lidar com o assunto à minha própria maneira? A senhora está em condições de nos receber, Watson?"

"Está doente, mas perfeitamente lúcida."

"Ótimo. É somente na presença dela que podemos elucidar essa questão. Vamos ao seu quarto."

"Ela não me receberá", exclamou Ferguson.

"Ah, sim, receberá", disse Holmes. Escreveu algumas linhas numa folha de papel. "Você pelo menos tem o direito de entrar, Watson. Teria a bondade de entregar este bilhete à senhora?"

Subi novamente e entreguei o bilhete a Dolores, que abrira cautelosamente a porta. Um minuto depois, ouvi um grito lá de dentro, um grito em que alegria e surpresa pareciam se misturar. Dolores apareceu.

"Ela vai receber eles. Vai ouvir eles", disse.

Ao meu chamado, Ferguson e Holmes subiram. Quando entramos no quarto, Ferguson deu um ou dois passos em direção à esposa, que se soerguera na cama, mas ela levantou a mão para afastá-lo. Ele caiu numa poltrona enquanto Holmes se sentava ao lado dele, depois de fazer uma vênia para a dama, que o fitava de olhos arregalados, muito espantada.

"Creio que podemos dispensar Dolores", disse Holmes. "Oh, muito bem, madame, se prefere que ela fique não vejo inconveniente. Agora, Mr. Ferguson, sou um homem ocupado, muito requisitado, e meus métodos têm de ser breves e diretos. A cirurgia mais rápida é a menos dolorosa. Deixe-me dizer primeiro o que o tranquilizará. Sua esposa é uma mulher muito boa, muito amorosa e muito maltratada."

Ferguson ficou ereto na cadeira com um grito de alegria.

"Prove isso, Mr. Holmes, e eu lhe serei eternamente devedor."

"É o que farei, mas com isso terei de feri-lo profundamente em outra direção."

"Nada me importa, contanto que inocente minha mulher. Tudo na Terra é insignificante comparado a isso."

"Permita-me contar-lhe, então, a cadeia de raciocínios que passou por minha mente em Baker Street. A ideia de um vampiro me parecia absurda. Essas coisas não acontecem na prática criminal na Inglaterra. No entanto, sua observação foi precisa. O senhor viu sua mulher se levantar de junto do berço da criança com sangue nos lábios."

"Vi."

"Não lhe ocorreu que uma ferida pode ser sugada para algum outro fim que não extrair sangue dela? Não houve uma rainha na história da Inglaterra que sugou uma ferida assim para extrair-lhe o veneno?"

"Veneno!"

"Um lar sul-americano. Meu instinto sentiu a presença dessas armas na parede antes que meus olhos as vissem. Poderia ter sido outro veneno, mas foi isso que me ocorreu. Aquela pequena aljava vazia junto ao arco foi exatamente o que eu esperara ver. Se a criança fosse atingida por uma daquelas flechas embebidas em curare ou alguma outra droga diabólica, isso significaria morte se o veneno não fosse sugado.

"E o cão! Se alguém fosse usar um veneno como esse, não experimentaria primeiro, para ver se não havia perdido o poder? Eu não previ o cão, mas pelo menos o compreendi e ele se encaixou em minha reconstituição.

"Compreende agora? Sua mulher temia um ataque desse tipo. Ela o testemunhou e salvou a vida da criança. Não quis, porém, lhe contar toda a verdade, pois sabia o quanto o senhor amava o seu filho e temia que isso lhe partisse o coração."

"Jacky!"

"Eu o observei quando o senhor afagou o bebê há pouco. Seu rosto se refletia claramente no vidro da janela, onde a folha fazia um pano de fundo. Havia ali tamanho ciúme, tamanho ódio cruel, como raramente vi num rosto humano."

"Meu Jacky!"

"O senhor tem de encarar isso, Mr. Ferguson. É ainda mais penoso porque foi um amor distorcido, um amor exagerado e maníaco pelo senhor, e possivelmente pela mãe falecida, que inspirou a sua ação. Ele tem a alma consumida pelo ódio por essa esplêndida criança, cuja saúde e beleza contrastam com sua própria debilidade."

"Meu Deus! É incrível!"

"Eu disse a verdade, madame?"

A senhora soluçava, o rosto enterrado nos travesseiros. Nesse momento ela se virou para o marido.

"Como eu podia lhe contar, Bob? Senti o golpe que seria para você. Era melhor que eu esperasse, e que isso viesse de outros lábios que não os meus. Quando este cavalheiro, que parece ter poderes mágicos, escreveu que sabia de tudo, fiquei feliz."

"Penso que um ano no mar seria a minha prescrição para *Master* Jacky", disse Holmes, levantando-se de sua cadeira. "Somente uma coisa continua obscura, madame. Podemos entender perfeitamente suas agressões a *Master* Jacky. A paciência de uma mãe tem limites. Mas como teve coragem de deixar seu filho estes dois últimos dias?"

"Eu havia contado para Mrs. Mason. Ela sabia."

"Exatamente. Foi o que imaginei."

Ferguson estava de pé junto à cama, engasgado, as mãos estendidas e trêmulas.

"Pelo que vejo, Watson, chegou a hora de nos retirarmos", disse Holmes num sussurro. "Se puder segurar um cotovelo da fidelíssima Dolores, eu pegarei o outro. Pronto. Agora", acrescentou, fechando a porta atrás de si, "creio que podemos deixá-los decidir o resto entre si."

Só tenho mais uma anotação sobre esse caso. É a carta que Holmes escreveu, numa resposta final àquela com que esta narrativa começa. Diz ela:

> Baker Street, 21 de novembro
> Ref.: Vampiros
> Senhor,
> Com relação à sua carta do dia 19, venho declarar que considerei a indagação do seu cliente, Mr. Robert Ferguson, da Ferguson & Muirhead, corretores de chá, de Mincing Lane, e que o assunto foi conduzido a uma conclusão satisfatória. Agradecendo sua recomendação,
>
> Atenciosamente,
> Sherlock Holmes

Os Três Garrideb

Talvez tenha sido uma comédia, talvez uma tragédia. A um homem custou a razão, a mim custou-me um sangramento e a um outro homem ainda, as penalidades da lei. No entanto houve certamente um elemento de comédia. Bem, o leitor julgará por si mesmo.

Lembro-me muito bem da data, porque foi no mesmo mês em que Holmes recusou a dignidade de cavaleiro por serviços que talvez algum dia sejam relatados. Refiro-me ao assunto apenas de passagem, pois na minha posição de parceiro e confidente sou obrigado a evitar cuidadosamente qualquer indiscrição. Repito, contudo, que isso me permite fixar a data, que foi o final de junho de 1902, pouco depois do término da Guerra dos Bôeres. Holmes passara vários dias na cama, como costumava fazer de tempo em tempo, mas emergiu naquela manhã com um longo documento em papel ofício na mão e uma centelha de diversão nos seus austeros olhos cinza.

"Você tem a chance de ganhar algum dinheiro, amigo Watson", disse ele. "Já ouviu falar do nome Garrideb?"

Admiti que nunca ouvira.

"Bem, se conseguir pôr as mãos num Garrideb, vai embolsar alguma coisa."

"Por quê?"

"Ah, é uma longa história – e bastante esdrúxula também. Creio que, em todas as nossas explorações das complexidades humanas, não deparamos com nada mais singular. Como o sujeito logo estará aqui para ser interrogado, não quero expor o assunto até que ele chegue. Mas, por enquanto, esse é o nome que queremos."

O catálogo telefônico estava sobre a mesa ao meu lado e virei as páginas numa procura bastante desalentada. Mas, para meu espanto, lá estava aquele nome estranho no devido lugar. Dei um grito de triunfo.

"Está aqui, Holmes! Está aqui!"

Holmes tirou-me o livro da mão.

"'Garrideb, N.'", leu, "'Little Ryder Street nº 36, W.' Lamento desapontá-lo, meu caro Watson, mas este é o próprio homem. O endereço está em sua carta. Queremos outro para emparelhar com ele."

Mrs. Hudson entrara com um cartão numa bandeja. Eu o peguei e dei-lhe uma olhada.

"Ora, cá está!" exclamei espantado. "A inicial aqui é diferente. John Garrideb, consultor jurídico, Moorville, Kansas, EUA."

Holmes sorriu e olhou para o cartão. "Sinto dizer que você precisará fazer ainda outro esforço, Watson", disse. "Este cavalheiro também já está na trama, embora eu certamente não esperasse vê-lo esta manhã. Mas tem condições de nos contar muita coisa que desejo saber."

Um momento depois ele estava na sala. Mr. John Garrideb, consultor jurídico, era um homem baixo, forte, com o rosto redondo, saudável e escanhoado característico de tantos homens de negócios americanos. O efeito geral era rechonchudo e bastante infantil, de modo que se tinha a impressão de um homem muito jovem com um sorriso largo e estereotipado no rosto. Os olhos, no entanto, eram interessantes. Raras vezes vi numa cabeça humana um par que indicasse vida interior mais intensa, de tal modo eram brilhantes e alertas, refletindo cada mudança de pensamento. Seu sotaque era americano, mas não era acompanhado por nenhuma excentricidade de fala.

"Mr. Holmes?" perguntou, olhando de um de nós para o outro. "Ah, sim! Seus retratos são bastante fiéis, se me permite dizê-lo. Creio que recebeu uma carta do meu 'xará', Mr. Nathan Garrideb, não?"

"Por favor, sente-se", disse Sherlock Holmes. "Suponho que temos muito a discutir." Pegou suas folhas de papel ofício. "Deve ser, é claro, o Mr. John Garrideb mencionado neste documento. Mas certamente já está na Inglaterra há algum tempo, não é?"

"Por que diz isso, Mr. Holmes?" Tive a impressão de ver uma súbita desconfiança naqueles olhos expressivos.

"Toda a sua roupa é inglesa."

Mr. Garrideb forçou uma risada. "Li sobre os seus truques, Mr. Holmes, mas nunca pensei que seria objeto deles. De onde infere isso?"

"O corte do ombro de seu paletó, as biqueiras de suas botas... alguém poderia ter alguma dúvida?"

"Bem, bem, não fazia ideia de que sou tão obviamente britânico. Mas os negócios trouxeram-me aqui algum tempo atrás, e assim, como vê, minhas roupas são quase todas londrinas.

Imagino, porém, que seu tempo seja valioso, e não nos encontramos para falar sobre o corte de minhas meias. Que tal tratarmos do papel que tem nas mãos?"

Holmes havia de algum modo irritado o nosso visitante, cuja cara gorducha assumira uma expressão bem menos amável.

"Paciência! Paciência, Mr. Garrideb!" disse meu amigo num tom apaziguador. "O dr. Watson poderia lhe dizer que essas pequenas digressões que faço acabam provando ter alguma relação com a questão. Mas por que Mr. Nathan Garrideb não veio com o senhor?"

"Por que cargas-d'água ele o envolveu nisso?" perguntou o nosso visitante num súbito rompante de cólera. "Que diabos tinha o senhor a ver com a história? Era um assunto profissional entre dois cavalheiros, e um deles acha que precisa chamar um detetive! Estive com ele esta manhã; falou-me dessa arapuca que havia armado para mim, e é por isso que estou aqui. Mas, ainda assim, me sinto mal em relação a tudo isso."

"Não houve censura ao senhor, Mr. Garrideb. Foi simples zelo da parte dele para garantir o seu sucesso – um sucesso que é, pelo que entendo, igualmente vital para ambos os senhores. Ele sabia que eu tinha meios de obter informações, e, portanto, era muito natural que recorresse a mim."

O semblante irritado do nosso visitante pouco a pouco se desanuviou.

"Bem, isso mostra as coisas sob um outro aspecto", disse ele. "Quando fui vê-lo esta manhã e ele me contou que havia procurado um detetive, simplesmente pedi o seu endereço e vim direto para cá. Não quero que a polícia se intrometa num assunto particular. Mas se o senhor se contenta em apenas nos ajudar a encontrar o homem, isso não pode nos prejudicar."

"Bem, é exatamente disso que se trata", disse Holmes. "Agora, senhor, já que está aqui, o melhor é ouvirmos um relato claro dos seus próprios lábios. Meu amigo aqui nada sabe sobre os detalhes."

Mr. Garrideb examinou-me com um olhar não muito amistoso.

"Ele precisa saber?" perguntou.

"Costumamos trabalhar juntos."

"Bem, não há razão para eu fazer segredo. Farei um relato tão breve quanto possível dos fatos. Se os senhores fossem do Kansas, eu não precisaria lhes explicar quem foi Alexander Hamilton Garrideb. Ele ganhou seu dinheiro com transações imobiliárias e depois na bolsa do trigo em Chicago, mas gastou-o comprando terras tão extensas como um dos condados daqui, situadas ao longo do rio Arkansas, a oeste de Fort Dodge. São terras de pastagem, terras de mata, terras aráveis e terras ricas em minérios – todo tipo de terra que rende dólares ao homem que a possui.

"Ele não tinha um só parente – ou, se tinha, nunca ouvira falar dele. Mas tinha uma espécie de orgulho da esquisitice do seu nome. Foi isso que nos reuniu. Eu advogava em Topeka, e um dia recebi uma visita do velho – ele estava encantado a mais não poder por conhecer um outro homem com o seu nome. Essa era a sua mania, e estava decidido a descobrir se havia outros Garrideb no mundo. 'Encontre-me mais um!'

disse-me ele. Respondi que era um homem ocupado e não podia passar minha vida andando pelo mundo à procura de pessoas chamadas Garrideb. 'Que seja', disse ele, 'mas é exatamente isso que vai fazer se as coisas saírem como as planejei.' Pensei que ele estava brincando, mas havia um enorme significado em suas palavras, como eu logo descobriria.

"Pois ele morreu menos de um ano depois de dizê-las, e deixou um testamento. Foi o testamento mais extravagante já feito no estado do Kansas. Sua propriedade foi dividida em três partes, e eu deveria receber uma delas com a condição de encontrar dois Garrideb que dividiriam o resto. São nada menos de cinco milhões de dólares para cada um, mas não podemos pôr um dedo nessa soma até nos reunirmos os três numa fila.

"Era uma chance tão espetacular que simplesmente abandonei a advocacia e saí à procura de pessoas chamadas Garrideb. Não há nenhuma nos Estados Unidos. Esquadrinhei o país, senhor, com um pente-finíssimo, e nunca consegui encontrar um só Garrideb. Depois tentei a velha pátria. De fato, lá estava o nome no Catálogo Telefônico de Londres. Fui vê-lo dois dias atrás e expliquei-lhe todo o assunto. Mas ele é um homem solitário como eu; tem parentesco com algumas mulheres, mas com nenhum homem. O testamento diz três homens adultos. Assim, como vê, ainda temos um lugar vago, e se puder nos ajudar a preenchê-lo pagaremos seus honorários com muito gosto."

"Bem, Watson", disse Holmes com um sorriso, "eu lhe disse que era bastante extravagante, não foi? Eu teria pensado, senhor, que a solução óbvia seria anunciar nas colunas de anúncios pessoais dos jornais."

"Foi o que eu fiz, Mr. Holmes. Nenhuma resposta."

"Meu Deus! Bem, certamente é um problema dos mais curiosos. Posso dar uma olhada nele nas minhas horas de folga. A propósito, é interessante que venha de Topeka. Eu tinha um correspondente – agora está morto –, o velho dr. Lysander Starr, que foi prefeito da cidade em 1890."

"O velho e bom dr. Starr!" exclamou nosso visitante. "Seu nome ainda é reverenciado. Bem, Mr. Holmes, suponho que tudo que podemos fazer é manter contato com o senhor e informá-lo de nossos progressos. Creio que terá notícias nossas dentro de um ou dois dias." Com essa garantia o nosso americano fez uma vênia e partiu.

Depois de acender o cachimbo, Holmes ficou quieto por algum tempo com um intrigante sorriso no rosto.

"E então?" perguntei por fim.

"Estou curioso, Watson – apenas curioso!"

"Em relação a quê?"

"Eu gostaria de saber, Watson, qual poderia ser, afinal de contas, o objetivo desse homem ao nos contar essa enfiada de mentiras. Quase lhe perguntei isso – pois há ocasiões em que um ataque frontal brutal é a melhor política –, mas pareceu-me melhor deixá-lo pensar que nos enganara. Cá está um homem com um paletó inglês puído no cotovelo e joelheiras nas calças usadas há pelo menos um ano, e no entanto segundo este documento e seu próprio testemunho, é um americano provinciano que desembarcou há pouco em Londres. Nada foi publicado nas colunas de anúncios pessoais. Você sabe que não perco coisa alguma nelas. São meu recurso favorito para assustar uma ave e tirá-la do esconderijo, e nunca teria deixado escapar um faisão como esse. Jamais conheci um dr. Lysander Starr de Topeka. Por onde quer que o examinássemos, o homem era falso. Acho que é realmente americano, mas seu sotaque foi atenuado por anos de Londres. Qual é o jogo dele, então, e que motivos se ocultam por trás dessa absurda procura de homens chamados Garrideb? Isso merece a nossa atenção, porque, admitindo-se que o homem é um patife, trata-se de um patife complexo e engenhoso. Temos de descobrir se o nosso outro correspondente também é uma fraude. Dê-lhe um telefonema, Watson."

Fiz a ligação, e ouvi uma voz fina e tremida na outra ponta da linha.

"Sim, sim. Sou Mr. Nathan Garrideb. É Mr. Holmes? Eu gostaria muito de trocar algumas palavras com Mr. Holmes."

Meu amigo pegou o aparelho e ouvi o diálogo sincopado de costume.

"Sim, ele esteve aqui. Entendo, o senhor não o conhece... Há quanto tempo?... Só há dois dias?... Sim, sim, é claro, é uma perspectiva muito atraente. Estará em casa esta tarde? Seu 'xará' não estará aí, não é?... Ótimo, então iremos, pois gostaria muito de conversar com o senhor sem a presença dele... O dr. Watson irá comigo... Depreendi do seu bilhete que o senhor não sai de casa com frequência... Bem, estaremos aí

"'Bem, estaremos aí por volta das seis.
O dr. Watson irá comigo.'"
[Howard Elcock, *Strand Magazine*, 1925]

por volta das seis. Não precisa mencionar isso ao advogado americano... Ótimo. Até logo!"

Era o crepúsculo de uma linda tarde de primavera, e até Little Ryder Street, uma das menores ramificações da Edgware Road, a um pulo da velha Árvore de Tyburn, de triste memória, parecia dourada e magnífica aos raios oblíquos do sol. A casa para a qual nos dirigíamos era uma grande e antiquada construção do início do período georgiano, com uma fachada de tijolos sem relevos, quebrada apenas por duas profundas janelas de sacada no térreo. Era nesse térreo que o nosso cliente morava, e, de fato, as janelas baixas revelaram-se a frente do enorme quarto onde ele passava suas horas de vigília. Ao entrarmos, Holmes apontou para a pequena placa de latão que exibia o curioso nome.

"Tem alguns anos, Watson", observou ele, mostrando sua superfície descorada. "É o nome verdadeiro *dele*, de todo modo, e isso é digno de nota."

A casa tinha uma escada comum, e havia vários nomes pintados no vestíbulo, alguns indicando escritórios e outros aposentos privados. Não era um conjunto de apartamentos residenciais, mas sim a morada de solteirões boêmios. Nosso cliente abriu ele mesmo a porta para nós e desculpou-se, dizendo que a zeladora saía às quatro horas. Mr. Nathan Garrideb revelou-se um sujeito muito alto, ágil, com as costas arqueadas, descarnado e calvo, de cerca de sessenta anos de idade. Tinha um rosto cadavérico, com a pele fosca de um homem para quem exercício era algo desconhecido. Grandes óculos redondos e uma barbicha de bode projetada combinavam com sua postura encurvada para lhe dar uma expressão de aguda curiosidade. O efeito geral, contudo, era agradável, ainda que excêntrico.

A sala era tão estranha como seu ocupante. Parecia um pequeno museu. Larga e profunda, era toda cercada por armários e estantes abarrotados de espécimes geológicos e anatômicos. Caixas com borboletas e mariposas ladeavam a entrada. Uma grande mesa no centro estava repleta de refugos de todo tipo, em meio aos quais se destacava o tubo de cobre de um potente microscópio. Ao correr os olhos à minha volta, fiquei surpreso com a universalidade dos interesses do homem. Aqui estava uma caixa de moedas antigas. Ali, um armário de instrumentos de sílex. Atrás da mesa central havia um grande armário com ossos fósseis. Acima via-se uma linha de crânios de gesso, sob os quais estavam impressos nomes como "Neandertal", "Heidelberg" e "Cro-Magnon". Estava claro que ele era um estudioso de muitos assuntos. Agora, parado diante de nós, tinha na mão direita um pedaço de camurça com que estava polindo uma moeda.

"Siracusana – do melhor período", explicou, segurando-a. "Elas se degeneraram enormemente no final. Em sua melhor fase eu as considero supremas, embora alguns prefiram a escola alexandrina. Encontrará uma cadeira aqui, Mr. Holmes. Por favor, permita que eu remova estes ossos. E o senhor... ah, sim, dr. Watson... se tiver a bondade de afastar esse vaso japonês para o lado. Estão vendo à minha volta os meus pequenos interesses na vida. Meu médico me repreende por nunca sair, mas por que haveria de sair quando tenho tantas coisas a me prender aqui? Posso lhes assegurar que a catalogação adequada de um desses armários me tomaria três bons meses."

Holmes olhou à sua volta com curiosidade.

"Mas está me dizendo que *nunca* sai?" perguntou.

"De raro em raro pego um carro para ir à Sotheby's ou à Christie's. Afora isso, muito raramente deixo o meu quarto. Não sou muito forte e minhas pesquisas são bastante absorventes. Mas pode imaginar, Mr. Holmes, que golpe tremendo – agradável, mas tremendo – foi para mim ouvir falar dessa boa sorte prodigiosa. Falta apenas mais um Garrideb para encerrar o assunto, e certamente o encontraremos. Eu tinha um irmão, mas ele morreu e parentes do sexo feminino não se qualificam. Mas com certeza deve haver outros no mundo. Soube que o senhor tratou de casos estranhos e foi por isso que o chamei. É claro que esse cavalheiro americano tem toda a razão, e que eu deveria tê-lo consultado antes, mas agi na melhor das intenções."

"Creio que agiu realmente de maneira muito sensata", disse Holmes. "Mas está de fato ansioso para se apossar de uma propriedade rural nos Estados Unidos?"

"Certamente não, senhor. Nada me induziria a deixar minha coleção. Mas esse cavalheiro me assegurou que comprará a minha parte assim que pudermos reivindicar as terras. Cinco milhões de dólares, foi a soma mencionada. Há neste momento no mercado uma dúzia de espécimes que preenchem lacunas na minha coleção e que não tenho condições de comprar por falta de algumas centenas de libras. Pense no que eu poderia fazer com cinco milhões de dólares. Ora, tenho o núcleo de uma coleção nacional. Serei o Hans Sloane do meu tempo."

Seus olhos faiscavam por trás daqueles grandes óculos. Estava muito claro que Mr. Nathan Garrideb não pouparia nenhum sacrifício na procura de um "xará".

"Vim aqui apenas para conhecê-lo e não há razão para que eu interrompa seus estudos", disse Holmes. "Prefiro estabelecer um contato pessoal com as pessoas com quem faço negócios. Só preciso lhe fazer poucas perguntas, pois tenho seu relato muito claro no bolso e preenchi as lacunas quando esse cavalheiro americano me visitou. Pelo que entendi, até esta semana o senhor desconhecia a existência dele."

"Isso mesmo. Ele veio aqui terça-feira passada."

"Ele lhe contou sobre a conversa que tivemos hoje?"

"Sim, veio direto para cá. Estivera muito irritado."

"Por que se irritara?"

"Ao que parece, pensou que se duvidara da sua honradez. Mas estava de novo muito satisfeito quando retornou."

"Ele sugeriu alguma linha de ação?"

"Não, senhor."

"Recebeu dinheiro do senhor, ou pediu algum?"

"Não, senhor, nunca!"

"Não lhe parece que ele pode ter algum objetivo em vista?"

"Nenhum, a não ser o que declara."

"Contou-lhe sobre nossa conversa ao telefone?"

"Sim, senhor, contei."

Holmes estava perdido em pensamentos. Eu podia ver que estava perplexo.

"Tem artigos de grande valor em sua coleção?"

"Não, senhor. Não sou um homem rico. É uma boa coleção, mas não muito valiosa."

"Não tem medo de ladrões?"

"Nenhum."

"Há quanto tempo mora nestes aposentos?"

"Quase cinco anos."

O interrogatório de Holmes foi interrompido por uma batida imperiosa à porta. Mal o nosso cliente levantara o trinco, o advogado americano irrompeu alvoroçado na sala.

"Vejam só!" gritou, sacudindo um papel acima da cabeça. "Pensei que ainda teria tempo para lhe dar os meus parabéns,

Mr. Nathan Garrideb! O senhor é um homem rico. Nosso negócio felizmente terminou e tudo está bem. Como sabe, Mr. Holmes, podemos apenas dizer que lamentamos se lhe causamos algum incômodo desnecessário."

Entregou o papel ao nosso cliente, que ficou contemplando um anúncio assinalado. Holmes e eu nos inclinamos para lê-lo sobre seu ombro. Eis o que ele dizia:

HOWARD GARRIDEB
Construtor de máquinas agrícolas
Enfardadeiras, segadoras, arados manuais e a vapor, semeadeiras, grades, carroças, *buckboards* e ferramentas em geral
Orçamentos para poços artesianos
Dirigir-se a Grosvenor Buildings, Aston

"Glorioso!" disse, arquejante, o nosso anfitrião. "Encontramos nosso terceiro homem."

"Eu havia iniciado investigações em Birmingham", disse o americano, "e meu agente ali enviou-me esse anúncio de um jornal local. Temos de resolver isso o mais rápido possível. Escrevi para esse homem e lhe disse que o senhor vai procurá-lo em seu escritório amanhã às quatro da tarde."

"Quer que *eu* vá vê-lo?"

"Que diz, Mr. Holmes? Não acha que seria mais prudente? Aqui estou eu, um americano errante com uma história do arco-da-velha. Por que ele acreditaria no que lhe conto? Mas o senhor é um britânico com sólidas referências, e ele não pode deixar de considerar o que diz. Eu iria com o senhor, se quisesse, mas tenho um dia muito ocupado amanhã, e poderia ir depois, se o senhor tiver alguma dificuldade."

"Bem, não faço uma viagem como essa há anos."

"É simples, Mr. Garrideb. Verifiquei as conexões. Sairia daqui ao meio-dia e estaria lá pouco depois das duas. E poderá voltar amanhã mesmo à noite. Só precisa conversar com o homem, explicar o assunto e obter uma certidão de sua existência. Por Deus!" acrescentou com veemência. "Considerando-se que fiz toda a viagem do centro dos Estados Unidos até aqui, certamente não é muita coisa para o senhor se deslocar uns cento e sessenta quilômetros para resolver este assunto."

"Naturalmente", disse Holmes. "Parece-me que este cavalheiro tem razão no que diz."

Mr. Nathan Garrideb sacudiu os ombros com um ar desconsolado. "Bem, se insiste, irei", disse. "É certamente difícil para mim recusar-lhe alguma coisa, tal foi a glória da esperança que infundiu na minha vida."

"Então está combinado", disse Holmes, "e sem dúvida os senhores me farão um relato assim que puderem."

"Cuidarei disso", disse o americano. "Bem", acrescentou, consultando o relógio, "preciso ir. Passarei aqui amanhã, Mr. Nathan, e irei ao seu embarque para Birmingham. Vai para o mesmo lado que eu, Mr. Holmes? Bem, então até logo, e talvez tenhamos boas notícias para o senhor amanhã à noite."

Notei que a fisionomia de meu amigo se desanuviou depois que o americano deixou a sala – a expressão de perplexidade desaparecera.

"Gostaria de poder examinar sua coleção, Mr. Garrideb", disse ele. "Em minha profissão, todo tipo de informações inusitadas tem utilidade e esta sua sala é um repositório delas."

Nosso cliente ficou radiante e seus olhos cintilaram por trás dos grandes óculos.

"Sempre ouvi falar, senhor, que era um homem muito inteligente", disse. "Eu poderia lhe mostrar tudo agora, se tiver tempo."

"Infelizmente não tenho. Mas esses espécimes estão tão bem-rotulados e classificados que praticamente dispensam sua explicação pessoal. Eu poderia vir vê-los amanhã. Presumo que não haveria nenhuma objeção a que eu passasse os olhos neles?"

"Em absoluto. É muito bem-vindo. O lugar, é claro, estará trancado. Mas Mrs. Saunders estará no porão até as quatro horas e abrirá para o senhor com a chave dela."

"Bem, por acaso estou livre amanhã à tarde. Se puder dizer uma palavra a Mrs. Saunders, seria ótimo. A propósito, quem é seu agente imobiliário?"

Nosso cliente ficou espantado com essa pergunta extemporânea.

"Holloway and Steele, na Edgware Road. Mas por quê?"

"Eu mesmo tenho um pouco de arqueólogo no que diz respeito a casas", respondeu Holmes, rindo. "Gostaria de saber se esta é Queen Anne ou georgiana."

"Georgiana, sem dúvida alguma."

"É mesmo? Eu teria pensado que é um pouco anterior. Mas isso pode ser facilmente verificado. Bem, até logo, Mr. Garrideb, desejo-lhe todo o sucesso em sua viagem a Birmingham."

A imobiliária era próxima, mas descobrimos que estava fechada aquele dia e rumamos de volta para Baker Street. Holmes só voltou ao assunto depois do jantar.

"Nosso probleminha aproxima-se do seu desfecho", disse. "Sem dúvida você já delineou a solução em sua própria mente."

"Para mim a coisa parece não ter pé nem cabeça."

"A cabeça certamente está bastante clara e veremos o pé amanhã. Não notou nada de intrigante no anúncio?"

"Notei um erro na palavra 'arado'."

"Ah, notou isso? Veja só, Watson, você fica cada vez melhor. Sim, isso é mau inglês, mas bom americano. O tipógrafo compôs a palavra como a recebeu. Além disso há os *buckboards*. Isso é americano também. E os poços artesianos são mais comuns entre eles que entre nós. Era um típico anúncio americano, mas querendo se passar pelo de uma firma inglesa. Que acha disso?"

"Só posso supor que foi esse advogado americano que o publicou, ele mesmo. Não consigo atinar com que objetivo."

"Bem, há explicações alternativas. Seja como for, ele queria levar esse velho fóssil para Birmingham. Isto está muito claro. Eu poderia ter contado para ele que iria claramente fazer uma viagem inútil, mas, pensando bem, julguei melhor limpar o palco, deixando-o ir. Amanhã, Watson – bem, o dia de amanhã falará por si."

Holmes levantou-se cedo e saiu. Quando voltou, na hora do almoço, notei que seu rosto estava sério.

"Este assunto é mais grave do que eu supunha, Watson", disse ele. "É justo que eu lhe diga isso, embora saiba que será apenas uma razão a mais para que você se arrisque. Eu deveria conhecer meu Watson a esta altura. Mas *há* perigo e você deve saber disso."

"Bem, não é o primeiro que partilhamos, Holmes. Espero que não seja o último. Qual é o perigo particular desta vez?"

"Estamos diante de um caso muito difícil. Identifiquei Mr. John Garrideb, consultor jurídico. Ele não é outro senão Evans o Matador, de reputação sinistra e assassina."

"Fico na mesma."

"Ah, não é parte da sua profissão carregar um Calendário Newgate portátil na memória. Fui ver o amigo Lestrade na Yard. Pode haver uma falta de intuição imaginativa ali, mas eles são os melhores do mundo em matéria de meticulosidade e método. Eu supunha que poderíamos encontrar uma pista do nosso americano em seus registros. Realmente, encontrei sua cara gorducha sorrindo para mim na Galeria de Retratos de Rogues. 'James Winter, vulgo Morecroft, vulgo Evans o Matador', era a legenda." Holmes tirou um envelope do bolso. "Anotei alguns dados de seu dossiê. Quarenta e quatro anos. Natural de Chicago. Matou três homens a tiro nos Estados Unidos. Fugiu da penitenciária graças a influência política. Veio para Londres em 1893. Atirou num homem com quem jogava cartas num cabaré na Waterloo Road em janeiro de 1895. O homem morreu, mas foi provado que ele havia sido o agressor na rixa. O morto foi identificado como Rodger Prescott, famoso como falsário e moedeiro em Chicago. O Matador foi libertado em

1901. Desde então está sob a supervisão da polícia, mas até agora consta que viveu honestamente. Homem muito perigoso, em geral porta armas e não hesita em usá-las. Essa é a nossa ave, Watson – um belo desafio, como deve admitir."

"Mas qual é o jogo dele?"

"Bem, ele começa a se definir. Estive na imobiliária. Nosso cliente, como ele nos disse, está na casa há cinco anos. Antes disso, ela passou um ano vazia. O inquilino anterior era aparentemente um cavalheiro chamado Waldron. Lembram-se bem do aspecto desse homem na imobiliária. Desapareceu de repente e nunca mais se ouviu falar dele. Era alto, de barba e muito moreno. Ora, Prescott, o homem em que o Matador atirou, era, segundo a Scotland Yard, alto, moreno e de barba. Como hipótese de trabalho, creio que podemos admitir que esse Prescott, o bandido americano, morava exatamente no quarto em que o nosso inocente amigo mantém agora o seu museu. Assim, finalmente conseguimos encontrar um elo, como vê."

"E o próximo elo?"

"Bem, devemos sair agora e procurá-lo."

Tirou um revólver da gaveta e passou-o para mim.

"Tenho o meu velho favorito comigo. Se o nosso amigo do Oeste Bravio tentar fazer jus a seu apelido, temos de estar preparados. Vou lhe dar uma hora para uma sesta, Watson, depois creio que terá chegado o momento de nossa aventura em Ryder Street."

Eram precisamente quatro horas quando chegamos ao curioso apartamento de Nathan Garrideb. Mrs. Saunders, a zeladora, estava de saída, mas não hesitou em nos deixar entrar, pois a porta tinha uma fechadura de mola e Holmes prometeu verificar se tudo estava em segurança antes de sair. Pouco depois a porta exterior se fechou, vimos seu chapéu passar pela janela da frente e soubemos que estávamos sozinhos no andar térreo da casa. Holmes fez um rápido exame do local. Havia um armário num canto escuro que ficava um pouco distante da parede. Foi atrás dele que acabamos nos agachando, enquanto Holmes resumia suas intenções num sussurro.

"Ele queria afastar nosso amável amigo deste quarto – isso está muito claro, e, como o colecionador nunca saía de casa, foi preciso armar um esquema para conseguir isso. Ao que parece, toda essa invenção dos Garrideb não teve outra finalidade. Devo dizer, Watson, que há nela certa engenhosidade diabólica, mesmo que o nome esquisito do inquilino tenha dado ao homem um ensejo que ele certamente não esperava. Teceu sua trama com notável astúcia."

"Mas que queria ele?"

"Bem, é para descobrir isso que estamos aqui. Pelo que entendo da situação, a coisa não tem absolutamente nada a ver com o nosso cliente. É algo relacionado ao homem que ele assassinou – o homem que talvez tivesse sido seu cúmplice no crime. Há algum segredo criminoso nesta sala. Esta é a minha interpretação. Primeiro, pensei que nosso amigo poderia ter em sua coleção algo mais valioso do que supunha – algo merecedor da atenção de um grande criminoso. Mas o fato de

Rodger Prescott, de triste memória, ter morado nestes aposentos aponta para uma razão mais profunda. Bem, Watson, só nos resta nos imbuirmos de paciência e ver o que a hora poderá trazer."

A hora não tardou a soar. Esprememo-nos mais na sombra quando ouvimos a porta exterior abrir e fechar. Depois veio o estalo seco e metálico de uma chave, e o americano estava dentro do quarto. Fechou a porta suavemente atrás de si, tirou o sobretudo e caminhou até a mesa central com a desenvoltura de quem sabe exatamente o que tem de fazer e como fazê-lo. Empurrou a mesa para um lado, puxou o tapete quadrado sobre a qual ela se erguia, enrolou-o todo e em seguida, tirando um pé de cabra do bolso interno, ajoelhou-se e trabalhou vigorosamente no assoalho. Logo ouvimos o som de tábuas deslizando e, um instante depois, um quadrado se abrira nas tábuas. Evans o Matador riscou um fósforo, acendeu um toco de vela e desapareceu da nossa vista.

Claramente a nossa hora chegara. Holmes tocou-me o punho como um sinal e, juntos, avançamos furtivamente até o alçapão aberto. Por mais suavemente que nos movêssemos, porém, o velho assoalho deve ter estalado sob nossos pés, porque a cabeça do nosso americano, olhando nervosamente em volta, emergiu de repente do espaço aberto. Seu rosto virou-se para nós com um olhar de raiva contida, que se suavizou pouco a pouco num sorriso um tanto envergonhado quando ele percebeu que duas pistolas estavam apontadas para a sua cabeça.

"Bem, bem!" disse friamente, trepando para a superfície. "Acho que levou a melhor, Mr. Holmes. Percebeu o meu jogo, suponho, e me fez de bobo desde o início. Bem, senhor, tiro-lhe o chapéu; venceu-me e..."

Num instante tinha sacado um revólver do peito e disparado dois tiros. Senti um súbito ardor, como se um ferro em brasa tivesse sido apertado contra a minha coxa. Ouviu-se um ruído de algo se quebrando quando a pistola de Holmes desceu sobre a cabeça do homem. Tive uma visão do homem estatelado no chão, sangue correndo rosto abaixo, enquanto Holmes o revistava à procura de armas. Em seguida os braços

"Seu rosto virou-se para nós com um olhar de raiva contida, que se suavizou pouco a pouco num sorriso um tanto envergonhado quando ele percebeu que duas pistolas estavam apontadas para a sua cabeça." [Howard Elcock, *Strand Magazine*, 1923]

magros e rijos do meu amigo estavam à minha volta e ele me levava para uma cadeira.

"Não está ferido, Watson? Pelo amor de Deus, diga que não está ferido!"

Valera a pena ser ferido – teria valido a pena ser ferido muitas vezes – para conhecer a profundidade da lealdade e do amor que se escondiam por trás daquela máscara fria. Aqueles olhos claros e duros ficaram toldados por um instante, e os lábios firmes tremeram. Pela primeira e única vez, tive um vislumbre do grande coração que coexistia com o grande cérebro. Todos os meus anos de serviços humildes, mas constantes, culminaram naquele momento de revelação.

"Não é nada, Holmes. É só um arranhão."

Ele rasgara minha calça com o seu canivete.

"Ouviu-se um ruído de algo se quebrando quando a pistola de Holmes desceu sobre a cabeça do homem." [Howard Elcock, *Strand Magazine*, 1923]

"Tem razão", exclamou ele com um imenso suspiro de alívio. "É bastante superficial." Seu rosto ficou duro como sílex quando ele contemplou nosso prisioneiro, que estava se sentando com uma expressão atordoada. "Por Deus, o senhor teve sorte. Se tivesse matado o Watson, não sairia vivo desta sala. E agora, que tem a dizer em sua defesa?"

Ele nada tinha a dizer em sua defesa. Ficou quieto, franzindo as sobrancelhas. Apoiei-me no braço de Holmes, e juntos espiamos o pequeno porão que fora revelado pela tampa secreta. Ainda estava iluminado pela vela com que Evans descera. Nossos olhos deram com uma grande quantidade de máquinas enferrujadas, grandes rolos de papel, garrafas espalhadas e, muito bem-arrumados sobre uma mesinha, uma porção de pequenos e caprichados maços.

"Uma impressora – um equipamento de falsário", disse Holmes.

"Sim, senhor", disse o nosso prisioneiro, levantando-se com dificuldade e logo desabando na cadeira. "O maior falsário que Londres já viu. Essa é a máquina de Prescott, e esses maços sobre a mesa são as duas mil cédulas de Prescott, cada uma no valor de cem libras, que podem ser passadas em qualquer lugar. Sirvam-se, cavalheiros. Chamemos isto de um acordo e deixem-me dar o fora."

Holmes riu.

"Não fazemos esse tipo de coisa, Mr. Evans. O senhor não tem por onde escapar neste país. Atirou nesse tal Prescott, não foi?"

"Sim, senhor, e cumpri cinco anos por causa disso, embora ele é que tivesse me provocado. Cinco anos – quando eu deveria ter recebido uma medalha do tamanho de um prato de sopa. Ninguém era capaz de distinguir entre uma cédula de Prescott e uma do Banco da Inglaterra, e se eu não o tivesse tirado de circulação ele teria inundado Londres com elas. É de admirar que eu quisesse chegar a este lugar? É de admirar que, ao descobrir que o bobalhão amalucado desse caçador de insetos com nome esquisito estava aboletado bem em cima dele, e não arredava o pé de seu quarto, tenha feito o possível para afastá-lo? Talvez tivesse sido mais prudente dar cabo dele. Teria sido muito fácil, mas sou um sujeito de coração mole, que não sai atirando, a menos que o outro camarada esteja armado também. Mas diga-me, Mr. Holmes, afinal o que fiz de errado? Não usei essa fabriqueta. Não feri esse velho. De que vai me acusar?"

"Somente de tentativa de homicídio, pelo que posso ver", disse Holmes. "Mas isso não compete a nós. Tudo será considerado no próximo estágio. O que queríamos agora era apenas a sua doce pessoa. Por favor dê um telefonema para a Yard, Watson. Ele não será de todo inesperado."

FORAM ESTES, portanto, os fatos relacionados a Evans o Matador e sua notável artimanha dos três Garrideb. Soubemos mais tarde que o nosso amigo nunca se recobrou do choque de seus sonhos dissipados. Quando seu castelo nas nuvens desmoronou, ele foi sepultado sob as ruínas. Pela última notícia que tivemos, estava numa clínica de repouso em Brixton. Na Yard, houve grande alegria no dia em que o equipamento de Prescott foi descoberto, pois, embora soubessem da sua existência, nunca haviam conseguido, após a morte do homem, descobrir onde ficava. Evans havia realmente feito um grande serviço e permitiu a vários destemidos homens do DIC dormir mais sossegados, porque os falsários ocupam uma classe especial como perigo público. Eles teriam concordado de bom grado com aquela medalha do tamanho de um prato de sopa de que o criminoso falara, mas juízes malagradecidos adotaram um ponto de vista menos favorável e o Matador retornou para aquelas sombras de que acabara de emergir.

A Ponte Thor

Em algum lugar nas casas-fortes do banco de Cox & Co., em Charing Cross, há uma caixa de documentos de folha de flandres, amassada e gasta por muitas viagens, com o meu nome, dr. John H. Watson, ex-membro do Exército Indiano, pintado na tampa. Está abarrotada de papéis, dos quais quase todos são registros de casos para ilustrar os curiosos problemas que Mr. Sherlock Holmes foi chamado em várias ocasiões a examinar. Alguns, e não os menos interessantes, são completos fracassos, e como tais dificilmente se prestariam a ser narrados, já que não há nenhuma explicação final disponível para eles. Um problema sem solução pode interessar ao estudioso, mas quase fatalmente aborrecerá o leitor casual. Entre essas histórias inacabadas está a de Mr. James Philimore, que, tendo entrado de volta na própria casa para pegar um guarda-chuva, nunca mais voltou a ser visto neste mundo. Não menos notável é o caso do cúter *Alicia*, que penetrou uma manhã de primavera num pequeno trecho de neblina e nunca reapareceu, nem jamais se ouviu falar dele e de sua tripulação. Um terceiro caso digno de nota é o de Isadora Persano, o conhecido jornalista e duelista, que foi encontrado completamente enlouquecido, tendo diante de si uma caixa de fósforos que continha um verme extraordinário que, segundo consta, era desconhecido pela ciência. Afora esses casos inescrutáveis, há alguns que envolvem segredos de família tão delicados que a mera ideia de que poderiam chegar à imprensa produziria consternação em muitas esferas elevadas. Não preciso dizer que semelhante quebra de confiança é impensável e que esses registros serão separados e destruídos agora que meu amigo tem tempo para dedicar suas energias ao assunto. Resta um considerável resíduo de casos de maior ou menor interesse que eu poderia ter editado antes, se não temesse dar ao público um excesso que poderia prejudicar a reputação do homem que venero acima de todos os outros. Em alguns, eu mesmo estive envolvido e posso falar como testemunha ocular, ao passo que em outros ou não estava presente, ou desempenhei um papel tão pequeno que eles só poderiam ser narrados como se por uma terceira pessoa. A narrativa que se segue é extraída de minha própria experiência.

Era uma manhã tempestuosa de outubro, e enquanto me vestia observei como as últimas folhas caíam rodopiando do solitário plátano que enfeita o quintal atrás de nossa casa. Desci para o desjejum preparado para encontrar o meu companheiro acabrunhado, pois, como todos os grandes artistas, deixava-se impressionar facilmente pelo ambiente. Ao contrário, constatei que ele havia quase terminado a sua refeição e estava particularmente jovial e contente, com aquela alegria um tanto sinistra que caracterizava seus momentos de maior animação.

"Tem um caso, Holmes?" perguntei.

"A faculdade de dedução é certamente contagiosa, Watson", respondeu. "Ela lhe permitiu detectar o meu segredo. Sim, tenho um caso. Depois de um mês de trivialidades e estagnação, as rodas giram mais uma vez."

"Posso partilhá-lo?"

"Há pouco que partilhar, mas podemos discuti-lo depois que você tiver consumido os dois ovos cozidos com que nossa nova cozinheira nos brindou. O estado deles não deixa de ter relação com o exemplar do *Family Herald* que observei ontem sobre a mesa do *hall*. Mesmo um assunto tão trivial quanto o cozimento de um ovo requer atenção à passagem do tempo e é incompatível com a história de amor publicada naquele excelente periódico."

UM QUARTO DE HORA mais tarde, a mesa fora tirada e estávamos face a face. Ele havia puxado uma carta do bolso.

"Já ouviu falar de Neil Gibson, o 'Rei do Ouro'?"

"Refere-se ao senador americano?"

"Bem, ele foi uma vez senador por algum estado do Oeste, mas é mais conhecido como o maior magnata da mineração de ouro no mundo."

"Sim, sei quem é. Certamente viveu algum tempo na Inglaterra. Seu nome é muito conhecido."

"Sim; comprou uma considerável propriedade em Hampshire uns cinco anos atrás. Ouviu falar do trágico fim de sua mulher, talvez?"

"É claro. Lembro-me disso agora. É por isso que o nome me é familiar. Mas realmente nada sei dos detalhes."

Holmes apontou para alguns papéis sobre uma cadeira. "Eu não tinha a menor ideia de que esse caso chegaria às minhas mãos, ou já teria meus extratos prontos", disse. "O fato é que o problema, embora extremamente sensacional, pareceu não apresentar dificuldades. A interessante personalidade do acusado não obscurece a clareza das provas. Essa foi a opinião assumida pelo júri de instrução e também nos procedimentos do tribunal policial. Agora está sendo enviado ao tribunal do condado em Winchester. Temo que seja um negócio ingrato. Posso descobrir fatos, Watson, mas não posso alterá-los. A menos que fatos inteiramente novos e inesperados venham à luz, não vejo que esperança meu cliente poderia alimentar."

"Seu cliente?"

"Ah, esqueci que não lhe contei. Estou pegando o seu costume complicado, Watson, de contar histórias de trás para diante. É melhor você ler isto primeiro."

A carta que ele me entregou, escrita numa letra clara e firme, era a seguinte:

> Claridge's Hotel
>
> 3 de outubro
>
> Caro Mr. Sherlock Holmes,
>
> Não posso ver a melhor mulher já criada por Deus rumar para a morte sem fazer todo o possível para salvá-la. Não posso explicar as coisas – não posso sequer tentar explicá-las –, mas sei com absoluta certeza que Miss Dunbar é inocente. O senhor conhece os fatos – quem os ignora? Foi o mexerico de todo o país.

E nunca uma voz se ergueu em defesa dela! É a maldita injustiça de tudo isso que me deixa louco. Aquela mulher tem um coração que não a deixaria matar uma mosca. Bem, estarei aí às onze horas amanhã e verei se o senhor consegue lançar um raio de luz nas trevas. Talvez eu tenha alguma pista e não saiba. De todo modo, tudo o que sei, tudo o que tenho e tudo o que sou estão à sua disposição, contanto que possa salvá-la. Se alguma vez em sua vida mostrou os seus poderes, aplique-os agora neste caso.

Atenciosamente,
J. NEIL GIBSON

"Aí está", disse Sherlock Holmes, batendo as cinzas de seu cachimbo de depois do desjejum e enchendo-o de novo lentamente. "Esse é o cavalheiro que aguardo. Quanto à história, como você não terá tempo para se inteirar do que dizem todos esses jornais, devo lhe fazer um resumo dos fatos para que possa acompanhar com interesse os procedimentos. Esse homem é a maior potência financeira do mundo, e um homem, pelo que entendo, de caráter extremamente violento e temível. Casou-se com uma mulher, a vítima dessa tragédia, de quem nada sei a não ser que já passara da flor da idade, o que era tanto mais lamentável porque uma governanta muito atraente supervisionava a educação de duas crianças pequenas. Essas são as pessoas envolvidas, e o cenário é uma imponente mansão senhorial, o centro de uma propriedade inglesa histórica. Agora quanto à tragédia. A esposa foi encontrada no terreno da propriedade, a cerca de oitocentos metros da casa, tarde da noite, vestida para o jantar, com um xale sobre os ombros e o cérebro perfurado

"A esposa foi encontrada no terreno da propriedade, tarde da noite, com o cérebro perfurado por uma bala de revólver." [A. Gilbert, *Strand Magazine*, 1922]

por uma bala de revólver. Nenhuma arma foi encontrada perto dela, Watson – preste atenção nisso. O crime parece ter sido cometido tarde da noite e o corpo foi encontrado por um guarda-caça por volta das onze horas, quando foi examinado pela polícia e por um médico antes de ser transportado para a casa. Isto está condensado demais ou você está podendo acompanhar claramente?

"Está tudo muito claro. Mas por que suspeitar da governanta?"

"Bem, em primeiro lugar há alguns indícios muito diretos. Um revólver com uma câmara descarregada e um calibre que correspondia à bala foi encontrado no fundo do guarda-roupa dela." Seus olhos se fixaram e ele repetiu, separando as palavras: "No-fundo-do-guarda-roupa-dela." Depois silenciou-se, e vi que alguma cadeia de pensamentos pusera-se em movimento e que seria insensato interrompê-la. De repente, com um sobressalto, ele se animou de novo. "Sim, Watson, ele foi encontrado. Prova bastante condenatória, hein? Assim pensaram os dois júris. Além disso, a morta tinha consigo um bilhete, marcando um encontro exatamente naquele lugar, assinado pela governanta. Que acha disso? Finalmente, há o motivo. O senador Gibson é uma pessoa atraente. Se sua mulher morre, quem teria mais chances de sucedê-la que essa jovem que já havia, segundo todos dizem, recebido insistentes atenções de seu patrão? Amor, fortuna, poder, tudo dependendo de uma vida de meia-idade. Feio, Watson... muito feio!"

"Sim, de fato, Holmes."

"Ela não conseguiu apresentar um álibi. Ao contrário, teve de admitir que estava perto da ponte Thor – esse foi o cenário da tragédia – por volta daquela hora. Não o pôde negar, porque um aldeão de passagem a tinha visto ali."

"Isso parece realmente decisivo."

"Apesar disso, Watson... apesar disso... Por essa ponte – um único largo arco de pedra com balaustradas dos lados – a estrada transpõe a parte mais estreita de um lençol d'água comprido e profundo, cercado de juncos. É chamado lago Thor. A mulher morta estava caída no limiar da ponte. Estes são os fatos principais. Mas cá está o nosso cliente, se não me engano, consideravelmente adiantado."

Billy tinha aberto a porta, mas o nome que anunciou era inesperado. Mr. Marlo Bates era um estranho para nós dois. Era um homenzinho magro e nervoso, com olhos assustados e maneiras bruscas e hesitantes – um homem que meu olho clínico diria estar à beira de um absoluto colapso de nervos.

"Parece agitado, Mr. Bates", disse Holmes. "Por favor, sente-se. Temo só poder lhe dar pouco tempo, porque tenho um compromisso às onze."

"Eu sei", disse nosso visitante, arquejante, proferindo frases rápidas, como se lhe faltasse o fôlego. "Mr. Gibson está chegando. Mr. Gibson é meu patrão. Sou o administrador de sua propriedade, Mr. Holmes, ele é um canalha – um canalha abominável."

"Linguagem forte, Mr. Bates."

"Tenho de ser enfático, Mr. Holmes, pois o tempo é tão curto! Não gostaria que ele me encontrasse aqui por nada neste mundo. Está para chegar. Mas eu estava em tal situação que não pude vir mais cedo. Só esta manhã o secretário dele, Mr. Ferguson, me falou sobre o encontro dele com o senhor."

"E é o administrador dele?"

"Dei-lhe aviso prévio. Dentro de umas duas semanas terei me libertado de sua odiosa escravidão. Um homem duro, Mr. Holmes, duro com tudo que o cerca. Essas caridades públicas são um biombo para encobrir as suas iniquidades privadas. Mas a esposa era a sua principal vítima. Ele era brutal com ela... sim, senhor, brutal! Como a senhora encontrou a morte, não sei, mas tenho certeza de que ele havia feito de sua vida um tormento. Ela era natural dos trópicos, brasileira de nascimento, como certamente sabe."

"Não; isso me escapara."

"Tropical por nascimento e tropical por natureza. Uma filha do sol e da paixão. Amara-o como essas mulheres são capazes de amar, mas depois que seus encantos físicos murcharam – soube que foram grandes outrora – não houve mais nada para segurá-lo. Todos nós gostávamos dela, sentíamos por ela e o odiávamos pelo modo como a tratava. Mas ele é dissimulado e ardiloso. Não o julgue pela aparência. Há mais por trás. Agora vou embora. Não, não, não me detenha! Ele está quase chegando."

Com um olhar assustado para o relógio, o nosso estranho visitante correu literalmente para a porta e desapareceu.

"Bem, bem!" disse Holmes após um intervalo de silêncio. "Mr. Gibson parece ter uma criadagem das mais leais. Mas a advertência é útil, e agora só nos resta esperar até que o próprio homem apareça."

Exatamente na hora, ouvimos um passo pesado na escada e o famoso milionário foi introduzido na sala. Ao vê-lo, compreendi não somente os temores e a aversão de seu administrador, mas também as execrações que tantos rivais nos negócios haviam lançado sobre ele. Se eu fosse um escultor e desejasse representar o homem de negócios bem-sucedido, de nervos de aço e consciência impermeável, escolheria Mr. Neil Gibson como modelo. A figura alta e descarnada e os traços marcados sugeriam fome e rapacidade. Um Abraham Lincoln voltado para fins desprezíveis, em vez de elevados, daria uma ideia do homem. Seu rosto, que poderia ter sido cinzelado em granito, era duro, de feições ásperas e implacáveis, e exibia sulcos profundos, as cicatrizes de muitas crises. Frios olhos cinza, lançando um olhar astuto por sob sobrancelhas eriçadas, nos examinaram sucessivamente. Inclinou-se de maneira perfunctória quando Holmes mencionou o meu nome, e em seguida, com um ar imperioso de posse, puxou uma cadeira para o meu companheiro e sentou-se ele mesmo com seus joelhos ossudos quase o tocando.

"Deixe-me dizer imediatamente, Mr. Holmes", começou, "que dinheiro não é nada para mim neste caso. Pode queimá-lo, se isso for de alguma utilidade para lhe revelar a verdade. Essa mulher é inocente e tem de ser inocentada, e cabe ao senhor fazê-lo. Diga quanto quer!"

"Meus honorários profissionais obedecem a uma escala fixa", declarou Holmes friamente. "Não os altero, exceto quando os dispenso por completo."

"Bem, se dólares não fazem nenhuma diferença para o senhor, pense na reputação. Se levar isso a cabo, todos os jornais na Inglaterra e nos Estados Unidos vão alardear o seu nome. Será o assunto de dois continentes."

"Obrigado, Mr. Gibson. Não me parece que eu esteja precisando de propaganda. Talvez o surpreenda saber que prefiro trabalhar anonimamente, e que é o problema em si que exerce atração sobre mim. Mas estamos perdendo tempo. Vamos aos fatos."

"Creio que encontrará todos os principais nas notícias da imprensa. Não me parece que possa acrescentar coisa alguma que possa ajudá-lo. Mas se houver algo sobre o qual deseje maior esclarecimento... bem, aqui estou para prestá-lo."

"Bem, há apenas um ponto."

"Qual é?"

"Quais eram realmente as relações entre o senhor e Miss Dunbar?"

O Rei do Ouro teve um forte sobressalto e se soergueu da cadeira. Depois recobrou sua calma pesada.

"Suponho que esteja em seu direito... e talvez cumprindo o seu dever... ao fazer semelhante pergunta, Mr. Holmes."

"Suponhamos que sim."

"Nesse caso, posso lhe assegurar que as nossas relações foram inteiramente e sempre as de um patrão com uma jovem com quem ele nunca conversava, ou que sequer via, exceto quando acompanhava os seus filhos."

Holmes levantou-se de sua cadeira.

"Sou um homem bastante ocupado, Mr. Gibson", disse, "e não tenho tempo nem gosto para conversa-fiada. Desejo-lhe bom-dia."

Nosso visitante também se levantara, sua figura grande e ágil dominando a de Holmes. Seus olhos fuzilavam, raivosos, sob aquelas sobrancelhas eriçadas e um toque de cor assomou nas faces amareladas.

"Que diabo quer dizer com isso, Mr. Holmes? Rejeita o meu caso?"

"Bem, Mr. Gibson, pelo menos rejeito o senhor. Creio que minhas palavras foram claras."

"Bastante claras, mas que está por trás delas? Está querendo se valorizar, com medo de enfrentar o problema ou o quê? Tenho direito a uma resposta clara."

"Bem, talvez tenha", disse Holmes. "Vou lhe dar uma. A investigação desse caso é suficientemente complicada sem a dificuldade adicional de uma informação falsa."

"Em outras palavras estou mentindo."

"Bem, eu estava tentando expressar isso o mais delicadamente possível, mas se insiste na palavra, não vou contradizê-lo."

Levantei-me de um salto, porque a expressão no rosto do milionário exibiu uma intensidade demoníaca e ele erguera seu grande e nodoso punho. Holmes sorriu languidamente e esticou a mão para pegar o cachimbo.

"Não se agite, Mr. Gibson. Parece-me que depois do desjejum até a menor discussão é perturbadora. Sugiro que um passeio ao ar matinal e um pouco de reflexão sossegada lhe farão muito bem."

O Rei do Ouro dominou sua fúria com esforço. Não pude deixar de admirá-lo, pois graças a um supremo autocontrole ele passou em um minuto de uma raiva inflamada a uma indiferença frígida e desdenhosa.

"Bem, a escolha é sua. Quero crer que sabe conduzir os seus negócios. Não posso fazê-lo aceitar o caso contra a sua vontade. O senhor não fez nenhum bem a si mesmo esta manhã, Mr. Holmes, pois já esmaguei homens mais fortes. Ninguém se interpôs no meu caminho e levou a melhor."

"Muitos disseram isso; contudo, cá estou", disse Holmes. "Bem, bom dia, Mr. Gibson. O senhor ainda tem muito que aprender."

Nosso visitante saiu ruidosamente, mas Holmes fumava em imperturbável silêncio, olhos sonhadores fixos no teto.

"Alguma ideia, Watson?" perguntou por fim.

"Bem, Holmes, devo confessar que quando considero que esse é um homem que varreria certamente qualquer obstáculo de seu caminho, e quando me lembro que sua mulher talvez fosse um obstáculo e um desafeto, como esse Bates nos contou claramente, parece-me..."

"Exato. E a mim também."

"Mas quais eram as relações dele com a governanta, e como você as descobriu?"

"Blefe, Watson, blefe! Quando considerei o tom apaixonado, pouco convencional, indisfarçadamente pessoal de sua carta e o comparei com suas maneiras contidas e sua aparência, ficou muito claro que havia uma emoção profunda, centrada na mulher acusada e não na vítima. Se quisermos chegar à verdade, temos de compreender as relações exatas entre essas três pessoas. Você viu o ataque frontal que lhe fiz, e como ele o recebeu impassivelmente. Em seguida blefei, dando-lhe a impressão de que tinha absoluta certeza do que dizia, quando na realidade estava apenas extremamente desconfiado."

"Ele voltará, talvez?"

"Voltará com certeza. *Tem* de voltar. Não pode deixar as coisas no pé em que ficaram. Ah! Não é a campainha? Sim, ouço passos. Bem, Mr. Gibson, acabo de dizer a Watson que o senhor estava um pouquinho atrasado."

O Rei do Ouro entrara de novo na sala, mais sobriamente do que a deixara. Seu orgulho ferido ainda se revelava nos olhos ressentidos, mas seu bom senso lhe mostrara que tinha de ceder se quisesse atingir o seu objetivo.

"Estive refletindo, Mr. Holmes, e parece-me que fui precipitado ao levar a mal suas observações. O senhor tem razão ao apurar os fatos, sejam eles quais forem, e o respeito ainda mais por isso. Posso lhe assegurar, no entanto, que as relações que eu mantinha com Miss Dunbar realmente nada têm a ver com esse caso."

"Cabe a mim decidir isso, não é?"

"Sim, creio que sim. O senhor é como um médico que quer todos os sintomas antes de poder dar seu diagnóstico."

"Exatamente. Isso expressa bem a situação. E só um paciente que pretendesse enganar o seu médico esconderia os fatos de seu caso."

"Talvez seja assim, mas vai admitir, Mr. Holmes, que a maioria dos homens se retrairia um pouco se perguntada de chofre sobre suas relações com uma mulher... se houvesse realmente algum sentimento sério no caso. Imagino que em geral os homens têm, em algum canto de suas almas, uma reserva privada onde não veem intrusos com bons olhos. E o senhor irrompeu nela de repente. Mas o objetivo o desculpa, já que era uma tentativa de salvá-la. Bem, a cerca foi posta abaixo e a reserva está aberta; pode explorar o que quiser. Que quer?"

"A verdade."

O Rei do Ouro deteve-se por um momento, como alguém que põe suas ideias em ordem. Seu rosto soturno, marcado por sulcos profundos, tornou-se ainda mais triste e mais grave.

"Posso dizê-la em muito poucas palavras, Mr. Holmes", murmurou por fim. "Há algumas coisas que são tanto penosas quanto difíceis de dizer, por isso não vou me aprofundar mais que o necessário. Conheci a minha mulher quando procurava ouro no Brasil. Maria Pinto era a filha de um funcionário público em Manaus, e muito bonita. Eu era jovem e ardente naquela época, mas mesmo agora, quando rememoro com sangue mais frio e olhos mais críticos, vejo que ela era de uma beleza rara e maravilhosa. Tinha uma índole muito rica, também, apaixonada, entusiástica, tropical, arrebatada, muito diferente das mulheres americanas que eu conhecera. Bem, resumindo, amei-a e casei-me com ela. Foi somente depois que a paixão passou – e ela durou por anos – que me dei conta de que não tínhamos nada – absolutamente nada – em comum. Meu amor se desvaneceu. Se o dela também tivesse se desvanecido, poderia ter sido mais fácil. Mas o senhor conhece a maravilhosa maneira de ser das mulheres! O que quer que eu fizesse, nada conseguia desviá-la de mim. Se fui áspero com ela, até brutal como alguns disseram, foi porque sabia que se pudesse matar seu amor, ou se ele se transformasse em ódio, seria mais fácil para nós dois. Mas nada a fazia mudar. Adorava-me naqueles bosques ingleses como havia me adorado vinte anos antes nas margens do Amazonas. O que quer que eu fizesse, continuava tão devotada como sempre.

"Depois chegou Miss Dunbar. Respondeu ao nosso anúncio e tornou-se a governanta de nossos dois filhos. Talvez tenha visto seu retrato nos jornais. O mundo inteiro proclamou que ela também é uma mulher belíssima. Ora, não quero parecer mais moralista que meus vizinhos, e vou admitir para o senhor que não seria capaz de viver sob o mesmo teto com semelhante mulher e em contato diário com ela sem sentir um afeto apaixonado. Censura-me, Mr. Holmes?"

"Não o censuro por sentir isso. Eu o censuraria se o expressasse, já que essa jovem estava em certo sentido sob a sua proteção."

"Bem, talvez", disse o milionário, embora por um momento essa reprovação tenha trazido de volta a cintilação irada aos seus olhos. "Não estou fingindo ser nada melhor do que sou. Acredito que em toda a minha vida fui um homem que estendeu a mão para se apossar do que queria, e nunca desejei mais alguma coisa que o amor e a posse daquela mulher. Disse-lhe isso."

"Oh, fez mesmo isso?"

Holmes podia ter um aspecto terrível quando enraivecido.

"Disse-lhe que, se pudesse, casaria com ela, mas que isso estava fora do meu poder. Disse que dinheiro não era obstáculo e que faria tudo que pudesse para deixá-la feliz e satisfeita."

"Muito generoso, sem dúvida", disse Holmes com um sorriso zombeteiro.

"Escute aqui, Mr. Holmes. Vim vê-lo por causa de uma questão de provas, não de uma questão de moral. Não estou pedindo seu julgamento."

"É unicamente no interesse da jovem que estou examinando o seu caso", disse Holmes severamente. "Não me parece que nada de que ela seja acusada pode ser pior que isso que o senhor mesmo admitiu, que tentou arruinar uma moça indefesa que estava sob o seu teto. Alguns de vocês, homens ricos, precisam aprender que nem todo mundo pode ser subornado para tolerar suas afrontas."

Para minha surpresa, o Rei do Ouro recebeu a censura com equanimidade.

"É assim que me sinto a esse respeito agora. Graças a Deus meus planos não se concretizaram como eu pretendia. Ela não quis nem ouvir falar no assunto, quis deixar a casa imediatamente."

"Por que não o fez?"

"Bem, em primeiro lugar, outras pessoas dependiam dela, e não lhe era fácil frustrá-las, sacrificando o seu emprego. Depois que jurei – como o fiz – que nunca mais voltaria a ser molestada, consentiu em ficar. Mas houve uma outra razão. Ela sabia da influência que tinha sobre mim, e que ela era maior que qualquer outra influência no mundo. Quis usá-la para o bem."

"Como?"

"Bem, ela sabia alguma coisa sobre meus negócios. Eles são grandes, Mr. Holmes – mais do que um homem comum poderia acreditar. Posso fazer ou destruir – e geralmente trata-se de destruir. Não eram somente pessoas. Eram comunidades, cidades, até nações. Negócios são um jogo duro, e os fracos são eliminados. Eu jogava o jogo o melhor que podia. Nunca reclamei e não me importava se outros reclamavam. Mas ela via as coisas de outra maneira. Suponho que tinha razão. Acreditava e dizia que uma fortuna enorme, superior à necessidade de um homem, não devia ser construída sobre dez mil homens arruinados, deixados sem meios de subsistir. Era assim que ela via as coisas, e acho que era capaz de ver algo mais duradouro, além dos dólares. Parecia-lhe que eu ouvia o que dizia, e ela acreditava estar servindo ao mundo ao influenciar minhas ações. Por isso ficou... e então aquilo aconteceu."

"Pode lançar alguma luz sobre aquilo?"

O Rei do Ouro fez uma pausa de um minuto ou mais, a cabeça enterrada nas mãos, perdido em profundos pensamentos.

"Tudo parece incriminá-la. Não posso negar. E as mulheres levam uma vida interior, podem fazer coisas acima da compreensão de um homem. A princípio fiquei tão aturdido e surpreso que estive pronto a pensar que ela fora impelida de alguma maneira extraordinária, frontalmente contrária à sua índole usual. Uma explicação me veio à cabeça. Menciono-a, Mr. Holmes, embora possa não ter nenhuma importância. Não há dúvida de que minha mulher era extremamente ciumenta. Há um ciúme da alma que pode ser tão frenético quanto qualquer ciúme físico, e embora minha mulher não tivesse nenhuma razão – e creio que ela compreendia isso – para este último, sabia que essa moça inglesa exercia sobre a minha mente e os meus atos uma influência que ela própria nunca tivera. Era uma influência para o bem, mas isso não melhorava as coisas. Ela estava enlouquecida de ódio, e o calor do Amazonas estava sempre em seu sangue. Poderia ter planejado matar Miss Dunbar – ou, digamos, ameaçá-la com uma arma e assim impeli-la a nos deixar, depois poderia ter havido uma luta em que o revólver teria disparado e matado a mulher que o empunhava."

"Essa possibilidade já me ocorreu", disse Holmes. "De fato, é a única alternativa óbvia a um assassinato premeditado."

"Mas ela a nega peremptoriamente."

"Bem, isso não é definitivo... é? Pode-se entender que uma mulher que se visse numa posição tão medonha fosse capaz de correr para casa ainda desnorteada, segurando o revólver. Poderia até jogá-lo entre as suas roupas, mal sabendo o que fazia, e, quando ele fosse encontrado, tentar se livrar do apuro mentindo, com uma negação total, já que qualquer explicação seria impossível. O que há contra esta suposição?"

"A própria Miss Dunbar."

"Bem, talvez."

Holmes consultou o seu relógio. "Não tenho dúvida de que podemos obter as autorizações necessárias esta manhã e chegar a Winchester pelo trem da tarde. Quando eu tiver visto essa jovem, é muito possível que eu lhe seja mais útil, embora não possa prometer que minhas conclusões venham a ser necessariamente as que deseja."

HOUVE UM ATRASO na emissão do passe oficial e, em vez de chegar a Winchester naquele dia, fomos até Thor Place, a propriedade de Mr. Neil Gibson em Hampshire. Ele próprio não nos acompanhou, mas tínhamos o endereço do sargento Coventry, da polícia local, que havia sido o primeiro a examinar o caso. Era um homem alto, magro, cadavérico, com maneiras reservadas e misteriosas que davam a impressão de que sabia ou desconfiava de muito mais do que ousava dizer. Tinha também um jeito de baixar de repente a voz para sussurrar, como se tivesse chegado a algo de importância vital, embora a informação fosse em geral bastante banal. Sob esses maneirismos, logo revelou ser um sujeito decente, honesto, que não era orgulhoso demais para admitir que estava perdido e receberia qualquer ajuda de bom grado.

"De todo modo, prefiro ter o senhor à Scotland Yard, Mr. Holmes", disse ele. "Se a Yard entra no caso, a polícia local perde todo o mérito pelo sucesso e pode ser acusada pelo fracasso. Mas o senhor joga limpo, pelo que ouvi dizer."

"Eu não preciso aparecer no assunto de maneira alguma", disse Holmes, para evidente alívio do nosso melancólico conhecido. "Se puder elucidá-lo, não peço para ter meu nome mencionado."

"Bem, isso é muito elegante da sua parte, não resta dúvida. E o seu amigo, dr. Watson, é digno de confiança, eu sei. Agora, Mr. Holmes, enquanto caminhamos até o local, há uma pergunta que eu gostaria de lhe fazer. Eu não ousaria sugeri-la para mais ninguém." Olhou em volta como se mal ousasse pronunciar as palavras. "Pensa que poderia haver um processo contra o próprio Mr. Neil Gibson?"

"Já estive considerando isso."

"Ainda não viu Miss Dunbar. É uma mulher maravilhosamente superior sob todos os aspectos. É bem possível que ele tivesse desejado tirar a esposa do caminho. E esses americanos lançam mão de um revólver mais rapidamente que nós. Foi a pistola dele, como sabe."

"Isso foi claramente estabelecido?"

"Sim, senhor. Ele tinha um par delas."

"Um par? Onde está a outra?"

"Bem, o cavalheiro tem grande quantidade de armas de fogo de vários tipos. Nunca chegamos a encontrar o par dessa pistola específica – mas o estojo era feito para duas."

"Se ela pertencia a um par, o senhor certamente deveria ser capaz de encontrar a outra."

"Bem, temos todas elas expostas na casa, se quiser examiná-las."

"Mais tarde, talvez. Gostaria que fôssemos juntos dar uma olhada no cenário da tragédia."

Essa conversa tivera lugar na pequena sala da frente da humilde cabana do sargento Coventry, que fazia as vezes de delegacia local. Uma caminhada de pouco mais de um quilômetro e meio por um urzal batido pelo vento, todo cor de ouro e bronze com as samambaias que feneciam, nos levou a um portão lateral que abria para as terras de Thor Place. Uma trilha nos conduziu pelas reservas de faisões; depois, de uma clareira, vimos a casa espalhada, com estrutura de madeira, de estilo entre Tudor e georgiano, no alto da colina. Ao nosso lado via-se um lago comprido, cheio de juncos; era estreito no centro, onde o caminho central para carruagens passava sobre uma ponte de pedra, mas alargava-se dos dois lados. Nosso guia deteve-se no limiar dessa ponte e apontou para o chão.

"Era ali que o corpo de Mrs. Gibson estava caído. Marquei o lugar com aquela pedra."

"Pelo que entendi, esteve ali antes que ele fosse removido?"

"Sim; mandaram me chamar imediatamente."

"Quem?"

"O próprio Mr. Gibson, assim que o alarme foi dado e ele correu com os outros da casa para cá; insistiu que nada devia ser mexido até que a polícia chegasse."

"Foi sensato. Entendi pela notícia do jornal que o tiro foi dado de perto."

"Sim. À queima-roupa."

"Perto da têmpora direita?"

"Logo atrás, senhor."

"Em que posição estava o corpo?"

"Nosso guia deteve-se no limiar dessa ponte e apontou para o chão. 'Era ali que o corpo de Mrs. Gibson estava caído.'" [A. Gilbert, *Strand Magazine*, 1922]

"De costas, senhor. Nenhum vestígio de luta. Nenhuma marca. Nenhuma arma. O curto bilhete de Miss Dunbar estava apertado na sua mão esquerda."

"Disse apertado?"

"Sim, senhor, só conseguimos abrir os dedos com dificuldade."

"Isso é de grande importância. Exclui a ideia de que alguém poderia ter posto o bilhete ali após a morte para fornecer uma pista falsa. Meu Deus! O bilhete, pelo que me lembro, era bem curto.

> Estarei na ponte Thor às nove horas.
>
> G. Dunbar

Não era isso?"

"Sim, senhor."

"Miss Dunbar admitiu tê-lo escrito?"

"Sim, senhor."

"Qual foi sua explicação?"

"Reservou sua defesa para o tribunal do condado. Não quis dizer nada."

"O problema é certamente muito interessante. A finalidade do bilhete é muito obscura, não é?"

"Bem, senhor", disse o guia, "ela me pareceu, se posso me atrever a dizer isso, a única coisa realmente clara em todo o caso."

Holmes sacudiu a cabeça.

"Admitindo-se que o bilhete seja genuíno e tenha realmente sido escrito, foi certamente recebido algum tempo antes – digamos, uma ou duas horas. Nesse caso, por que essa senhora ainda o apertava na mão esquerda? Por que o carregava com tanto cuidado? Não precisou consultá-lo na entrevista. Isso não parece notável?"

"Bem, tal como o senhor põe as coisas, talvez pareça."

"Penso que gostaria de ficar sossegado por alguns minutos e refletir sobre isso." Sentou-se na balaustrada de pedra da ponte e pude ver seus vívidos olhos cinza lançando espiadelas inquisitivas em todas as direções. De repente ele saltou em pé de novo e correu para o parapeito oposto, sacou a lente do bolso e começou a examinar a pedra.

"Isto é curioso", disse.

"Sim, senhor, vi que a saliência estava lascada. Imagino que isso foi obra de algum passante."

A pedra era cinzenta, mas nesse ponto mostrava-se branca numa extensão não maior que uma moeda de seis *pence*. Examinando-a atentamente, podia-se ver que a superfície fora lascada, como se por um golpe abrupto.

"Foi preciso alguma violência para fazer isto", disse Holmes, pensativo. Com a bengala, golpeou a saliência várias vezes sem deixar marca. "Sim, foi um golpe forte. Além disso, num lugar curioso. Não foi aplicado de cima, mas de baixo, pois, como veem, está na borda *inferior* do parapeito."

"Mas está a pelo menos quatro metros e meio do corpo."

"Sim, está a quatro metros e meio do corpo. Pode não ter nada a ver com o caso, mas é um detalhe digno de nota. Não me parece que haja mais nada para aprender aqui. O senhor disse que não havia pegadas?"

"A terra estava dura como pedra, senhor. Não há absolutamente nenhum rastro."

"Então podemos ir. Primeiro vamos subir até a casa e examinar essas armas de que falou. Depois vamos para Winchester, porque gostaria de falar com Miss Dunbar antes de prosseguirmos."

Mr. Neil Gibson ainda não voltara da cidade, mas vimos na casa o neurótico Mr. Bates, que havia nos visitado pela manhã. Ele nos mostrou com uma satisfação sinistra a formidável coleção de armas de fogo de várias formas e tamanhos que seu patrão acumulara no curso de sua vida aventurosa.

"Mr. Gibson tem seus inimigos, como qualquer pessoa que conheça a ele e a seus métodos esperaria", disse-nos. "Dorme com um revólver carregado na gaveta ao lado da cama. É um homem violento, senhor, e há ocasiões em que todos nós temos medo dele. Tenho certeza de que a pobre senhora que faleceu ficava muitas vezes aterrorizada."

"Alguma vez testemunhou violência física para com ela?"

"Não, não posso dizer isso. Mas ouvi palavras quase tão graves – palavras de desacato frio e mordaz, mesmo diante dos criados."

"Nosso milionário não parece fulgurar na vida privada", observou Holmes quando nos dirigíamos para a estação. "Bem, Watson, deparamos com um bom número de fatos, alguns novos; no entanto sinto-me distante de uma conclusão. Apesar da aversão muito evidente que Mr. Bates tem por seu patrão, depreendo do que ele disse que, quando o alarme soou, o patrão estava indubitavelmente em sua biblioteca. O jantar terminou às 8h30 e tudo estava normal até então. É verdade que o alarme soou tarde da noite, mas a tragédia certamente ocorreu mais ou menos na hora mencionada no bilhete. Não há absolutamente nenhum indício de que Mr. Gibson tenha saído de casa desde que voltou da cidade, às cinco horas. Por outro lado, Miss Dunbar, pelo que entendo, admite que marcara um encontro com Mrs. Gibson na ponte. Não quer dizer nada além disso, pois seu advogado a aconselhou a manter sua defesa em sigilo. Temos várias perguntas vitais a fazer para essa jovem senhora, e minha mente não descansará até que a tenhamos visto. Devo confessar que ela me pareceria estar em maus lençóis, se não fosse por uma coisa."

"Qual é ela, Holmes?"

"O fato de terem encontrado a pistola no seu guarda-roupa."

"Meu Deus, Holmes!" exclamei. "Esse me parece o incidente mais condenatório de todos!"

"Não, Watson. Mesmo em minha primeira consideração perfunctória ele me parecera muito estranho, e agora que estou em contato mais estreito com o caso, essa é minha única base sólida para ter esperança. Devemos procurar coerência. Quando ela falta, devemos desconfiar de trapaça."

"Não entendo muito bem."

"Bem, ponha-se por um momento, Watson, na pele de uma mulher que, de maneira fria e premeditada, está prestes a se desvencilhar de uma rival. Você planejou tudo. Um bilhete foi escrito. A vítima apareceu. Você tem a sua arma. O crime foi cometido. Foi bem-feito e completo. Quer me convencer de que, depois de levar a cabo um crime tão astucioso, você arruinaria a sua reputação como criminoso esquecendo de arremessar sua arma entre esses juncais próximos, que a esconderiam para sempre, e em vez disso precisaria levá-la cuidadosamente para casa e metê-la dentro do seu próprio guarda-roupa, exatamente o primeiro lugar em que seria procurada? Seus melhores amigos dificilmente o qualificariam de ardiloso, Watson, contudo eu não poderia imaginá-lo cometendo um erro tão grosseiro."

"No alvoroço do momento..."

"Não, não, Watson, não admitirei que isso é possível. Quando um crime é friamente premeditado, os meios para acobertá-lo são friamente premeditados também. Espero, portanto, que estejamos em presença de um grave equívoco."

"Mas há tanta coisa a explicar."

"Bem, vamos tratar de explicá-las. Uma vez que o seu ponto de vista tenha mudado, aquilo mesmo que parecia tão condenatório se torna uma pista da verdade. Por exemplo, consideremos esse revólver. Miss Dunbar nega ter qualquer conhecimento dele. Em nossa nova teoria, ela está dizendo a verdade. Portanto, ele foi colocado em seu guarda-roupa. Quem o colocou lá? Alguém que desejava incriminá-la. Não seria essa pessoa o verdadeiro criminoso? Como vê, chegamos imediatamente a uma linha de investigação mais frutífera."

Fomos obrigados a passar a noite em Winchester, pois as formalidades ainda não haviam sido concluídas, mas na manhã seguinte, na companhia de Mr. Joyce Cummings, o promissor advogado a quem a defesa fora confiada, tivemos permissão para ver a jovem em sua cela. Por tudo que ouvira, eu esperava ver uma mulher bonita, mas nunca poderei esquecer o efeito que Miss Dunbar produziu sobre mim. Não admirava que o imperioso milionário tivesse encontrado nela alguém mais poderoso que ele mesmo – alguém capaz de controlá-lo e guiá-lo. Percebia-se também, ao contemplar aquele rosto forte e bem-delineado, mas sensível, que, ainda que fosse capaz de algum ato impetuoso, possuía não obstante uma nobreza de caráter inata que a levava a influenciar sempre para o bem. Era morena, alta, com um talhe nobre e uma presença imponente, mas seus olhos escuros tinham a atraente expressão suplicante, desamparada, do animal caçado que sente as redes à sua volta e não consegue ver uma maneira de escapar. Agora, no momento em que compreendeu a presença de meu famoso amigo e a ajuda que ele lhe oferecia, um toque de cor apareceu em suas faces pálidas e uma centelha de esperança, no olhar que voltou para nós.

"Talvez Mr. Neil Gibson tenha lhe contado alguma coisa sobre o que se passou entre nós?" perguntou ela numa voz baixa, agitada.

"Sim", respondeu Holmes; "não precisa ter o dissabor de entrar nessa parte da história. Após vê-la, estou disposto a aceitar a declaração de Mr. Gibson tanto no tocante à influência que tinha sobre ele como no que diz respeito à inocência de suas relações com ele. Mas por que toda a situação não foi esclarecida no tribunal?"

"Parecia-me inacreditável que tal acusação pudesse ser sustentada. Pensei que, se esperássemos, tudo se elucidaria sem que fôssemos compelidos a entrar em detalhes penosos sobre a vida íntima da família. Mas pelo que vejo, longe de se elucidar, a situação se agravou ainda mais."

"Minha cara senhora", exclamou Holmes de coração. "Peço-lhe que não alimente ilusões quanto a isso. Mr. Cummings poderia lhe assegurar que no momento todas as cartas estão contra nós, e que temos de fazer tudo quanto seja possível se quisermos vencer. Seria enganá-la cruelmente fingir que não corre grande perigo. Dê-me toda a ajuda que puder, portanto, para chegarmos à verdade."

"Não ocultarei nada."

"Fale-nos, então, sobre suas verdadeiras relações com a mulher de Mr. Gibson."

"Ela me odiava, Mr. Holmes. Odiava-me com todo o fervor de seu temperamento tropical. Era uma mulher sem meias medidas, e a intensidade de seu amor pelo marido era também a intensidade de seu ódio por mim. É provável que interpretasse mal nossas relações. Não quero ser injusta com ela, mas amava tão ardorosamente num sentido físico que dificilmente poderia entender o laço mental, até espiritual, que ligava seu marido a mim, ou imaginar que era apenas o meu desejo de orientar seu poder para boas causas que me mantinha sob o seu teto. Agora percebo que eu estava errada. Nada poderia justificar minha presença ali, onde eu era fonte de infelicidade, embora seja certo que a infelicidade teria perdurado mesmo que eu tivesse deixado a casa."

"Agora, Miss Dunbar", disse Holmes, "peço-lhe que nos conte exatamente o que aconteceu aquela noite."

"Posso lhe dizer a verdade na medida em que a conheço, Mr. Holmes, mas não tenho condições de provar coisa alguma, e há pontos – os pontos mais vitais – que não posso explicar nem imaginar como poderiam ser explicados."

"Se encontrar os fatos, talvez outros possam encontrar a explicação."

"Com relação, portanto, à minha presença na ponte Thor aquela noite, recebi um bilhete de Mrs. Gibson de manhã. Estava sobre a mesa da sala de aula e pode ter sido deixado lá por sua própria mão. Implorava que eu fosse ter com ela ali após o jantar, dizia ter algo importante para me comunicar e pedia que eu deixasse uma resposta no relógio de sol do jardim, pois não desejava que ninguém soubesse do nosso encontro. Não vi razão para tamanho sigilo, mas fiz como pediu, aceitando o encontro. Ela me pediu para destruir seu bilhete e eu o queimei na lareira da sala de aula. Ela sentia muito medo do marido, que a ameaçava com uma aspereza pela qual eu frequentemente o censurava, e pude apenas imaginar que agia daquela maneira por não querer que ele soubesse da nossa entrevista."

"No entanto ela guardou a sua resposta muito cuidadosamente, não?"

"Sim. Fiquei surpresa ao saber que a tinha na mão quando morreu."

"Bem, que aconteceu depois?"

"Fui até o local como prometera. Quando cheguei à ponte, ela estava à minha espera. Até esse momento, eu nunca compreendera o quanto aquela pobre criatura me detestava. Parecia uma louca – na verdade, acho que *era* uma louca, sutilmente louca, com a profunda capacidade de enganar que os insanos podem ter. Não fosse assim, como poderia ela me encontrar com indiferença todos os dias, e contudo alimentar um ódio tão devastador por mim em seu coração? Não vou repetir o que ela disse. Derramou toda a sua fúria impetuosa em palavras ardentes e horríveis. Eu nem sequer respondi – não consegui. Era pavoroso vê-la. Pus as mãos nos ouvidos e saí correndo. Quando a deixei, estava parada, berrando maldições sobre mim, no limiar da ponte."

"No ponto em que foi encontrada depois?"

"A alguns metros dele."

"No entanto, presumindo que ela encontrou a morte pouco depois que a senhora a deixou, não ouviu um tiro?"

"Não, não ouvi nada. Mas, na verdade, Mr. Holmes, eu estava tão agitada e horrorizada por aquela terrível explosão que corri de volta à paz de meu próprio quarto e estava incapaz de perceber o que quer que acontecesse."

"Diz que voltou a seu quarto. Voltou a deixá-lo antes da manhã seguinte?"

"Sim, quando chegou a notícia de que a pobre criatura estava morta, corri para fora com os outros."

"Viu Mr. Gibson?"

"Sim, ele acabara de voltar da ponte quando o vi. Havia mandado chamar o médico e a polícia."

"Ela derramou toda a sua fúria impetuosa em palavras ardentes e horríveis. Pus as mãos nos ouvidos e saí correndo." [A. Gilbert, *Strand Magazine*, 1922]

"Ele lhe pareceu muito perturbado?"

"Mr. Gibson é um homem muito forte, controlado. Penso que jamais deixaria suas emoções à mostra. Mas eu, que o conhecia tão bem, pude ver que estava profundamente preocupado."

"Chegamos agora ao ponto mais importante. Essa pistola que foi encontrada em seu quarto. Já a vira antes?"

"Nunca, juro."

"Quando ela foi encontrada?"

"Na manhã seguinte, quando a polícia fez sua busca."

"Entre suas roupas?"

"Sim, no fundo do guarda-roupa, sob meus vestidos."

"Tem ideia de há quanto tempo estava lá?"

"Não estava lá na manhã da véspera."

"Como sabe?"

"Porque arrumei o guarda-roupa."

"Isso é definitivo. Então alguém foi ao seu quarto e pôs a pistola ali para incriminá-la."

"Deve ter sido isso."

"Mas quando?"

"Só poderia ter sido na hora de uma refeição, ou nas horas em que eu estava na sala de aula com as crianças."

"Como quando recebeu o bilhete?"

"Sim; daquela hora em diante durante toda a manhã."

"Muito obrigado, Miss Dunbar. Há algum outro ponto que poderia me ajudar a investigar?"

"Não consigo pensar em nenhum."

"Há um sinal de violência numa pedra de cantaria da ponte – uma lasca foi arrancada muito recentemente bem defronte ao corpo. Poderia sugerir alguma explicação possível para isso?"

"Sem dúvida deve ser uma mera coincidência."

"Curioso, Miss Dunbar, muito curioso. Por que isso apareceria exatamente por ocasião da tragédia, e por que exatamente no mesmo lugar?"

"Mas que poderia ter causado isso? Só uma grande violência seria capaz de produzir tal efeito."

Holmes não respondeu. Seu rosto pálido e ansioso havia assumido subitamente aquela expressão tensa e distante que eu aprendera a associar com a suprema manifestação de seu gênio. A crise em seu espírito era tão evidente que nenhum de nós ousou falar, e ficamos ali sentados, advogado, prisioneira e eu, observando-o num silêncio concentrado e absorto. De repente ele pulou da cadeira, vibrando com energia nervosa e a necessidade premente de ação.

"Venha, Watson, venha!" exclamou.

"Que foi, Holmes?"

"Não se preocupe, minha cara senhora. Terá notícias minhas, Mr. Cummings. Com a ajuda do deus da justiça eu lhe darei uma causa que sacudirá a Inglaterra. Receberá notícias até amanhã, Miss Dunbar, e nesse meio-tempo acredite que as nuvens começam a se dissipar e que tenho grande esperança de que a luz da verdade esteja se infiltrando.

A VIAGEM DE WINCHESTER para Thor Place não foi longa, mas assim me pareceu em minha impaciência, ao passo que para Holmes ela pareceu evidentemente interminável; pois, em seu desassossego nervoso, ele não conseguia ficar sentado, mas caminhava pelo vagão ou tamborilava seus dedos longos e sensíveis sobre a almofada a seu lado. De repente, contudo, quando nos aproximávamos de nosso destino, ele se sentou diante de mim – tínhamos um vagão de primeira classe só para nós – e, pousando uma mão em cada um de meus joelhos, olhou-me nos olhos com a expressão peculiarmente maliciosa que era característica de seus estados de espírito mais travessos.

"Watson", disse-me, "tenho alguma lembrança de que costuma vir armado para estas nossas excursões."

Era conveniente para Holmes que eu o fizesse, porque ele tomava pouco cuidado com a própria segurança depois que sua mente ficava absorta num problema, de modo que, mais de uma vez, o meu revólver havia sido um bom amigo na hora da necessidade. Lembrei-lhe desse fato.

"Sim, sim, sou um pouco distraído nesses assuntos. Mas você está com o seu revólver?"

Tirei-o do bolso, uma arma pequena, curta, mas jeitosa e muito útil. Ele soltou a trava, sacudiu fora os cartuchos e examinou-os com atenção.

"É pesado... notavelmente pesado", disse.

"Sim, é uma peça sólida."

Ele a contemplou pensativamente por um minuto.

"Sabe, Watson", disse, "acredito que o seu revólver vai ter uma relação muito estreita com o mistério que estamos investigando."

"Meu caro Holmes, você está brincando."

"Não, Watson, falo muito sério. Há um teste diante de nós. Se ele for bem-sucedido, tudo ficará claro. E o teste dependerá da conduta desta pequena arma. Excluímos um cartucho. Agora vamos recolocar os outros cinco e acionar a trava de segurança. Assim! Isso aumenta o peso e faz dele uma reprodução melhor."

Eu não tinha a menor ideia do que ele tinha em mente, nem ele me esclareceu – ficou sentado, perdido em pensamentos, até que descemos na pequena estação de Hampshire. Conseguimos um coche-aranha caindo aos pedaços e em um quarto de hora estávamos na casa de nosso amigo confidencial, o sargento.

"Uma pista, Mr. Holmes? Qual?"

"Tudo depende do comportamento do revólver do dr. Watson", disse meu amigo. "Cá está ele. Agora, policial, pode me dar dez metros de cordão?"

A loja da aldeia forneceu-nos uma bola de barbante resistente.

"Parece-me que é só disto que vamos precisar", disse Holmes. "Agora, por gentileza, partiremos no que espero que seja o último estágio de nossa viagem."

O sol se punha e transformava a ondulada charneca de Hampshire num maravilhoso panorama outonal. O sargento, com muitos olhares críticos e incrédulos, que revelavam as suas profundas dúvidas quanto à sanidade de meu companheiro, seguia cambaleando ao nosso lado. Quando nos aproximamos da cena do crime, pude ver que meu amigo, sob sua frieza habitual, estava de fato profundamente agitado.

"Sim", disse ele em resposta à minha observação, "você já me viu errar o alvo antes, Watson. Tenho um instinto para essas coisas, mas algumas vezes ele me traiu. Pareceu uma certeza na primeira vez em que passou pela minha cabeça na cela em Winchester, mas uma desvantagem de uma mente ativa é que sempre podemos conceber explicações alternativas que poderiam tornar falsa a nossa pista. Apesar disso... apesar disso... Bem, Watson, só nos resta tentar."

Enquanto caminhávamos, ele havia amarrado firmemente uma ponta do cordão ao cabo do revólver. Agora havíamos chegado ao cenário da tragédia. Com grande cuidado, ele demarcou, sob a orientação do policial, o lugar exato em que o corpo estivera estendido. Em seguida procurou em meio às urzes e às samambaias, até encontrar uma pedra de bom tamanho. Amarrou-a à outra ponta de seu cordão e pendurou-a sobre o parapeito da ponte, de modo que ela ficou pendendo bem acima da água. Depois se postou no ponto fatal, a alguma distância do limiar da ponte, com o meu revólver na mão, enquanto o cordão se esticava entre a arma e a pedra pesada do outro lado.

"Já!" gritou.

Ao dizer isso, ergueu a pistola até a cabeça e em seguida soltou-a. Num instante ela havia sido levada pelo peso da pedra, batera com um barulho seco contra o parapeito, e, passando por sobre a beira, desaparecera na água. Mal ela sumira, Holmes ajoelhou-se junto à pedra de cantaria e um grito alegre mostrou que encontrara o que esperava.

"Houve alguma vez demonstração mais exata?" exclamou. "Veja, Watson, o seu revólver resolveu o problema!" Enquanto falava, apontou para a marca deixada pela retirada de uma segunda lasca, exatamente do mesmo tamanho e formato da primeira, que aparecera na borda inferior do parapeito da balaustrada de pedra.

"Vamos pernoitar na estalagem", continuou ele, enquanto se levantava e fitava o espantado sargento. "O senhor, é claro, conseguirá um arpéu e poderá recuperar facilmente o revólver do meu amigo. Encontrará também, ao lado dele, o revólver, o barbante e o peso com que essa vingativa mulher tentou disfarçar seu próprio crime e lançar uma acusação de assassinato sobre uma vítima inocente. Pode informar a Mr. Gibson que eu o verei de manhã, quando será possível tomar medidas para inocentar Miss Dunbar."

TARDE NAQUELA NOITE, quando estávamos sentados juntos, fumando nossos cachimbos, na estalagem da aldeia, Holmes fez-me uma breve recapitulação do que se passara.

"Temo, Watson", disse ele, "que você não vá melhorar qualquer reputação que eu possa ter adquirido acrescentando o caso do Mistério da Ponte Thor aos seus anais. Fui mentalmente preguiçoso, e faltou-me aquela mistura de imaginação e realidade que é a base de minha arte. Confesso que a pedra lascada era uma pista suficiente para sugerir a verdadeira solução e censuro-me por não ter chegado a ela mais cedo.

"É preciso admitir que a maneira de funcionar da mente dessa infeliz mulher era profunda e sutil, de modo que não foi muito simples desemaranhar sua trama. Creio que em nossas aventuras nunca deparamos com um exemplo mais estranho do que o amor pervertido pode ocasionar. Quer Miss Dunbar fosse sua rival num sentido físico ou num sentido meramente espiritual, isso parecia igualmente imperdoável a seus olhos. Sem dúvida ela culpava essa senhora inocente por todo o tratamento áspero e as palavras duras com que seu marido tentava repelir sua afeição demasiado efusiva. Sua primeira resolução foi pôr fim à própria vida. A segunda foi fazê-lo de maneira a envolver sua vítima numa sina muito pior do que uma morte súbita.

"Podemos acompanhar os vários passos muito claramente; e eles mostram uma notável sutileza mental. Foi extraído de

Miss Dunbar, de maneira muito engenhosa, um bilhete que dava a impressão de que fora ela que escolhera a cena do crime. Em sua ansiedade para que isso fosse descoberto, ela de certo modo exagerou, segurando-o na mão até o fim. Isto por si só deveria ter despertado minhas desconfianças mais cedo do que o fez.

"Depois ela pegou um dos revólveres do marido – havia, como você viu, um arsenal na casa – e guardou-o para seu próprio uso. Escondeu outro semelhante naquela manhã no guarda-roupa de Miss Dunbar depois de disparar um tiro, o que poderia fazer facilmente na mata sem chamar a atenção. Em seguida foi até a ponte, onde maquinara esse método extremamente engenhoso de se livrar da sua arma. Quando Miss Dunbar apareceu, usou seu último alento para derramar seu ódio, e depois, quando ela já estava muito longe para ouvi-la, levou a cabo o seu terrível propósito. Agora cada elo está no lugar e a cadeia está completa. Os jornais podem perguntar por que o lago não foi dragado de imediato, mas é fácil ser sagaz quando já se conhece a verdade, e, de todo modo, não é fácil dragar todo um lago cheio de juncos, a menos que se saiba claramente o que se está procurando e onde. Bem, Watson, ajudamos uma mulher extraordinária, e também um homem formidável. Caso eles venham a juntar suas forças no futuro, como não parece improvável, o mundo financeiro poderá descobrir que Mr. Neil Gibson aprendeu alguma coisa naquela sala de aula da Dor, onde nossas lições terrenas são ensinadas."

O Homem que Andava de Quatro

Mr. Sherlock Holmes sempre foi da opinião de que eu deveria publicar os fatos singulares associados ao professor Presbury, ainda que apenas para dissipar de uma vez por todas os infames rumores que agitaram a Universidade há cerca de vinte anos e tiveram eco nas sociedades eruditas de Londres. Surgiram, contudo, certos obstáculos no caminho, e a verdadeira história desse curioso caso permaneceu sepultada na caixa de folha de flandres que contém tantos registros das aventuras do meu amigo. Por fim, obtivemos permissão para ventilar os fatos que compuseram um dos últimos casos investigados por Holmes antes de sua aposentadoria. Mesmo agora, certa reticência e discrição precisam ser observadas na exposição do assunto perante o público.

Foi numa tarde de domingo no início de setembro no ano de 1903 que recebi uma das mensagens lacônicas de Holmes:

> Venha já se conveniente – se inconveniente venha também.
>
> S.H.

As relações entre nós naqueles últimos tempos eram peculiares. Ele era um homem de hábitos rigorosos, e eu havia me tornado um deles. Como uma instituição, eu me assemelhava ao violino, ao tabaco ordinário, ao velho cachimbo preto, aos livros de índice e a outros costumes talvez menos desculpáveis. Quando se tratava de trabalho ativo e havia necessidade de um camarada em cuja coragem ele pudesse depositar alguma confiança, o meu papel era óbvio. Mas, afora isso, eu tinha utilidades. Era um estímulo para sua mente. Ele gostava de pensar em voz alta na minha presença. Suas observações de fato não eram feitas para mim – muitas delas poderiam ser dirigidas de maneira igualmente apropriada ao estrado de sua cama –, não obstante, tendo ele adquirido o hábito, era-lhe de algum modo útil que eu o ouvisse e aparteasse. Se eu o irritasse com certa lentidão metódica em minha maneira de pensar, a irritação só servia para fazer suas próprias intuições e impressões flamejantes cintilarem de maneira ainda mais vívida e rápida. Esse era o meu humilde papel em nossa aliança.

Chegando a Baker Street, encontrei-o repimpado em sua poltrona, com os joelhos para cima, o cachimbo na boca e a testa vincada pela reflexão. Claramente algum problema o afligia. Com um gesto, indicou minha velha poltrona, mas, afora isso, durante meia hora não deu nenhum sinal de estar ciente da minha presença. Depois, com um sobressalto, pareceu despertar de seu devaneio e, com seu sorriso malicioso, deu-me as boas-vindas no que fora outrora o meu lar.

"Vai me desculpar certa distração, meu caro Watson", disse. "Alguns fatos curiosos me foram submetidos nas últimas vinte e quatro horas, e eles por sua vez deram origem a algumas especulações de caráter mais geral. Ando pensando seriamente em escrever uma pequena monografia sobre o uso de cães no trabalho do detetive."

"Mas a verdade, Holmes, é que isso já foi explorado", retruquei. "Cães de caça... sabujos..."

"Não, não, Watson; esse lado da matéria é óbvio, claro. Mas há um outro, muito mais sutil. Talvez se lembre de que no caso que, à sua maneira sensacionalista, você associou às 'Faias Acobreadas', fui capaz, mediante a observação da mente de uma criança, de fazer uma dedução quanto aos hábitos criminosos do pai presunçoso e respeitável."

"Sim, lembro-me bem disso."

"Minha linha de pensamentos sobre cães é análoga. Um cão reflete a vida da família. Quem já viu um cachorro brincalhão numa família sorumbática, ou um cachorro triste numa família feliz? Pessoas ríspidas têm cães que rosnam, pessoas perigosas têm cães perigosos. E seus humores passageiros podem refletir os humores passageiros de outros."

Sacudi a cabeça. "Certamente, Holmes, isto é um pouco forçado demais", disse.

Ele enchera de novo o seu cachimbo e voltou a se sentar, sem levar em conta meu comentário.

"A aplicação prática do que disse está muito próxima do problema que estou investigando. É uma meada emaranhada, você compreende, e estou procurando uma ponta solta. Uma ponta solta possível está na pergunta: por que Roy, o fiel cão de caça ao lobo do professor Presbury, está tentando mordê-lo?"

Recostei-me na minha cadeira com certa decepção. Fora para uma questão assim tão trivial que eu tinha sido tirado do meu trabalho? Holmes lançou-me uma olhadela.

"O velho Watson de sempre!" exclamou. "Você nunca aprende que os problemas mais graves podem depender das menores coisas. Mas não é aparentemente estranho que um grave e idoso filósofo – é claro que você já ouviu falar de Presbury, o famoso fisiologista de Camford, não? –, que um homem como esse, cujo amigo tem sido o seu devotado cão, deva agora se ver duas vezes atacado por ele? Que pensa disso?"

"O cão está doente."

"Bem, isso precisa ser considerado. Mas ele não ataca mais ninguém, e tampouco parece molestar o seu dono, exceto em ocasiões muito especiais. É curioso, Watson, muito curioso. Mas o jovem Mr. Bennett está adiantado, se foi ele que tocou a campainha. Eu esperava ter uma conversa mais longa com você antes que ele chegasse."

Ouvimos passos rápidos na escada, uma batida seca na porta e um momento depois o novo cliente se apresentou. Era um rapaz alto e bonitão de uns trinta anos, bem-vestido e elegante, mas alguma coisa em sua postura sugeria mais a timidez do estudioso que o autodomínio do homem do mundo. Ele apertou a mão de Holmes e depois olhou surpreso para mim.

"Este assunto é muito delicado, Mr. Holmes", disse. "Considere a minha relação com o professor Presbury, tanto privada quanto pública. Realmente não vejo como me justificar se falar diante de uma terceira pessoa."

"Não tenha medo, Mr. Bennett. O dr. Watson é a discrição encarnada e posso lhe assegurar que este é um assunto em que muito provavelmente precisarei de um assistente."

"Como queira, Mr. Holmes. Estou certo de que compreenderá que eu tenha algumas reservas na questão."

"Você, Watson, vai gostar de saber que este cavalheiro, Mr. Bennett, é assistente profissional do grande cientista, vive sob o seu teto e está noivo de sua filha única. Certamente devemos concordar que o professor tem todo o direito à sua lealdade e devoção. Mas é tomando as medidas necessárias para elucidar esse estranho mistério que isso pode ser mais bem demonstrado."

"Assim espero, Mr. Holmes. Esse é o meu único objetivo. O dr. Watson está a par da situação?"

"Não tive tempo de explicá-la."

"Nesse caso talvez seja melhor eu recapitular os fatos antes de expor alguns novos desdobramentos."

"Eu mesmo o farei", disse Holmes, "para mostrar que estou inteirado dos eventos em sua devida ordem. O professor, Watson, é um homem de reputação europeia. Teve uma vida acadêmica. Nunca suscitou o menor vestígio de escândalo. É um viúvo com uma filha, Edith. É, pelo que depreendi, um homem de caráter muito destemido e positivo, poderíamos dizer combativo. Assim se configuravam as coisas muito poucos meses atrás.

"Então a corrente de sua vida se rompeu. Ele tem sessenta e um anos, mas ficou noivo da filha do professor Morphy, seu colega na cátedra de anatomia comparada. Não foi, pelo que entendo, a corte sensata de um homem maduro, mas o frenesi apaixonado da juventude, pois não se teria podido encontrar namorado mais fervoroso. Como a dama, Alice

Morphy, era uma jovem de grande perfeição tanto espiritual quanto física, havia plenas justificativas para a paixão do professor. Apesar disso, esta não contou com a total aprovação de sua própria família."

"Ela nos pareceu um tanto excessiva", disse nosso visitante.

"Exatamente. Excessiva e um pouco violenta e antinatural. Mas o professor Presbury era rico, e não havia nenhuma objeção da parte do pai. A filha, porém, tinha ideias diferentes, e já havia vários candidatos à sua mão, que, se eram menos elegíveis de um ponto de vista mundano, eram de idade mais compatível com a dela. A moça parecia gostar do professor, apesar das excentricidades dele. O único empecilho era a idade.

"Por volta dessa época, um pequeno mistério toldou subitamente a rotina normal da vida do professor. Ele fez o que nunca havia feito antes. Saiu de casa e não deu nenhuma indicação de para onde ia. Passou quinze dias fora e voltou parecendo exausto. Não fez alusões a por onde andara, embora em geral fosse o mais franco dos homens. Por acaso, porém, nosso cliente aqui, Mr. Bennett, recebeu uma carta de um colega de Praga, que disse ter tido a satisfação de ver o professor ali, embora não tivesse podido falar com ele. Foi somente assim que sua família soube onde ele estivera.

"Agora vem o importante. A partir desse momento, uma curiosa mudança se produziu no professor. Ele se tornou furtivo e dissimulado. Os que o cercavam tinham sempre a impressão de que ele não era o homem que haviam conhecido, de que estava sob uma sombra que obscurecia suas melhores qualidades. Seu intelecto não foi afetado. Suas aulas eram brilhantes como sempre. Mas havia algo de novo, algo sinistro e inesperado. Sua filha, que lhe era muito devotada, tentou muitas vezes restabelecer as antigas relações e penetrar essa máscara que o pai parecia estar usando. O senhor, pelo que entendo, fez o mesmo – mas foi tudo em vão. E agora, Mr. Bennett, conte com suas palavras o incidente das cartas."

"Deve compreender, dr. Watson, que o professor não tinha segredos para mim. Se eu fosse seu filho ou irmão mais moço, não teria podido gozar mais completamente de sua confiança. Como seu secretário, lidava com cada papel que lhe chegava, abria e separava as suas cartas. Pouco depois de seu retorno, tudo isso mudou. Ele me disse que poderiam lhe chegar certas cartas de Londres que estariam marcadas com uma cruz sob o selo. Elas deveriam ser postas de lado para serem lidas unicamente por ele. Posso dizer que várias delas passaram de fato pelas minhas mãos, que tinham o carimbo E.C., e eram sobrescritadas numa letra analfabeta. Se ele as respondeu, as respostas não passaram pelas minhas mãos, nem pelo cesto de cartas em que nossa correspondência era reunida."

"E a caixa?" disse Holmes.

"Ah, sim, a caixa. O professor trouxe uma caixinha de madeira de suas viagens. Era a única coisa que sugeria uma excursão pelo Continente, pois tratava-se de um daqueles singulares objetos entalhados que associamos com a Alemanha. Colocou-a em seu armário de instrumentos. Um dia, ao procurar uma cânula, peguei a caixa. Para minha surpresa ele ficou muito zangado e me repreendeu por minha curiosidade com palavras bastante brutais. Era a primeira vez que uma coisa assim acontecia e fiquei profundamente magoado. Quis explicar que tinha tocado na caixa por mero acidente, mas durante todo o serão percebi que ele me olhava com irritação e que estava remoendo o incidente em sua cabeça." Mr. Bennett tirou uma pequena agenda do bolso. "Isso foi no dia 2 de julho", disse.

"O senhor é certamente uma testemunha admirável", disse Holmes. "Posso precisar de algumas datas que anotou."

"Aprendi o método, entre outras coisas, com o meu excelente professor. A partir do momento em que observei anormalidade em seu comportamento, senti que era meu dever estudar o seu caso. Assim, tenho aqui anotado que foi nesse mesmo dia, 2 de julho, que Roy atacou o professor, quando ele saía do seu gabinete para o vestíbulo. No dia 11 de julho houve novamente uma cena do mesmo tipo e depois tenho uma anotação de mais uma em 20 de julho. Desse dia em diante tivemos que confinar Roy na estrebaria. Era um animal dócil, afetuoso – mas temo estar cansando os senhores."

Mr. Bennett falou em tom de censura, porque estava muito claro que Holmes não o ouvia. Seu rosto estava rígido e os olhos fitavam o teto distraidamente. Com um esforço, ele se recobrou.

"Singular! Singularíssimo!" murmurou. "Esses detalhes eram novos para mim, Mr. Bennett. Penso que já repisamos suficientemente o terreno conhecido, não é? Mas o senhor falou de alguns novos desdobramentos."

A fisionomia agradável e aberta de nosso visitante anuviou-se, obscurecida por alguma lembrança soturna. "Vou contar o que aconteceu anteontem à noite", disse ele. "Eu estava acordado na cama por volta das duas da madrugada quando percebi um som abafado que vinha do corredor. Abri minha porta e dei uma olhada. Devo explicar que o professor dorme no fim do corredor..."

"Qual era a data?" perguntou Holmes.

Nosso visitante ficou claramente aborrecido com interrupção tão inconveniente.

"Eu disse, senhor, que foi anteontem à noite... isto é, 4 de setembro."

Holmes assentiu com a cabeça e sorriu.

"Por favor, continue", disse.

"Ele dorme no fim do corredor, e teria de passar pela minha porta para chegar à escada. Foi uma experiência realmente aterrorizante, Mr. Holmes. Acredito que sou um homem de sangue-frio, mas fiquei abalado pelo que vi. O corredor estava escuro, exceto por uma réstia de luz que penetrava por uma janela na metade dele. Pude ver que alguma coisa estava se aproximando, uma coisa escura e encolhida. Em seguida aquilo emergiu subitamente na luz, e vi que era ele. Estava engatinhando, Mr. Holmes... engatinhando! Não estava propriamente apoiado nas mãos e nos joelhos. Seria mais correto dizer que andava sobre as mãos e os pés, com o rosto pendendo entre os braços. No entanto, parecia se mover com desenvoltura. Fiquei tão paralisado diante daquela visão que só quando ele chegou à minha porta fui capaz de dar um passo à frente e perguntar se podia ajudá-lo. Sua resposta foi extraordinária. Deu um salto, cuspiu-me uma palavra atroz e, a toda a pressa, passou por mim e desceu a escada. Esperei cerca de uma hora, mas ele não voltou. O dia já devia ter raiado quando ele retornou ao seu quarto."

"Bem, Watson, que pensa disso?" perguntou Holmes, com o ar de um patologista que apresenta um espécime raro.

"Possivelmente lumbago. Soube de um ataque severo que fez um homem andar exatamente dessa maneira, e nada seria mais enervante."

"Bom, Watson! Você sempre nos mantém com os pés firmemente pousados no chão. Mas dificilmente podemos admitir que era lumbago, pois ele conseguiu ficar ereto por um instante."

"Ele nunca esteve melhor de saúde", disse Bennett. "De fato, está mais forte que em todos esses últimos anos. Mas os fatos são inegáveis, Mr. Holmes. Não é um caso em que possamos consultar a polícia, no entanto estamos completamente desorientados quanto ao que fazer e sentimos, de uma maneira estranha, que estamos sendo impelidos para um desastre. Edith – Miss Presbury – pensa como eu, que não podemos mais esperar passivamente."

"É sem dúvida um caso muito curioso e sugestivo. Que pensa você, Watson?"

"Falando como médico", respondi, "parece ser um caso para um alienista. Os processos cerebrais do velho cavalheiro foram perturbados por seu caso de amor. Ele fez uma viagem ao estrangeiro na esperança de se livrar da paixão. Suas cartas e

"O professor cuspiu uma palavra atroz e desceu a escada a toda a pressa." [Howard Elcock, *Strand Magazine*, 1923]

a caixa podem estar ligadas a algum outro negócio privado... um empréstimo, talvez, ou certificados de ações que estão na caixa."

"E o cão sem dúvida reprovou a transação financeira. Não, não, Watson, o problema é mais complicado. Por ora, posso apenas sugerir..."

NUNCA SE SABERÁ o que Sherlock Holmes estava prestes a sugerir, pois nesse instante a porta se abriu e uma jovem foi introduzida na sala. Quando ela apareceu, Mr. Bennett ficou de pé num salto com um grito e correu, com as mãos estendidas para segurar aquelas que ela também oferecia.

"Edith, minha cara! Nenhum problema, eu espero?"

"Senti que devia segui-lo. Oh, Jack, tenho estado tão terrivelmente amedrontada! É horrível ficar lá sozinha."

"Mr. Holmes, esta é a dama de que lhe falei. É a minha noiva."

"Estávamos chegando pouco a pouco a essa conclusão, não é, Watson?" respondeu Holmes com um sorriso. "Parece-me, Miss Presbury, que há algum novo desdobramento no caso, e que pensou que deveríamos ser informados."

Nossa nova visitante, uma moça viva e bonita, de um tipo inglês convencional, sorriu de volta para Holmes enquanto se sentava ao lado de Mr. Bennett.

"Quando descobri que Mr. Bennett havia deixado seu hotel, pensei que provavelmente o encontraria aqui. Ele me contara, é claro, que o consultaria. Mas, oh, Mr. Holmes, não pode fazer nada pelo meu pobre pai?"

"Tenho esperanças, Miss Presbury, mas o caso ainda está obscuro. Talvez o que tem a dizer possa lançar alguma nova luz sobre ele."

"Foi ontem à noite, Mr. Holmes. Ele havia estado muito estranho o dia todo. Tenho certeza de que há vezes em que não tem nenhuma lembrança do que faz. É como se vivesse num sonho estranho. Ontem foi um dia assim. Não era com o meu pai que eu estava. Sua aparência exterior estava lá, mas não era realmente ele."

"Conte-me o que aconteceu."

"Fui despertada durante a noite pelo cão, que latia furiosamente. Pobre Roy, agora ele está acorrentado na estrebaria. Posso dizer que sempre durmo com a porta trancada; pois, como Jack – como Mr. Bennett – pode lhes dizer, temos ambos uma sensação de perigo iminente. Meu quarto é no segundo andar. Aconteceu que a persiana da minha janela estava erguida, e havia um claro luar lá fora. Eu estava deitada, com os olhos fixos no quadrado de luz, ouvindo o latido frenético do cão, quando, para meu espanto, vi o rosto do meu pai olhando para mim. Quase morri de surpresa e horror, Mr. Holmes. Lá estava ele, colado à vidraça, com uma das mãos erguida como se para empurrar a janela para cima. Se aquela janela tivesse se aberto, acho que eu teria enlouquecido. Não foi um delírio, Mr. Holmes. Não se engane pensando isso. Ouso afirmar que passei cerca de vinte segundos paralisada, olhando aquele rosto. Depois ele desapareceu, mas eu não consegui... não consegui pular da cama e procurá-lo. Fiquei deitada, fria e trêmula, até o amanhecer. No desjejum ele exibiu maneiras bruscas e impetuosas e não fez nenhuma alusão à aventura da noite. Eu tampouco, mas dei uma desculpa para vir à cidade – e cá estou."

Holmes pareceu enormemente surpreso com a narrativa de Miss Presbury.

"Minha cara jovem, diz que seu quarto fica no segundo andar. Há uma escada comprida no jardim?"

"Não, Mr. Holmes; isso é que é espantoso. Não há nenhuma maneira possível de chegar à janela... no entanto ele estava lá."

"A data era 5 de setembro", disse Holmes. "Isso certamente complica as coisas."

Foi a vez de a moça parecer surpresa. "É a segunda vez que o senhor alude à data, Mr. Holmes", disse Mr. Bennett. "É possível que isso tenha alguma relação com o caso?"

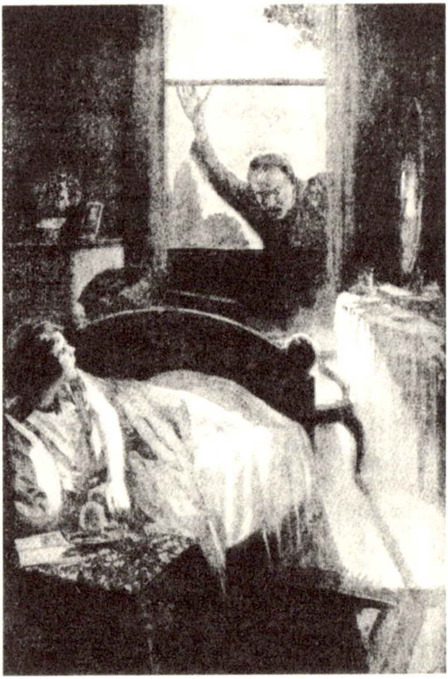

"'Eu estava deitada, com os olhos fixos no quadrado de luz, quando, para meu espanto, vi o rosto do meu pai olhando para mim.'"
[Howard Elcock, *Strand Magazine*, 1923]

"É possível... muito possível... contudo, ainda não tenho meu material completo por enquanto."

"Talvez esteja pensando na conexão entre a insanidade e as fases da Lua?"

"Não, eu lhe asseguro. Era uma linha de pensamento muito diferente. Talvez possa deixar sua agenda comigo, e vou verificar as datas. Agora me parece, Watson, que nossa linha de ação está perfeitamente clara. Esta senhorita nos informou – e tenho a maior confiança em sua intuição – que seu pai se lembra de pouco ou nada do que ocorre em certas datas. Vamos portanto visitá-lo como se ele tivesse marcado um encontro conosco em tal data. Ele atribuirá sua ignorância do fato à própria falta de memória. Assim abriremos nossa campanha dando uma boa olhada nele de perto."

"Isso é excelente", disse Mr. Bennett. "Eu o advirto, contudo, de que o professor é irascível e violento por vezes."

Holmes sorriu. "Há razões para que devamos ir imediatamente – razões muito convincentes, se minhas teorias estiverem corretas. Iremos certamente a Camford amanhã, Mr. Bennett. Há, se me lembro bem, uma estalagem chamada Chequers, onde o vinho do Porto costumava ser acima do medíocre e a roupa de cama era irrepreensível. Creio, Watson, que nosso destino nos próximos dias poderia estar em lugares menos agradáveis."

A manhã de segunda-feira encontrou-nos a caminho da famosa cidade universitária – um esforço pequeno da parte de Holmes, que não tinha raízes para arrancar, mas que da minha envolveu frenético planejamento e correria, pois minha clínica nessa época era considerável. Holmes não fez nenhuma alusão ao caso até que depositamos nossas malas na antiga hospedaria de que ele falara.

"Penso, Watson, que podemos pegar o professor pouco antes do almoço. Ele dá aula às onze e deve ter um intervalo em casa."

"Que pretexto possível temos para visitá-lo?"

Holmes deu uma olhada na agenda.

"Houve um período de excitação em 26 de agosto. Suponhamos que ele não tenha muita clareza com relação ao que faz nessas ocasiões. Se insistirmos que estamos lá para um encontro marcado, penso que ele dificilmente se atreverá a nos contradizer. Você tem a desfaçatez necessária para levar isso a cabo?"

"Só nos resta tentar."

"Excelente, Watson! Mistura de 'Busy Bee' com 'Excelsior'. Só nos resta tentar – o lema da firma. Um nativo amistoso certamente nos guiará."

Um desses, na traseira de um elegante *hansom*, passou conosco por uma fileira de antigas faculdades, e finalmente, virando numa alameda ladeada por árvores, parou à porta de uma casa encantadora, em meio a gramados e coberta com glicínias roxas. O professor Presbury estava certamente cercado por todos os sinais não somente do conforto, mas do luxo. No instante em que apeamos, uma cabeça encanecida apareceu à janela da frente e tivemos consciência de que um par de olhos penetrantes nos examinava por sob sobrancelhas peludas e através de grandes óculos de chifre. Um momento depois estávamos realmente em seu santuário, e tínhamos o misterioso cientista, cujas extravagâncias haviam nos trazido de Londres, de pé à nossa frente. Não havia certamente nenhum sinal de excentricidade nem em suas maneiras nem em sua aparência, pois era um homem alto e imponente, de traços largos; vestia uma sobrecasaca e tinha a dignidade de porte de que um conferencista precisa. Seus olhos eram seu traço mais notável, penetrantes, observadores e sagazes no limiar da astúcia.

Olhou para nossos cartões. "Por favor, sentem-se, cavalheiros. Que posso fazer pelos senhores?"

Holmes sorriu amavelmente.

"Esta era a pergunta que eu estava prestes a lhe fazer, professor."

"A mim, senhor!"

"Talvez haja algum engano. Fui informado através de uma terceira pessoa que o professor Presbury de Camford precisava de meus serviços."

"Oh, realmente!" Tive a impressão de ver uma centelha maliciosa nos intensos olhos cinza. "Foi informado disso, não é? Posso lhe perguntar o nome de seu informante?"

"Lamento, professor, mas o assunto é muito confidencial. Se cometi um engano, não faz mal. Posso somente lhe apresentar minhas desculpas."

"Em absoluto. Eu gostaria de examinar essa questão mais a fundo. Ela me interessa. O senhor tem algum pedaço de papel, alguma carta ou telegrama para corroborar sua afirmação?"

"Não, não tenho."

"Presumo que não chega ao ponto de afirmar que o chamei?"

"Eu preferiria não responder a nenhuma pergunta", disse Holmes.

"Não, claro que não", disse o professor com aspereza. "Contudo, essa em particular pode ser respondida muito facilmente sem a sua ajuda."

Atravessando a sala, foi até a campainha. Nosso amigo de Londres, Mr. Bennett, respondeu ao chamado.

"Entre, Mr. Bennett. Estes dois cavalheiros vieram de Londres sob a impressão de que haviam sido chamados. O senhor trata de toda a minha correspondência. Notou alguma coisa endereçada a uma pessoa chamada Holmes?"

"Não, senhor", respondeu Bennett, corando.

"Isso é conclusivo", disse o professor, fuzilando o meu companheiro com os olhos. "Agora, senhor" – apoiou-se na mesa com as duas mãos – "parece-me que sua posição é muito questionável."

Holmes deu de ombros.

"Posso apenas repetir que lamento tê-lo incomodado desnecessariamente."

"Isso não basta, Mr. Holmes!" bradou o velho com voz estridente e uma expressão cruel no rosto. Enquanto falava, interpôs-se entre nós e a porta e sacudiu as duas mãos para nós, enfurecido. "Não escapará assim tão facilmente." Seu semblante estava convulsionado e ele arreganhava os dentes para nós e nos insultava em sua ira insensata. Estou convencido de que teríamos tido de abrir caminho à força para fora daquela sala se Mr. Bennett não tivesse intervindo.

"Meu caro professor", exclamou ele, "considere a sua posição! Considere o escândalo na Universidade! Mr. Holmes é um homem muito conhecido. Não pode tratá-lo com tal descortesia."

A contragosto o nosso anfitrião – se posso chamá-lo assim – desobstruiu o caminho para a porta. Sentimo-nos felizes por nos ver fora da casa, na tranquila alameda ladeada por árvores. Holmes parecia estar se divertindo imensamente com o episódio.

"O semblante do professor estava convulsionado e ele arreganhava os dentes para nós e nos insultava em sua ira insensata. Estou convencido de que Holmes e eu teríamos tido de abrir caminho à força para fora daquela sala se Mr. Bennett não tivesse intervindo." [Howard Elcock, *Strand Magazine*, 1923]

"Os nervos do nosso erudito amigo estão um tanto alterados", disse. "Talvez a nossa invasão tenha sido um pouco brusca, mas valeu-nos aquele contato pessoal que eu desejava. Mas, meu Deus, Watson, não é que ele está no nosso encalço? O sujeito continua nos perseguindo."

Ouvíamos sons de passos correndo atrás de nós, mas, para meu alívio, não foi o temível professor, mas o seu assistente que apareceu na curva da alameda. Alcançou-nos, arquejando.

"Sinto muito, Mr. Holmes. Queria me desculpar."

"Meu caro senhor, não há necessidade. São os ossos do ofício."

"Nunca o vi num estado de ânimo tão perigoso. Mas está ficando cada vez mais sinistro. Agora pode compreender por que sua filha e eu estamos alarmados. No entanto, está perfeitamente lúcido."

"Lúcido demais!" exclamou Holmes. "Foi um erro de cálculo da minha parte. É evidente que sua memória é muito mais confiável do que eu havia pensado. A propósito, poderíamos, antes de ir embora, dar uma olhada na janela do quarto de Miss Presbury?"

Mr. Bennett abriu caminho para nós entre alguns arbustos e pudemos divisar o lado da casa.

"Ali está. A segunda à esquerda."

"Meu Deus, parece de muito difícil acesso. No entanto, podem observar que há uma trepadeira embaixo e mais acima um cano d'água que dão algum apoio."

"Eu não subiria ali", disse Mr. Bennett.

"Provavelmente. Seria sem dúvida uma proeza perigosa para qualquer homem normal."

"Há mais uma coisa que queria lhe contar, Mr. Holmes. Tenho o endereço do homem para quem o professor escreve, em Londres. Ele parece ter escrito esta manhã, e eu o consegui a partir do seu mata-borrão. É uma conduta ignóbil para um secretário de confiança, mas que mais posso fazer?"

Holmes correu os olhos pelo papel e enfiou-o no bolso.

"Dorak... um nome curioso. Eslavo, imagino. Bem, é um elo importante na cadeia. Voltaremos para Londres esta tarde, Mr. Bennett. Não vejo nenhuma serventia em nossa permanência. Não podemos prender o professor porque ele não cometeu nenhum crime, nem podemos confiná-lo, porque não podemos provar que está louco. Por enquanto, nenhuma ação é possível."

"Então que diabos podemos fazer?"

"Um pouco de paciência, Mr. Bennett. As coisas logo se definirão. Ou muito me engano, ou a próxima terça-feira poderá marcar uma crise. Certamente estaremos em Camford nesse dia. Nesse meio-tempo, a situação geral é inegavelmente desagradável, e se Miss Presbury puder prolongar sua visita..."

"Isso é fácil."

"Então deixe-a ficar até que possamos lhe assegurar que todo o perigo passou. Por ora, deixe-o fazer as coisas à sua maneira e não o contrarie. Enquanto ele estiver de bom humor, tudo estará bem."

"Aí vem ele!" disse Bennett, num sussurro assustado. Olhando entre os galhos, vimos a figura alta e ereta emergir da porta do vestíbulo e olhar à sua volta. Ficou inclinado para a frente, sacudindo as mãos à sua frente e virando a cabeça de um lado para o outro. Com um último aceno, o secretário esgueirou-se do meio das árvores, e logo o vimos se juntar ao patrão e entrarem os dois na casa no que pareceu uma conversa animada e até alvoroçada.

"Pelo que vejo, o velho cavalheiro conseguiu somar dois e dois", disse Holmes quando caminhávamos para o nosso hotel. "Do pouco que vimos dele, pareceu-me ter um cérebro particularmente claro e lógico. Explosivo, sem dúvida, mas afinal, de seu ponto de vista, tem razão para explodir se andam pondo detetives no seu rastro, e ele suspeita de que isso é obra da sua própria família. Imagino que o amigo Bennett está passando maus momentos."

No caminho, Holmes parou numa agência dos Correios e enviou um telegrama. A resposta nos chegou à noite e ele jogou-a para mim.

> Visitei a Commercial Road e vi Dorak. Pessoa agradável. Boêmio, idoso. Mantém vasto armazém.
>
> MERCER

"Mercer é do seu tempo", disse Holmes. "É meu homem para utilidades gerais, cuida de assuntos rotineiros. Era importante saber alguma coisa sobre o sujeito com quem o nosso professor estava se correspondendo tão secretamente. A nacionalidade dele se liga à visita a Praga."

"Graças a Deus que alguma coisa se liga a outra", disse eu. "No momento parece que estamos diante de uma longa série de incidentes inexplicáveis, sem nenhuma relação uns com os outros. Por exemplo, que relação possível pode haver entre um cão zangado e uma visita à Boêmia, ou entre qualquer dessas duas coisas e um homem a andar de quatro por um corredor à noite? Quanto às suas datas, esse é o maior mistério de todos."

Holmes sorriu e esfregou as mãos. Estávamos, posso dizer, sentados na velha sala de estar do antigo hotel, com uma garrafa da famosa safra de que Holmes falara à mesa entre nós.

"Bem, vamos então tratar das datas primeiro", disse ele, as pontas dos dedos unidas e falando como se estivesse se dirigindo a uma classe. "A agenda desse excelente rapaz mostra que houve contratempo em 2 de julho e, daí em diante, isso parece ter se repetido a intervalos de nove dias, com, pelo que posso me lembrar, uma única exceção. Assim, o último ataque foi em 3 de setembro, uma sexta-feira, o que também se enquadra na série, tal como 26 de agosto, a data precedente. Isso não pode ser coincidência.

"Formemos portanto a teoria provisória de que a cada nove dias o professor toma uma droga forte que tem um efeito passageiro, mas muito venenoso. Seu temperamento naturalmente violento é intensificado por ela. Ele aprendeu a tomar essa droga quando esteve em Praga e agora é abastecido por um intermediário boêmio em Londres. Tudo se encaixa, Watson?"

"Mas e o cachorro, o rosto na janela, o homem andando de quatro pelo corredor?"

"Bem, bem, demos os primeiros passos. Eu não esperaria nenhum novo desdobramento até a próxima terça-feira. Nesse meio-tempo, podemos apenas nos manter em contato com o nosso amigo Bennett e desfrutar as amenidades desta encantadora cidade."

De manhã, Mr. Bennett apareceu para nos levar as últimas notícias. Como Holmes imaginara, as coisas não tinham sido fáceis para ele. Sem acusá-lo exatamente de ser responsável por nossa aparição, o professor havia sido áspero e grosseiro em sua fala, e evidentemente estava muito ressentido. Nessa manhã, porém, havia recobrado suas maneiras de costume e, como sempre, dera sua aula brilhante para uma classe lotada. "Afora seus acessos esquisitos", disse Bennett, "ele está de fato com mais energia e vitalidade do que nunca, ao que eu me lembre; seu cérebro também nunca foi mais lúcido. Mas não é ele... não é nunca o homem que conhecemos."

"Não me parece que tenham alguma coisa a temer por no mínimo uma semana", respondeu Holmes. "Sou um homem ocupado, e o dr. Watson tem seus pacientes para atender. Vamos combinar que nos encontraremos aqui nesta mesma hora na terça-feira, e ficarei surpreso se, antes de os deixarmos de novo, não pudermos explicar seus problemas, mesmo que talvez não sejamos capazes de encerrá-los. Enquanto isso, mantenha-nos a par dos acontecimentos."

Passei alguns dias sem ver o meu amigo, mas na segunda-feira à noite recebi um curto bilhete pedindo-me para encontrá-lo no dia seguinte no trem. Pelo que ele me contou enquanto viajávamos até Camford, tudo estava bem, nada perturbara a paz na casa do professor e o comportamento deste havia sido perfeitamente normal. Essa foi também a notícia que Mr. Bennett nos deu ele mesmo quando foi nos visitar naquela noite no nosso velho aposento na Chequers. "Ele recebeu algo de seu correspondente de Londres hoje. Havia uma carta e um pacotinho, ambos com a cruz sob o selo que me avisou que não devia tocá-los. Não houve mais nada."

"Talvez isso se revele plenamente suficiente", disse Holmes, carrancudo. "Creio que chegaremos a alguma conclusão esta noite, Mr. Bennett. Se minhas deduções estiverem corretas, teremos uma oportunidade de levar o caso a uma crise. Para isso é necessário manter o professor sob observação. Eu sugeriria, portanto, que o senhor permaneça alerta e vigilante. Se o ouvir passar pela sua porta, não o interrompa, siga-o o mais discretamente que puder. O dr. Watson e eu não estaremos longe. A propósito, onde está a chave daquela caixinha de que falou?"

"Na corrente do seu relógio."

"Imagino que as nossas pesquisas devem tomar essa direção. Na pior das hipóteses, a fechadura não deve ser tão terrível. Há algum outro homem fisicamente apto na casa?"

"Há o cocheiro, Macphail."

"Onde ele dorme?"

"Em cima da estrebaria."

"Talvez venhamos a precisar dele. Bem, não podemos fazer mais nada até vermos como as coisas se desdobram. Até logo... mas espero vê-lo antes do amanhecer."

Era quase meia-noite quando tomamos posição entre alguns arbustos bem em frente à porta do vestíbulo do professor. Era uma noite bela, mas fria, e felizmente tínhamos nossos grossos sobretudos. Soprava uma brisa, e nuvens corriam rapidamente pelo céu, obscurecendo ocasionalmente a meia-lua. Teria sido uma vigília melancólica, não fossem a expectativa e o alvoroço que nos moviam, e a certeza de meu camarada de que havíamos chegado provavelmente ao fim da estranha sequência de eventos que merecera a nossa atenção.

"Se o ciclo de nove dias se confirmar, teremos o professor em seu pior estado esta noite", disse Holmes. "O fato de esses estranhos sintomas terem começado após sua visita a Praga, de ele estar em correspondência secreta com um comerciante boêmio em Londres, que presumivelmente representa alguém de Praga, e de ter recebido um pacote dele hoje mesmo, tudo aponta numa única direção. O que ele toma e por que o toma ainda estão além do nosso alcance, mas está bastante claro que isso emana de alguma maneira de Praga. Ele toma isso sob orientações explícitas que regulam o sistema de nove dias, que foi o primeiro ponto a atrair a minha atenção. Mas seus sintomas são extraordinários. Observou os nós de seus dedos?"

Tive de confessar que não o fizera.

"Grossos e calosos de uma maneira inteiramente nova em minha experiência. Olhe sempre primeiro para as mãos, Watson. Depois para os punhos, os joelhos das calças e as botas. Nós dos dedos muito intrigantes, que só podem ser explicados pelo modo de caminhar observado por..." Holmes parou, e de repente bateu a mão na testa. "Oh, Watson, Watson, que idiota eu fui! Parece incrível, mas deve ser verdade. Tudo aponta numa só direção. Como pude deixar de ver a conexão de ideias? Aquelas articulações... como deixei de notar aquelas articulações? E o cachorro! E a hera! Sem dúvida chegou a hora de eu desaparecer naquela fazendinha dos meus sonhos. Atenção, Watson! Ali está ele! Teremos a chance de ver por nós mesmos."

A PORTA DO VESTÍBULO abrira-se lentamente, e contra o pano de fundo iluminado por uma lâmpada vimos a figura alta do professor Presbury. Vestia seu roupão. Parado no vão da porta, em silhueta, estava ereto, mas inclinado para a frente e balançando os braços, tal como o víramos fazer da última vez.

Em seguida deu um passo à frente, passando para a alameda, e uma extraordinária mudança se operou nele. Foi se abaixando até se agachar e começou a se mover apoiado nas mãos e nos pés, saltitando vez por outra como se transbordasse de energia e vitalidade. Passou pela frente da casa e virou no canto. Quando desapareceu, Bennett esgueirou-se pela porta do vestíbulo e o seguiu de mansinho.

"Venha, Watson, venha!" exclamou Holmes, e avançamos o mais sorrateiramente possível entre os arbustos até chegarmos a um ponto de onde podíamos ver o outro lado da casa, banhado pela luz da meia-lua. O professor estava claramente visível, agachado ao pé da parede coberta de hera. Enquanto o observávamos, começou a escalá-la com incrível agilidade. Saltava de galho em galho, pisando e agarrando com segurança, trepando aparentemente pelo puro prazer de exercitar suas habilidades, sem nenhum objetivo definido em vista. Com as abas do roupão agitando-se nos seus flancos, parecia um enorme morcego colado contra a lateral de sua própria casa, uma grande mancha quadrada e escura contra a parede iluminada pela Lua. Logo se cansou de sua diversão e, deixando-se cair de galho em galho, acocorou-se na antiga posição e avançou para a estrebaria, andando de quatro da mesma maneira esquisita que antes. O cão estava fora agora, latindo furiosamente, e ficou mais excitado que nunca quando de fato avistou o próprio dono. Dava puxões em sua corrente e estremecia de nervosismo e raiva. O professor agachou-se muito deliberadamente pouco além do alcance do cão e começou a provocá-lo de todas as maneiras possíveis. Pegava punhados de seixos da alameda e jogava-os na sua cara, aguilhoava-o com um pau que apanhara, sacudia as mãos a poucos centímetros da boca escancarada, e tentava de todas as maneiras aumentar a fúria do animal, que já estava fora de controle. Nas nossas aventuras, não me lembro de ter visto cena mais estranha que aquele homem fleumático e ainda digno agachado no chão como uma rã, incitando a uma exibição ainda mais impetuosa de fúria o cão enlouquecido, que erguia as patas dianteiras e ladrava diante dele, com todas as formas de uma crueldade engenhosa e calculada.

Depois, num átimo, aconteceu! Não foi a corrente que se partiu, mas a coleira que escorregou, pois fora feita para um newfoundland de pescoço grosso. Ouvimos o estrépito do metal caindo, e no instante seguinte cachorro e homem rolavam juntos no chão, um rosnando de raiva, o outro gritando num estranho falsete esganiçado de terror. A vida do professor esteve por um triz. A criatura selvagem agarrou-o com firmeza pelo pescoço, cravou-lhe os caninos profundamente e ele perdeu os sentidos antes que pudéssemos alcançá-los e apartá-los. Poderia ter sido uma tarefa perigosa para nós, mas a voz e a presença de Bennett apaziguaram instantaneamente o canzarrão. O tumulto havia tirado o sonolento e espantado cocheiro de seu quarto em cima da estrebaria. "Não estou surpreso", disse ele, sacudindo a cabeça. "Eu o vi fazendo isso antes. Sabia que o cão o pegaria mais cedo ou mais tarde."

O animal foi preso e juntos carregamos o professor até o seu quarto, onde Bennett, que tinha diploma de médico, ajudou-me a fazer um curativo em seu pescoço. Os dentes afiados haviam passado perigosamente perto da artéria carótida e a hemorragia era grave. Em meia hora o perigo passara, eu dera a meu paciente uma injeção de morfina e ele mergulhara num sono profundo. Então, e somente então, pudemos olhar um para o outro e avaliar a situação.

"Creio que um cirurgião de primeira classe deveria vê-lo", disse eu.

"Pelo amor de Deus, não!" exclamou Bennett. "No momento o escândalo está confinado em nossa casa. Está seguro conosco. Se for além destas paredes, nada o deterá. Considere a posição dele na Universidade, sua reputação europeia, os sentimentos de sua filha."

"Naturalmente", disse Holmes. "Penso que seja possível manter o segredo entre nós, e também prevenir a recorrência desse episódio, agora que temos liberdade para agir. A chave da corrente do relógio, Mr. Bennett. Macphail vigiará o paciente e nos avisará se houver alguma alteração. Vejamos o que podemos encontrar na misteriosa caixa do professor."

NÃO HAVIA MUITO, mas foi o suficiente – um frasquinho vazio, outro quase cheio, uma seringa hipodérmica, várias cartas numa caligrafia ilegível, estrangeira. As marcas nos envelopes mostravam que eram aqueles que haviam perturbado a rotina do secretário; todas as cartas haviam sido enviadas de Commercial Road e traziam a assinatura "A. Dorak". Eram meras faturas, para dizer que um novo frasco estava sendo enviado ao professor Presbury, ou recibos de quantias pagas. Havia um outro envelope, contudo, numa letra mais educada e com selo austríaco e carimbo postal de Praga. "Aqui está nosso material!" exclamou Holmes, tirando a carta inclusa.

> ILUSTRÍSSIMO COLEGA,
> Desde sua honrosa visita pensei muito sobre o seu caso, e embora em suas circunstâncias haja algumas razões especiais para o tratamento, eu recomendaria não obstante cautela, pois meus

resultados mostraram que ele não deixa de envolver certo tipo de perigo.

É possível que o soro de antropoide tivesse sido melhor. Usei, como lhe expliquei, o langur-de-cara-preta porque havia um espécime acessível. O langur, é claro, rasteja e trepa, ao passo que o antropoide anda ereto e está mais próximo de nós em todos os aspectos.

Peço-lhe que tome todas as precauções possíveis para que não haja nenhuma revelação prematura do processo. Tenho um outro cliente na Inglaterra e Dorak é o meu agente para ambos.

Agradeceria se me enviasse notícias semanais.

Com meus protestos de elevada estima e apreço,

H. LOWENSTEIN

Lowenstein! O nome trouxe-me de volta a lembrança de uma pequena notícia de jornal que falava de um obscuro cientista que estava empenhado, de uma maneira desconhecida, em encontrar o segredo do rejuvenescimento e o elixir da longa vida. Lowenstein de Praga! Lowenstein com o assombroso soro fortificante, discriminado pelos médicos porque se recusava a revelar a fonte do seu invento. Disse em poucas palavras o que me viera à memória. Bennett tirou um manual de zoologia das estantes. "'Langur'", leu, "'o grande macaco de cara preta das encostas himalaias, o maior macaco trepador e o mais parecido com o homem.' Há muitos outros detalhes. Bem, graças a Mr. Holmes, está muito claro que descobrimos a fonte do mal."

"A verdadeira fonte", disse Holmes, "reside, é claro, naquele extemporâneo caso de amor que levou o nosso impetuoso professor a pensar que só poderia realizar seu desejo transformando-se num homem mais jovem. Quando tentamos nos elevar acima da natureza, estamos sujeitos a cair abaixo dela. O mais elevado tipo de homem pode reverter ao animal se abandona a estrada reta do destino." Ficou pensativo por um momento com o frasco na mão, olhando o líquido claro em seu interior. "Quando eu tiver escrito para esse homem e dito que o considero responsável pelos venenos que dissemina, não teremos mais preocupação. Mas isso pode voltar a ocorrer. Outros poderão encontrar uma maneira melhor. Há perigo aí... um perigo muito real para a humanidade. Considere, Watson, que os materialistas, os sensuais, os mundanos prolongariam todos as suas vidas inúteis. Os espirituais não evitariam o chamado para algo mais elevado. Seria a sobrevivência dos menos aptos. Em que espécie de pocilga nosso pobre mundo se transformaria?" Subitamente, o sonhador desapareceu, e Holmes, o homem de ação, saltou de sua cadeira. "Creio que não há mais nada a ser dito, Mr. Bennett. Os vários incidentes se encaixarão agora facilmente no esquema geral. O cão, é claro, percebeu a mudança muito mais rapidamente que o senhor. Seu faro asseguraria isso. Foi o macaco, não o professor, que Roy atacou, assim como foi o macaco que açulou Roy. Trepar era uma alegria para a criatura, e foi por mero acaso, eu suponho, que o passatempo o levou à janela da senhorita. Há um trem de manhã cedo para a cidade, Watson, mas penso que teremos o tempo exato para uma xícara de chá na Chequers antes de embarcar."

A Juba de Leão

É EXTREMAMENTE SINGULAR que um problema certamente mais abstruso e inusitado que qualquer um que enfrentei em minha longa carreira profissional tenha se oferecido a mim quando eu já estava aposentado, e sido levado, por assim dizer, à porta da minha casa. Isso ocorreu depois que me recolhi à minha casinha de Sussex, quando estava inteiramente dedicado àquela vida bucólica em contato com a natureza pela qual tantas vezes ansiara durante os longos anos passados em meio à melancolia de Londres. Nesse período de minha vida, o bom Watson havia ficado quase fora do meu alcance. Não o via mais do que numa visita ocasional de fim de semana. Assim, devo desempenhar eu mesmo o papel de meu cronista. Ah! Se ele tivesse estado comigo, que proveito poderia ter tirado de um acontecimento tão maravilhoso e de meu triunfo final contra todas as dificuldades! Nestas circunstâncias, resta-me contar eu mesmo a minha história, à minha maneira sem graça, mostrando com minhas palavras cada passo no árduo caminho que se estendeu perante mim quando investiguei o mistério da juba de leão.

Minha casa situa-se na encosta sul dos Downs, dominando uma vista magnífica do canal. Nesse local, a linha da costa é toda de penhascos de greda escarpados, dos quais só é possível descer por uma única trilha, tortuosa, íngreme e escorregadia. Ao pé da trilha estendem-se cem metros de seixos, mesmo quando a maré está cheia. Aqui e ali, contudo, há curvas e cavidades que formam esplêndidas piscinas que se enchem de novo a cada fluxo. Essa praia admirável estende-se por algumas milhas em cada direção, exceto num ponto, onde a pequena enseada e aldeia de Fulworth quebram a linha.

Minha casa é isolada. Eu, minha velha governanta e minhas abelhas temos a propriedade toda para nós. A uns oitocentos metros de distância, contudo, fica a conhecida escola preparatória de Harold Stackhurst, As Empenas, um estabelecimento bastante grande onde algumas dezenas de jovens se preparavam para várias profissões com uma equipe de vários mestres. O próprio Stackhurst fora um conhecido campeão de remo em sua época e um excelente e consumado erudito. Nós dois sempre fomos amigos desde o dia em que cheguei ao litoral, e ele era o único homem que estava em tais termos comigo que podíamos nos visitar à noite sem convite.

No final de julho de 1907, houve um violento vendaval – o vento soprou canal acima, empurrando o mar até a base dos penhascos e deixando uma lagoa na virada da maré. Na manhã de que falo, o vento amainara e toda a natureza estava recém-lavada e fresca. Era impossível trabalhar num dia tão delicioso, e saí para um passeio antes do desjejum para desfrutar a pureza do ar. Tomei a trilha no penhasco que levava à descida íngreme até a praia. Quando caminhava, ouvi um grito atrás de mim e vi Harold Stackhurst acenando a mão numa alegre saudação.

"Que manhã, Mr. Holmes! Pensei que o encontraria ao ar livre."

"Vai nadar, pelo que vejo."

"Sempre com os seus velhos truques", riu ele, batendo a mão no bolso cheio. "Sim, McPherson foi mais cedo e espero poder encontrá-lo lá."

Fitzroy McPherson era o professor de ciências, um belo e íntegro sujeito cuja vida fora estragada por uma insuficiência cardíaca, consequência de febre reumática. Mas era um atleta natural e sobressaía em todos os esportes que não lhe exigiam um esforço excessivo. Verão e inverno, ele ia nadar e, sendo eu mesmo um nadador, juntava-me muitas vezes a ele.

Nesse momento vimos o próprio homem. Sua cabeça aparecia acima da borda do penhasco onde a trilha terminava. Depois todo o seu corpo apareceu no topo, cambaleando como um bêbado. No instante seguinte ele jogou as mãos para cima e, com um grito terrível, caiu de bruços. Stackhurst e eu corremos – talvez por uns quinze metros – e o viramos de costas. Ele estava obviamente morrendo. Os olhos encovados, vidrados e as faces lívidas não podiam significar outra coisa. Um lampejo de vida surgiu em sua face por um instante, e ele pronunciou duas ou três palavras com uma expressão aflita de advertência. Soaram indistintas e ininteligíveis, mas ao meu ouvido as últimas delas, que irromperam num grito de seus lábios, foram "a juba de leão". Embora aquilo parecesse inteiramente irrelevante e incompreensível, não consegui interpretar o som de nenhuma outra maneira. Depois ele se soergueu do chão, jogou os braços para cima e tombou de lado. Estava morto.

Meu companheiro ficou paralisado pelo súbito horror da cena, mas eu, como se pode imaginar, estava com todos os sentidos

"McPherson jogou as mãos para cima e,
com um grito terrível, caiu de bruços.
Stackhurst e eu corremos para ele."
[Howard Elcock, *Strand Magazine*, 1926]

alertas. De fato, precisava disso, pois ficou evidente de imediato que estávamos em presença de um caso extraordinário. O homem vestia somente seu sobretudo Burberry, as calças e um par de sapatos de lona desamarrados. Quando caiu, seu sobretudo, que fora simplesmente jogado sobre os seus ombros, escorregou, expondo-lhe o tronco. Contemplamos aquilo espantados. Suas costas estavam cobertas de linhas vermelho-escuras, como se ele tivesse sido terrivelmente açoitado com um fino chicote de arame. O instrumento com que essa punição fora infligida era claramente flexível, pois os vergões longos e inflamados acompanhavam as curvas de seus ombros e costelas. Sangue lhe escorria pelo queixo, pois ele mordera o lábio inferior no paroxismo de sua agonia. Seu rosto pálido e desfigurado dizia o quanto essa agonia fora terrível.

Eu estava ajoelhado e Stackhurst de pé junto ao corpo quando uma sombra caiu sobre nós e vimos que Ian Murdoch estava ao nosso lado. Murdoch era o professor de matemática no estabelecimento, um homem alto, magro e moreno, tão taciturno e arredio que ninguém podia proclamar ter sido seu amigo. Parecia viver em alguma região elevada e abstrata de números irracionais e seções cônicas, com pouco para vinculá-lo à vida ordinária. Era visto como um esquisitão pelos estudantes e teria sido alvo de suas zombarias, mas um sangue estranho e exótico corria nas veias do homem e se manifestava não só em seus olhos cor de carvão e na face morena, como em explosões ocasionais de mau gênio que só podiam ser descritas como ferozes. Numa ocasião, ao ser importunado por um cãozinho pertencente a Mr. McPherson, ele agarrara o bichinho e o arremessara pela vidraça da janela, um gesto pelo qual Stackhurst certamente o teria demitido, não fosse ele um professor tão excelente. Assim era o homem estranho e complexo que apareceu nesse momento ao nosso lado. Mostrou-se sinceramente chocado com a visão à sua frente, embora o incidente do cão indicasse que não havia grande simpatia entre o morto e ele.

"Pobre homem! Pobre homem! Que posso fazer? Como posso ajudar?"

"Estava com ele? Pode nos dizer como isso aconteceu?"

"Não, não. Eu me atrasei esta manhã. Não estava na praia. Vim direto das Empenas. Que posso fazer?"

"Pode correr até a delegacia em Fulworth. Relate o caso imediatamente."

Sem uma palavra ele saiu correndo a toda, e tratei de assumir o controle do caso, enquanto Stackhurst, atordoado pela tragédia, permanecia junto do corpo. Minha primeira tarefa, naturalmente, foi verificar quem estava na praia. Do alto da senda eu podia ver toda a sua extensão, e ela estava deserta exceto por duas ou três figuras escuras que podiam ser vistas ao longe, caminhando em direção à aldeia de Fulworth. Tendo me certificado quanto a esse ponto, desci lentamente a trilha. Havia argila ou marga mole misturada com a greda e, a intervalos regulares, vi as mesmas pegadas, tanto subindo quanto descendo. Ninguém mais descera para a praia por aquela trilha naquela manhã. Num lugar, observei a marca de uma mão aberta com os dedos apontados para o aclive. Isso só podia significar que o pobre McPherson havia caído quando subia. Havia depressões redondas, também, que sugeriam que ele caíra de joelhos mais de uma vez. No fim da trilha havia a considerável lagoa deixada pela vazante da maré. McPherson se despira ao lado dela, pois lá estava a sua toalha sobre uma rocha. Como estava dobrada e seca, parecia que, afinal de contas, ele não chegara a entrar na água. Uma ou duas vezes, enquanto examinava o cascalho duro, dei com pequenas manchas de areia em que as marcas de seu sapato de lona e também de seu pé descalço podiam ser vistas. Este último fato provava que ele ficara pronto para cair na água, embora a toalha indicasse que não chegara a fazê-lo.

Ali estava o problema, claramente definido – mais estranho que qualquer outro com que já me confrontara. O homem não estivera na praia por mais de um quarto de hora, no máximo. Como Stackhurst o seguira desde As Empenas, não podia haver dúvida quanto a isso. Ele fora se banhar e se despira, como as pegadas dos pés descalços mostravam. Depois, de repente enfiara suas roupas de novo – estavam todas amarrotadas e desabotoadas – e voltara sem se banhar, ou pelo menos sem se secar. E o motivo dessa mudança de intenção fora que havia sido açoitado de uma maneira brutal, desumana, torturado até lacerar o lábio em sua agonia, e deixado com forças suficientes apenas para se arrastar dali e morrer. Quem praticara essa bárbara ação? Havia, é verdade, pequenas grutas e cavernas na base dos rochedos, mas o sol baixo as iluminava de cheio e não havia esconderijos ali. Além disso, eu vira aquelas figuras longe na praia. Mas elas pareciam muito distante para terem tido ligação com o crime, e a ampla lagoa em que McPherson pretendera se banhar estava entre ele e elas, chegando até as rochas. No mar, dois ou três barcos pesqueiros não estavam muito distantes. Poderíamos examinar seus ocupantes quando nos fosse conveniente. Havia vários caminhos de investigação, mas nenhum levava a uma meta muito óbvia.

Quando voltei por fim para junto do corpo, vi que um pequeno grupo de curiosos se reunira em torno dele. Stackhurst, é claro, continuava lá, e Ian Murdoch acabara de chegar com Anderson, o policial da aldeia, um grandalhão com um bigode louro-avermelhado, da estirpe lenta e sólida de Sussex – uma estirpe que oculta muito bom senso sob uma aparência pesada e silenciosa. Ele ouviu tudo, tomou nota do que dissemos e finalmente me puxou de lado.

"Gostaria de ouvir o seu conselho, Mr. Holmes. Parece ser um negócio complicado demais para mim e terei notícias de Lewes se enfiar os pés pelas mãos."

Aconselhei-o a mandar chamar seu superior imediato e um médico; também a não permitir que nada fosse mexido e a impedir, na medida do possível, que fossem feitas novas pegadas até que eles chegassem. Nesse meio-tempo, revistei os bolsos do morto. Lá estavam o seu lenço, uma faca grande e um pequeno porta-cartões flexível. Deste se projetava uma tira de papel, que desdobrei e entreguei ao policial. Fora rabiscado às pressas numa letra feminina: "Estarei lá, pode ter certeza. – Maudie". Parecia um caso de amor, um encontro marcado, embora quando e onde fossem incógnitas. O policial o guardou de novo no porta-cartões e devolveu-o com as outras coisas para os bolsos do sobretudo. Depois, como parecia não haver mais nada a fazer ali, tomei o rumo de casa para o desjejum, tendo antes providenciado para que a base dos penhascos fosse completamente esquadrinhada.

STACKHURST APARECEU uma ou duas horas depois para me dizer que o corpo fora removido para As Empenas, onde o inquérito seria realizado. Levou consigo algumas notícias sérias e precisas. Como eu esperava, nada fora encontrado nas pequenas cavernas sob o penhasco, mas ele havia examinado os papéis na escrivaninha de McPherson e havia vários que mostravam uma correspondência íntima com certa Miss Maud Bellamy, de Fulworth. Havíamos, portanto, estabelecido a identidade da autora do bilhete.

"A polícia está com as cartas", explicou ele. "Não as pude trazer. Mas não há dúvida de que é um caso de amor sério. Não vejo razão, contudo, para vinculá-lo com esse horrível acontecimento, a menos, realmente, que a dama tivesse marcado um encontro ali com ele."

"Dificilmente o faria numa piscina que todos vocês tinham o costume de frequentar", observei.

"Foi por mero acaso", disse ele, "que vários dos alunos não estavam com McPherson."

"Foi mesmo por mero acaso?"

Stackhurst cerrou as sobrancelhas, pensativo.

"Ian Murdoch os reteve", respondeu. "Insistiu numa demonstração algébrica antes do desjejum. Pobre sujeito, está horrivelmente consternado com tudo isso."

"No entanto, pelo que entendi, não eram amigos."

"Houve tempo em que não eram. Mas há um ano ou mais Murdoch tem estado tão próximo de McPherson quanto já pôde estar de alguém. Ele não tem uma índole muito simpática por natureza."

"Foi o que depreendi. Se não me engano, você me falou certa vez de uma briga por causa de uma crueldade feita com um cão."

"Isso foi superado."

"Mas deixou alguns sentimentos vingativos, talvez."

"Não, não; tenho certeza de que eram realmente amigos."

"Bem, nesse caso, devemos explorar a questão da moça. Você a conhece?"

"Todo mundo a conhece. É a beldade das vizinhanças – uma verdadeira beldade, Holmes, que chamaria a atenção em qualquer lugar. Eu sabia que McPherson se sentia atraído por ela, mas não tinha ideia de que havia ido tão longe quanto essas cartas parecem indicar."

"Mas quem é ela?"

"É filha do velho Tom Bellamy, o dono de todos os barcos e cabanas de banho em Fulworth. Começou como pescador, mas agora é um homem de posses. Ele e seu filho William dirigem os negócios."

"Que tal ir a Fulworth e vê-los?"

"Sob que pretexto?"

"Oh, podemos encontrar um pretexto facilmente. Afinal, esse pobre homem não se supliciou a si mesmo dessa maneira ultrajante. Uma mão humana segurou o cabo desse chicote, se realmente foi um chicote que infligiu os ferimentos. O círculo de relações dele neste lugar distante era certamente limitado. Vamos segui-lo em todas as direções e dificilmente deixaremos de encontrar o motivo, o que por sua vez nos levará ao criminoso."

Os Downs cheiravam a tomilho, e teria sido uma caminhada agradável, não estivessem nossas mentes envenenadas pela tragédia que testemunháramos. A aldeia de Fulworth fica numa depressão, curvando-se num semicírculo em torno da baía. Nas encostas, atrás do antiquado povoado, várias casas modernas haviam sido construídas. Foi para uma delas que Stackhurst me guiou.

"Ali está O Refúgio, como Bellamy a chamou. Aquela com a torre no canto e telhado de ardósia. Nada mau para um homem que começou do nada, mas – meu Deus, veja aquilo!"

O portão do jardim do Refúgio se abrira para dar passagem a um homem. Não havia como não reconhecer aquela figura alta, angulosa, desconjuntada. Era Ian Murdoch, o matemático. Um momento depois estávamos defronte dele na estrada.

"Olá!" disse Stackhurst. O homem fez uma vênia, lançou-nos um olhar de esguelha com seus estranhos olhos escuros e teria seguido caminho, mas seu diretor o obrigou a parar.

"Que estava fazendo aqui?" perguntou.

O rosto de Murdoch ficou vermelho de raiva. "Sou seu subordinado, senhor, debaixo do seu teto. Não me consta que lhe deva qualquer satisfação por minhas ações privadas."

Stackhurst tinha os nervos à flor da pele depois de tudo que suportara. Não fosse isso, talvez tivesse se contido. Mas perdeu por completo as estribeiras.

"Nas atuais circunstâncias a sua resposta é pura impertinência, Mr. Murdoch."

"Sua pergunta poderia talvez ser classificada da mesma maneira."

"Esta não é a primeira vez que sou obrigado a fechar os olhos à sua insubordinação. Certamente será a última. O senhor terá a bondade de fazer novos planos para o seu futuro o mais rapidamente que puder."

"Eu pretendia fazer isso. Perdi hoje a única pessoa que tornava As Empenas habitáveis."

Seguiu seu caminho com largas passadas, enquanto Stackhurst o fitava com um olhar furioso. "Não é um homem impossível, insuportável?"

A única coisa que causou forte impressão em minha mente foi que Mr. Ian Murdoch estava aproveitando a primeira oportunidade para escapulir da cena do crime. Nesse momento, uma desconfiança vaga e nebulosa começou a se delinear em minha mente. Talvez a visita aos Bellamy pudesse lançar mais alguma luz sobre o assunto. Stackhurst se recompôs e seguimos em direção à casa.

Mr. Bellamy revelou-se um homem de meia-idade com uma flamejante barba ruiva. Parecia muito zangado e seu rosto logo ficou tão vermelho quanto a barba.

"Não, senhor, não desejo saber de nenhum detalhe. Meu filho aqui" – indicou um vigoroso rapaz de semblante triste, taciturno – "concorda comigo que as atenções de Mr. McPherson para com Maud eram insultantes. Sim, senhor, a palavra 'casamento' nunca foi mencionada, e no entanto havia cartas, encontros e muitas outras coisas que nenhum de nós podia aprovar. Ela não tinha mãe e éramos seus únicos guardiões. Estávamos decididos..."

Mas foi interrompido pelo aparecimento da própria jovem. Era inegável que ela teria enfeitado qualquer reunião no mundo. Quem teria podido imaginar que uma flor tão rara cresceria de tal raiz e em tal atmosfera? Mulheres raramente exerceram atração sobre mim, porque o meu cérebro sempre governou o meu coração, mas não pude contemplar seu rosto perfeitamente delineado, com todo o suave frescor dos Downlands em seu colorido delicado, sem me dar conta de que nenhum rapaz cruzaria seu caminho incólume. Assim era a moça que abrira a porta e agora estava postada, de olhos arregalados e tensa, diante de Harold Stackhurst.

"Já sei que Fitzroy morreu", disse. "Não tenha receio de me contar os detalhes."

"Esse outro cavalheiro da sua escola nos trouxe a notícia", explicou o pai.

"Não há motivo para que minha irmã seja envolvida nesse caso", resmungou o homem mais jovem.

A irmã lançou um olhar cortante, furioso. "Isso é assunto meu, William. Por favor deixe-me tratá-lo à minha própria maneira. Por tudo o que se diz, um crime foi cometido. Se eu puder ajudar a mostrar quem o cometeu, isso é o mínimo que posso fazer por aquele que se foi."

Ela ouviu um breve relato de meu companheiro, com uma concentração tranquila que me mostrou que, além de grande beleza, possuía um caráter forte. Maud Bellamy permanecerá para sempre em minha memória como uma mulher completíssima e extraordinária. Parece que já me conhecia de vista, porque se virou para mim no final.

"Leve-os à Justiça, Mr. Holmes. Tem a minha solidariedade e a minha ajuda, sejam eles quem forem." Pareceu-me lançar um olhar desafiador para o pai e o irmão ao falar.

"Obrigado", respondi. "Valorizo o instinto de uma mulher num caso como este. A senhora usou a palavra 'eles'. Pensa que há mais de uma pessoa envolvida?"

"Conheci Mr. McPherson bem o suficiente para saber que era um homem forte e corajoso. Uma pessoa sozinha jamais teria sido capaz de submetê-lo a tamanha atrocidade."

"Eu poderia trocar algumas palavras com a senhora a sós?"

"Estou lhe dizendo, Maud, para não se meter nesse caso", exclamou seu pai com irritação.

Ela olhou para mim, impotente. "Que posso fazer?"

"A esta altura o mundo todo já conhece os fatos, portanto não faz mal que eu os discuta aqui", disse eu. "Teria preferido a privacidade, mas se seu pai não permite isso, ele deve participar das deliberações." Falei então do bilhete que havia sido encontrado no bolso do morto. "Ele seguramente será apresentado no inquérito. Posso lhe pedir que lance alguma luz sobre isso?"

"Não vejo motivo para mistério", respondeu ela. "Estávamos noivos e só mantínhamos isso em segredo porque o tio de Fitzroy, que é muito rico e parece estar moribundo, poderia deserdá-lo caso se casasse contra o seu desejo. Não havia outro motivo."

"Você poderia ter nos contado", rosnou Mr. Bellamy.

"Eu o teria feito, meu pai, se alguma vez tivesse mostrado compreensão."

"Não quero que minha filha namore homens de posição diferente da sua."

"Foi seu preconceito contra ele que nos impediu de lhe contar. Quanto a esse encontro" – ela remexeu no vestido e mostrou um bilhete amassado – "era uma resposta a isto."

MINHA QUERIDA,

O velho lugar na praia logo após o pôr do sol na terça-feira. É a única hora em que posso escapar.

F.M.

"Terça-feira era hoje e eu pretendia encontrá-lo esta noite."

Virei o papel. "Isto não veio pelo correio. Como o recebeu?"

"Prefiro não responder a essa pergunta. Isso realmente nada tem a ver com o caso que está investigando. Mas sobre qualquer coisa relacionada a ele responderei sem hesitação."

"Virei o papel. 'Isto não veio pelo correio. Como o recebeu?' 'Prefiro não responder a essa pergunta.'"
[Howard Elcock, *Strand Magazine*, 1926]

Ela cumpriu a sua palavra, mas não disse nada que fosse útil em nossa investigação. Nada a levava a crer que o noivo tinha algum inimigo oculto, mas admitia ter ela própria vários admiradores ardorosos.

"Posso perguntar se Mr. Ian Murdoch era um deles?"

Ela corou e pareceu confusa.

"Houve um tempo em que pensei que era. Mas tudo mudou quando ele compreendeu as relações entre Fitzroy e eu."

Mais uma vez a sombra em torno daquele homem estranho pareceu-me estar tomando uma forma mais definida. Seus antecedentes deviam ser examinados. Seus aposentos deviam ser revistados em segredo. Stackhurst era um colaborador disposto, pois também em sua mente formavam-se suspeitas. Retornamos de nossa visita ao Refúgio com a esperança de já ter em nossas mãos uma ponta solta daquela meada.

PASSOU-SE uma semana. O inquérito não havia lançado nenhuma luz sobre o caso e havia sido suspenso até que surgissem novos indícios. Stackhurst havia feito indagações discretas sobre o seu subordinado e fora dada uma busca superficial em seu quarto, mas sem resultado. Pessoalmente, eu percorrera todo o terreno de novo, tanto física quanto mentalmente, mas sem chegar a nenhuma nova conclusão. Em todas as minhas crônicas, o leitor não encontrará um caso que tenha me levado tão completamente ao limite de minha capacidade. Nem minha imaginação conseguia conceber qualquer solução para o mistério. Houve então o incidente do cachorro.

Foi a minha velha governanta que ouviu falar dele primeiro, por aquele estranho telégrafo pelo qual essas pessoas recebem as notícias da zona rural.

"Uma história triste, senhor, essa do cachorro de Mr. McPherson", disse ela uma tarde.

Não encorajo esse tipo de conversa, mas as palavras chamaram minha atenção.

"Que houve com o cachorro de Mr. McPherson?"

"Morreu, senhor. Morreu de desgosto pela perda de seu dono."

"Quem lhe disse isso?"

"Ora, senhor, não se fala de outra coisa. Ficou terrivelmente perturbado e passou uma semana sem comer. E hoje dois jovens cavalheiros das Empenas o encontraram morto – lá na praia, senhor, no mesmo lugar em que seu dono encontrou o seu fim."

"No mesmo lugar." Essas palavras se destacaram claramente em minha mente. Tive uma vaga percepção de que a questão era vital. Que o cachorro morresse estava de acordo com a bela e leal natureza desses animais. Mas "no mesmo lugar"! Por que aquela praia solitária teria sido fatal para ele? Seria possível que também ele tivesse sido vítima de uma hostilidade vingativa? Seria possível...? Sim, a percepção era obscura, mas alguma coisa já se delineava em minha mente. Dentro de poucos minutos eu estava a caminho das Empenas, onde encontrei Stackhurst em seu gabinete. A meu pedido, ele mandou chamar Sudbury e Blount, os dois alunos que haviam encontrado o cão.

"Sim, estava caído bem na beira da piscina", disse um deles. "Deve ter seguido as pegadas do dono morto."

Vi o fiel animalzinho, um airedale terrier, deitado sobre o capacho no vestíbulo. O corpo estava rígido, os olhos projetados e os membros contorcidos. Havia agonia em cada traço dele.

Saindo das Empenas, caminhei até a piscina natural. O sol se pusera e a sombra negra do grande penhasco projetava-se sobre a água, que tinha um brilho fosco de chumbo. O lugar estava deserto e não havia um sinal de vida, exceto por duas aves marinhas que descreviam círculos no céu e gritavam. À luz declinante, pude distinguir vagamente as pegadas do cachorrinho na areia em torno da mesma rocha em que a toalha de seu dono fora pousada. Passei muito tempo imerso em profunda meditação, enquanto as sombras ficavam mais escuras à minha volta. Minha mente era atravessada por uma multiplicidade de pensamentos fugazes. O leitor sabe o que é estar num pesadelo em que sentimos que há algo importantíssimo a fazer, que procuramos e sabemos estar ali, mas que permanece para sempre um pouco além do nosso alcance. Foi assim que me senti aquela tarde, sozinho naquele lugar de morte. Depois, finalmente, dei meia-volta e caminhei devagar para casa.

Eu tinha chegado ao topo do caminho quando aquilo me ocorreu. Como um relâmpago, lembrei-me da coisa pela qual ansiara tão ávida e inutilmente. O leitor sabe, ou Watson teria escrito em vão, que mantenho um vasto repertório de conhecimentos incomuns, sem sistema científico, mas de muita utilidade para as necessidades de meu trabalho. Minha mente é como um quarto em que pacotes de toda espécie estão guardados – tantos, que só posso ter uma vaga percepção do que se encontra ali. Eu sabia que havia alguma coisa que podia ter uma relação com aquele caso. Era algo ainda vago, mas pelo menos sabia como poderia esclarecê-lo. Era monstruoso, incrível, mas era sempre uma possibilidade. Eu tiraria isso a limpo.

Há em minha casinha um grande sótão atulhado de livros. Enfiei-me nele e esquadrinhei-o durante uma hora. Ao fim desse tempo, emergi com um pequeno volume chocolate e prata. Ansioso, encontrei o capítulo de que tinha uma vaga lembrança. Sim, era realmente uma proposição forçada e improvável; no entanto, eu não poderia descansar até ter certeza de que aquilo podia realmente ser verdade. Era tarde quando me recolhi, meu espírito aguardando ansiosamente o trabalho do dia seguinte.

Mas esse trabalho encontrou uma aborrecida interrupção. Eu mal tomara minha xícara de chá matinal e estava saindo para a praia quando recebi a visita do inspetor Bardle, da força policial de Sussex – um homem resoluto, sólido, bovino, de olhos pensativos, que me fitou com uma expressão muito perturbada.

"Conheço a sua imensa experiência, senhor", disse. "Isto é inteiramente oficioso, é claro, e não precisa sair daqui. Mas estou bastante enrascado nesse caso de McPherson. A questão é: devo ou não fazer uma detenção?"

"Refere-se a Mr. Ian Murdoch?"

"Sim, senhor. Pensando bem, não há realmente mais ninguém. É a vantagem dessa solidão. Reduzimos as possibilidades a âmbito muito estreito. Se não foi ele que fez isso, quem foi?"

"Que tem contra ele?"

Ele respigara nos mesmos sulcos que eu. Havia o caráter de Murdoch e o mistério que parecia pairar em volta do homem. Suas furiosas explosões de mau gênio, como o mostrara o incidente do cão. O fato de ele ter brigado com McPherson no passado, e de que havia alguma razão para se pensar que poderia ter se ressentido das atenções do colega para com Miss Bellamy. Ele tinha as mesmas informações que eu, mas nenhuma nova, exceto que Murdoch parecia estar fazendo todos os preparativos para partir.

"Em que posição eu ficaria se o deixasse escapulir com todos esses indícios contra ele?" O homem corpulento e fleumático parecia estar dolorosamente aflito.

"Considere", disse eu, "todas as lacunas essenciais em sua argumentação. Na manhã do crime ele certamente tem um álibi. Esteve com os seus alunos até o último momento e minutos depois do aparecimento de McPherson aproximou-se de nós vindo de trás. Depois pense na absoluta impossibilidade de que tivesse infligido sozinho aquela atrocidade num homem tão forte quanto ele próprio. Por fim, há a questão do instrumento com que aqueles ferimentos foram infligidos."

"Que poderia ser senão um açoite ou algum tipo de chicote flexível?"

"Examinou as marcas?" perguntei.

"Eu as vi. O médico também."

"Mas eu as examinei muito atentamente com uma lupa. Elas têm peculiaridades."

"Quais, Mr. Holmes?"

Entrei em meu gabinete e trouxe de lá uma fotografia ampliada. "Este é meu método em casos desse tipo", expliquei.

"O senhor sem dúvida faz as coisas com cuidado."

"Certamente não seria quem sou se não fizesse. Agora consideremos este vergão que se estende em torno do ombro direito. Não observa algo de notável?"

"Não posso dizer que sim."

"Sem dúvida está evidente que é desigual em intensidade. Há um ponto de sangue extravasado aqui e outro ali. Há indícios similares neste outro vergão aqui embaixo. Que significado pode ter isso?"

"Não tenho ideia. O senhor tem?"

"Talvez tenha. Talvez não. É possível que em breve possa dizer mais. Qualquer coisa que defina o que produziu essa marca nos aproximaria muito do criminoso."

"É claro que é uma ideia absurda", disse o policial, "mas se uma rede de arame em brasa tivesse sido pousada sobre as costas, esses pontos mais bem-marcados representariam aqueles em que as malhas se cruzavam."

"Uma comparação extremamente engenhosa. Ou deveríamos pensar num chicote de nove tiras muito teso com pequenos nós duros?"

"Meu Deus, Mr. Holmes, acho que acertou."

"Pode ter sido também uma causa muito diferente, Mr. Bardle. Mas sua acusação é fraca demais para uma detenção. Além disso, temos aquelas últimas palavras – 'a juba de leão'."

"Pensei na possibilidade de que Ian..."

"Sim, considerei isso. Se a segunda palavra tivesse tido alguma semelhança com Murdoch – mas não teve. Ele a emitiu quase num grito. Tenho certeza de que foi 'leão'."*

"Não tem nenhuma alternativa, Mr. Holmes?"

"Talvez tenha. Mas não gostaria de discuti-la até que saibamos de algo mais sólido."

"E quando será isso?"

"Dentro de uma hora... possivelmente menos."

O inspetor esfregou o queixo e me olhou desconfiado.

"Gostaria de poder saber o que tem em mente, Mr. Holmes. Talvez sejam esses barcos de pesca."

"Não, não; eles estavam distantes demais."

"Bem, então é Bellamy e aquele grandalhão do filho dele? Não falaram com muito carinho sobre Mr. McPherson. Poderiam lhe ter feito algum mal?"

"Não, não, o senhor não arrancará nada de mim até que eu esteja pronto", disse eu com um sorriso. "Agora, inspetor, nós dois temos nosso trabalho a fazer. Talvez se pudesse vir me encontrar aqui ao meio-dia..."

Estávamos nesse ponto quando ocorreu a tremenda interrupção que foi o começo do fim.

---

* Há aqui um jogo de palavras que se perde na tradução: em inglês, "juba de leão" é "lion's mane", sendo que *lion* soa praticamente como Ian. Assim, se a segunda palavra se assemelhasse a "Murdoch"... (N.T.)

A porta da minha casa foi aberta com violência, ouviram-se passos trôpegos no corredor e Ian Murdoch entrou cambaleando na sala, pálido, desgrenhado, as roupas em desordem, agarrando-se nos móveis com as suas mãos ossudas para se manter ereto. "Conhaque! Conhaque" arquejou, e caiu gemendo no sofá.

Não estava sozinho. Atrás dele entrou Stackhurst, sem chapéu e ofegante, quase tão perturbado quanto o seu companheiro.

"Sim, sim, conhaque!" exclamou. "O homem está em seu último alento. Não pude fazer nada além de trazê-lo até aqui. Desmaiou duas vezes no caminho."

Meio copo da bebida forte operou uma extraordinária mudança. Ele se ergueu sobre um braço e arrancou o paletó dos ombros. "Pelo amor de Deus, óleo, ópio, morfina!" gritou. "Qualquer coisa para aliviar esta agonia infernal!"

O inspetor e eu soltamos uma exclamação diante do que vimos. Ali, entrecruzando-se no ombro nu do homem, estava o mesmo estranho padrão reticulado de linhas vermelhas, inflamadas, que haviam sido a marca da morte de Fitzroy McPherson.

A dor era evidentemente terrível e era mais do que local, pois a respiração da vítima parava por algum tempo, seu rosto ficava escuro, depois com arquejos altos ele batia a mão no coração, enquanto gotas de suor caíam de sua fronte. Podia morrer a qualquer momento. Mais e mais conhaque foi derramado pela sua garganta abaixo, cada nova dose trazendo-o de volta à vida. Chumaços de algodão embebidos em azeite pareceram mitigar a dor dos estranhos ferimentos. Finalmente sua cabeça tombou pesadamente sobre a almofada. A natureza exausta refugiara-se em seu último repositório de vitalidade. Foi algo entre o sonho e o desmaio, mas pelo menos propiciava um alívio da dor.

Havia sido impossível interrogá-lo, mas assim que nos tranquilizamos quanto a seu estado, Stackhurst virou-se para mim.

"Meu Deus!" exclamou. "Que é isso, Holmes? Que é isso?"

"Onde o encontrou?"

"Na praia. Exatamente onde o pobre McPherson encontrou o seu fim. Se esse homem tivesse o coração fraco como McPherson, não estaria aqui agora. Enquanto o trazia para cá, mais de uma vez pensei que tinha morrido. Estávamos muito longe das Empenas, por isso vim para cá.

"Você o viu na praia?"

"Eu estava caminhando sobre o penhasco quando ouvi seu grito. Ele estava na beira da água, cambaleando como um bêbado. Corri até lá embaixo, joguei algumas roupas sobre ele e o trouxe. Pelo amor de Deus, Holmes, use todos os poderes que tem e não poupe esforços para livrar este lugar dessa maldição, porque a vida está ficando insuportável. Não pode, com toda a sua reputação mundial, fazer nada por nós?"

"Acho que posso, Stackhurst. Venha comigo agora! E o senhor, inspetor, venha também! Vamos ver se não podemos entregar esse assassino em suas mãos."

Deixando o homem inconsciente a cargo da minha governanta, descemos os três para a lagoa fatal. Sobre os seixos estava a pequena pilha de toalhas e roupas deixadas pelo homem atingido. Caminhei lentamente pela beira da água, meus companheiros em fila indiana atrás de mim. Em sua maior parte, a piscina era bastante rasa, mas sob o rochedo, onde havia uma depressão na praia, ela tinha de um metro e vinte a um metro e meio de profundidade. Era para essa área que um nadador naturalmente se dirigiria, pois ali ela formava um belo e translúcido poço esverdeado, claro como cristal. Uma linha de rochas estendia-se sobre ele na base do penhasco, e fui caminhando à frente deles ao longo dela, perscrutando ansiosamente as profundezas sob mim. Cheguei à parte mais profunda e parada quando meus olhos deram com aquilo que procuravam e lancei um grito de triunfo.

"*Cyanea!*" eu gritei. "*Cyanea!* Olhem a juba de leão!"

O estranho objeto que eu apontava parecia realmente uma massa emaranhada arrancada da juba de um leão. Estava sobre um baixio rochoso a cerca de noventa centímetros de profundidade, uma curiosa criatura cabeluda, vibrante e ondulante, com riscas prateadas entre suas tranças amarelas. Pulsava num lento e pesado movimento de dilatação e contração.

"Ela já fez mal o bastante. Seu tempo terminou!" exclamei. "Ajude-me, Stackhurst! Vamos dar cabo da assassina para sempre."

Havia uma pedra grande pouco acima da saliência, e nós a empurramos até que caiu com estrépito na água. Quando as ondulações desapareceram, vimos que ela se instalara na saliência abaixo. Uma borda adejante de membrana amarela mostrava que nossa vítima estava sob ela. Uma espuma densa e oleosa escapou de sob a pedra e manchou a água ao redor, subindo lentamente à superfície.

"Bem, estou pasmo!" exclamou o inspetor. "Que era isso, Mr. Holmes? Sou nascido e criado nesta região, mas nunca vi uma coisa dessas. Isso não é de Sussex."

"Tanto melhor para Sussex", observei. "Pode ter sido o vendaval sudoeste que a trouxe. Voltem para minha casa, os dois, e lhes mostrarei a terrível experiência de alguém que teve bons motivos para se recordar de seu próprio encontro com o mesmo perigo dos mares."

Ao chegar ao meu gabinete, constatamos que Murdoch estava tão restabelecido que podia se sentar. Estava atordoado, e de vez em quando era sacudido por um paroxismo de dor. Em palavras entrecortadas, explicou que não tinha a menor ideia do que lhe ocorrera, exceto que fora tomado de repente por dores excruciantes e que precisara de todas as suas forças para chegar à margem.

"Cá está um livro", disse eu, pegando o pequeno volume, "que trouxe à luz pela primeira vez o que poderia ter ficado obscuro para sempre. Trata-se de *Out of Doors*, do famoso observador J.G. Wood. O próprio Wood quase morreu por entrar em contato com essa vil criatura, e portanto escreve com pleno conhecimento de causa. *Cyanea capillata* é o nome completo da malfeitora, e ela pode ser tão perigosa para a vida quanto uma picada de cobra, e causar uma dor muito maior. Permitam-me ler este breve extrato:

> Se o banhista vir uma massa frouxa e arredondada de membranas e fibras acastanhadas, algo parecido com grandes tufos de juba de leão e papel prateado, que se acautele, pois essa é a terrível e urticante *Cyanea capillata*.

"Poderia nossa sinistra conhecida ser mais claramente definida?

"Ele prossegue, narrando seu próprio encontro com uma quando nadava no litoral de Kent. Descobriu que a criatura radiava filamentos quase invisíveis à distância de quinze metros, e que qualquer pessoa dentro dessa circunferência a partir do centro mortífero corria perigo de vida. Mesmo à distância, o efeito sobre Wood foi quase fatal.

> Os múltiplos fios traçaram leves linhas vermelhas sobre a pele, que a um exame mais estreito se decompunham em minúsculos pontos ou pústulas, como se em cada ponto uma agulha em brasa penetrasse até os nervos.

"A dor local era, como ele explica, a menor parte do intenso tormento.

> Pontadas atravessaram-me o peito, fazendo-me cair como se atingido por uma bala. A pulsação cessava e em seguida o coração dava seis ou sete saltos como se quisesse arrebentar o peito.

"Ela quase o matou, embora ele só tenha ficado exposto a ela no oceano agitado, não nas águas minguadas e calmas de uma piscina natural. Ele diz que depois mal pôde se reconhecer, tão branco, enrugado e murcho estava o seu rosto. Engoliu conhaque, uma garrafa inteira, e parece que isso lhe salvou a vida. Aí está o livro, inspetor. Eu o deixo com o senhor, e não tenha dúvida de que contém uma explicação completa da tragédia do pobre McPherson."

"E, incidentalmente, me absolve", observou Ian Murdoch com um sorriso irônico. "Não o culpo, inspetor, nem ao senhor, Mr. Holmes, porque suas suspeitas eram naturais. Percebo que, na véspera de minha detenção, só consegui me inocentar partilhando a sorte de meu pobre amigo."

"Não, Mr. Murdoch. Eu já estava na pista e se tivesse saído tão cedo quanto pretendia poderia tê-lo poupado dessa terrível experiência."

"Mas como sabia, Mr. Holmes?"

"Sou um leitor onívoro com uma memória estranhamente propensa a guardar bagatelas. Essa expressão 'a juba de leão' estava me obsedando. Eu sabia que a vira em algum lugar num contexto inesperado. Você viu como ela descreve a criatura. Não tenho dúvida de que ela estava flutuando na água quando McPherson a viu, e que essa expressão era a única pela qual ele poderia nos transmitir uma advertência com relação à criatura que fora a sua morte."

"Sendo assim, pelo menos, estou livre", disse Murdoch, levantando-se devagar. "Gostaria de dar uma ou duas palavras de explicação, pois sei que direção suas investigações tomaram. É verdade que eu amava essa dama, mas desde o dia em que ela escolheu meu amigo McPherson, meu único desejo era ajudá-la a ser feliz. Fiquei satisfeito em sair do caminho e atuar como mensageiro entre eles. Muitas vezes transportava suas mensagens e foi porque eu gozava da confiança deles, e porque ela me era tão cara, que me apressei a lhe comunicar a morte de meu amigo, temendo que alguém o fizesse antes de mim de uma maneira mais súbita e impiedosa. Ela não quis lhe contar sobre nossas relações, senhor, temendo que as reprovasse e eu pudesse sofrer. Mas com sua licença devo tentar voltar para As Empenas, porque minha cama me será muito bem-vinda."

Stackhurst estendeu a mão. "Os nervos de todos nós estiveram à flor da pele", disse ele. "Perdoe-me pelo que passou, Murdoch. Vamos nos entender melhor no futuro." Saíram juntos de braços dados como bons amigos. O inspetor ficou, fitando-me em silêncio com seus olhos bovinos.

"Bem, o senhor conseguiu!" exclamou por fim. "Eu havia lido a seu respeito, mas nunca tinha acreditado. É maravilhoso!"

Fui obrigado a sacudir a cabeça. Aceitar semelhante elogio seria baixar meus próprios padrões.

"Fui lento no início – indesculpavelmente lento. Se o corpo tivesse sido encontrado na água, a coisa não me teria escapado. Foi a toalha que me desorientou. O pobre sujeito nem pensou em se secar e então eu fui levado a acreditar, por minha vez, que ele não havia chegado a entrar na água. Sendo assim, por que pensaria no ataque de alguma criatura marinha? Foi aí que me extraviei. Bem, bem, inspetor, muitas vezes eu me aventuro a zombar dos cavalheiros da polícia, mas *Cyanea capillata* quase vingou a Scotland Yard."

A Inquilina de Rosto Coberto

Quando consideramos que Mr. Sherlock Holmes passou vinte e três anos na ativa e que durante dezessete deles eu tive a oportunidade de auxiliá-lo e registrar os seus feitos, fica claro que tenho grande quantidade de material a meu dispor. O problema nunca foi encontrar, mas escolher. Há uma longa fileira de anuários que enchem uma prateleira e há pastas cheias de documentos, uma fonte ideal para o estudioso não somente do crime, mas dos escândalos sociais e oficiais do final da era vitoriana. Com relação a estes últimos, posso dizer que os autores de cartas angustiadas, que suplicam que a honra de suas famílias ou a reputação de antepassados famosos não seja tocada, nada têm a temer. A discrição e o elevado senso de honra profissional que sempre distinguiram o meu amigo continuam vigorando na seleção destas recordações, e nenhuma confiança será violada. Condeno com veemência, no entanto, as tentativas feitas ultimamente para obter e destruir esses papéis. A fonte desses atentados é conhecida e, caso eles se repitam, tenho a autorização de Mr. Holmes para dizer que a história envolvendo o político, o farol e o corvo-marinho treinado será revelada ao público na íntegra. Pelo menos um leitor compreenderá estas palavras.

Não é sensato supor que todos esses casos deram a Holmes a oportunidade de mostrar os curiosos talentos de instinto e observação que me esforcei para expor nestas memórias. Por vezes ele precisou se esforçar muito para apanhar o fruto, por vezes este lhe caiu facilmente no colo. Mas as mais terríveis tragédias humanas estiveram com frequência envolvidas naqueles casos que proporcionaram menos oportunidades pessoais, e é um desses que desejo registrar agora. Ao narrá-lo, fiz uma ligeira alteração de nomes e lugares, mas sob os demais aspectos os fatos foram como os relato.

Uma manhã – era o final de 1896 –, recebi de Holmes um bilhete escrito às pressas em que ele pedia a minha ajuda. Ao chegar, encontrei-o sentado, numa atmosfera saturada de fumaça, com uma mulher de certa idade, ar maternal, a típica senhoria gorducha, na cadeira à sua frente.

"Esta é Mrs. Merrilow, de South Brixton", disse meu amigo, indicando-a com a mão. "Caso deseje satisfazer seus hábitos sujos, Watson, Mrs. Merrilow não faz objeção ao fumo. Mrs. Merrilow tem uma história interessante para contar, que pode levar a novos desdobramentos em que sua presença pode ser útil."

"Qualquer coisa que eu possa fazer..."

"A senhora compreenderá, Mrs. Merrilow, que se eu for falar com Mrs. Ronder gostaria de ter uma testemunha. A senhora a fará compreender isso antes que cheguemos."

"Deus o abençoe, Mr. Holmes", disse nossa visitante, "ela está tão ansiosa por vê-lo que o senhor poderia levar a paróquia inteira junto!"

"Então iremos no início da tarde. Antes de começar, vejamos se estamos bem-inteirados dos fatos. Se os recapitularmos, isso ajudará o dr. Watson a compreender a situação. A senhora diz que Mrs. Ronder é sua inquilina há sete anos e que só viu o seu rosto uma vez."

"E, por Deus, gostaria de não ter visto!" exclamou Mrs. Merrilow.

"Estava, pelo que entendi, terrivelmente mutilado."

"Bem, Mr. Holmes, dificilmente poderíamos dizer que aquilo era um rosto. Era assim que parecia. Nosso leiteiro a viu de relance uma vez dando uma olhadela pela janela de cima, e deixou cair a sua lata e derramou leite por todo o jardim da frente. É um rosto assim que ela tem. Quando eu a vi – peguei-a desprevenida –, ela se cobriu depressa e depois disse: 'Agora, Mrs. Merrilow, a senhora sabe finalmente por que nunca levanto o meu véu.'"

"Sabe alguma coisa sobre a história dela?"

"Absolutamente nada."

"Ela deu referências quando chegou?"

"Não, senhor, mas me deu dinheiro vivo, e bastante. O aluguel de um trimestre adiantado sobre a mesa no ato e nenhuma discussão sobre as condições. Nos dias de hoje, uma pobre mulher como eu não pode se dar ao luxo de recusar uma chance como essa."

"Deu alguma razão para ter escolhido a sua casa?"

"Minha casa fica bem recuada em relação à estrada e é mais reservada que a maioria. Além disso, só recebo um inquilino e não tenho família. Suponho que ela tenha experimentado outras casas e concluído que a minha lhe era mais conveniente. É privacidade que procura, e está disposta a pagar por isso."

"A senhora diz que ela nunca lhe mostrou o rosto em momento algum, exceto numa ocasião acidental. Bem, esta é uma história muito excepcional, extremamente excepcional, e não me espanta que queira vê-la examinada."

"Não quero, Mr. Holmes. Estou plenamente satisfeita, contanto que receba meu aluguel. Não pode haver inquilina melhor, ou que dê menos trabalho."

"Nesse caso, o que levou a situação a um ponto crítico?"

"A saúde dela, Mr. Holmes. Ela parece estar definhando. E tem alguma coisa horrível na mente. 'Assassinato!' ela exclama. 'Assassinato!' E uma vez eu a ouvi gritar: 'Sua fera cruel! Monstro!' Era de noite e aquilo ecoou pela casa e me deu calafrios. Assim, de manhã fui falar com ela. 'Mrs. Ronder', disse eu, 'se alguma coisa está perturbando a sua alma, existe o clero', disse eu, 'e existe a polícia. Com um deles a senhora pode encontrar alguma ajuda.' 'Pelo amor de Deus, a polícia não!' exclamou ela, 'e o clero não pode mudar o que passou. Apesar disso', disse ela, 'seria um alívio para mim se alguém soubesse a verdade antes que eu morra.' 'Bem', disse eu, 'se a senhora não quer nem o clero nem a polícia, há esse detetive sobre o qual nós lemos' – desculpe-me, Mr. Holmes. E ela se agarrou a essa ideia. 'Esse é o homem', disse. 'Não sei como não pensei nisso antes. Traga-o aqui, Mrs. Merrilow, e, se ele não quiser vir, diga-lhe que sou a mulher de Ronder, do espetáculo de animais selvagens. Diga isso, e dê-lhe o nome Abbas Parva.' Aqui está ele, como ela o escreveu, Abbas Parva. 'Isso o trará, se for o homem que penso que é.'"

"E realmente me levará", observou Holmes. "Ótimo, Mrs. Merrilow. Eu gostaria de conversar um pouco com o dr. Watson. Isso nos levará até a hora do almoço. Por volta das três horas pode esperar nos ver em sua casa em Brixton."

MAL A NOSSA VISITANTE se retirara da sala, gingando – nenhum outro verbo pode descrever o andar de Mrs. Merrilow –, Sherlock Holmes jogou-se com feroz energia sobre a pilha de álbuns de recortes num canto. Durante alguns minutos ouvi um ruído constante de folhas viradas e depois, com um grunhido de satisfação, ele encontrou o que procurava. Ficou tão alvoroçado que não se levantou, continuou sentado no chão como um estranho Buda, de pernas cruzadas, os enormes livros espalhados à sua volta e um aberto sobre os joelhos.

"O caso me preocupou na época, Watson. Aqui estão minhas anotações marginais para prová-lo. Confesso que não conseguia entender nada. Apesar disso, estava convencido de que o magistrado encarregado da investigação estava errado. Não tem nenhuma lembrança da tragédia de Abbas Parva?"

"Nenhuma, Holmes."

"No entanto você estava comigo na época. Mas certamente minhas próprias impressões foram muito superficiais, pois não há qualquer prova e nenhuma das partes havia contratado os meus serviços. Talvez queira ler os jornais?"

"Não poderia resumir para mim os pontos principais?"

"Isso pode ser feito facilmente. O caso provavelmente lhe voltará à memória à medida que falo. Ronder, é claro, era um nome conhecido. Ele era o rival de Wombwell e de Sanger, um dos maiores empresários de espetáculos de seu tempo. Há indícios, contudo, de que começou a beber, e de que tanto ele quanto seu espetáculo estavam em decadência na época da grande tragédia. A caravana havia parado para pernoitar em Abbas Parva, uma pequena aldeia em Berkshire, quando esse horror aconteceu. Encontravam-se a caminho de Wimbledon, viajando de carro, e estavam simplesmente acampando e não se exibindo, pois o lugar era tão pequeno que isso não seria compensador.

"Eles tinham entre suas atrações um belíssimo leão norte-africano. Chamava-se o Rei do Saara e tanto Ronder quanto a sua mulher tinham o costume de fazer exibições dentro da jaula. Veja, aqui está uma fotografia da apresentação, pela qual

"Holmes continuou sentado no chão como um estranho Buda, de pernas cruzadas, os enormes livros espalhados à sua volta e um aberto sobre os joelhos." [Frank Wiles, *Strand Magazine*, 1927]

você perceberá que Ronder era um homem enorme, parecido com um porco, e sua esposa uma mulher deslumbrante. No inquérito, foram dados depoimentos de que tinha havido alguns sinais de que o leão era perigoso, mas, como sempre, a familiaridade gerou descaso e não se deu maior atenção ao fato.

"Ronder e a mulher tinham ambos o hábito de alimentar o leão à noite. Às vezes ia um, às vezes iam os dois, mas nunca permitiam que mais ninguém o fizesse, pois acreditavam que, enquanto lhe levassem comida, o animal os veria como benfeitores e nunca os molestaria. Nessa noite específica, sete anos atrás, os dois foram e seguiu-se um terrível acontecimento, cujos detalhes nunca foram elucidados.

"Parece que o acampamento inteiro foi despertado perto da meia-noite pelos rugidos do animal e os gritos da mulher. Os vários cavalariços e empregados vieram correndo de suas barracas, carregando lanternas, e suas luzes iluminaram uma cena pavorosa. Ronder estava caído, com a parte posterior da cabeça esmagada e marcas profundas de garras no couro cabeludo, a cerca de dez metros da jaula, que estava aberta. Perto da porta da jaula, viram Mrs. Ronder deitada de costas, com o animal sobre ela, rosnando. Havia dilacerado seu rosto de tal maneira que não ocorreu a ninguém que pudesse sobreviver. Vários dos homens do circo, liderados por Leonardo, o halterofilista, e Griggs, o palhaço, enxotaram o animal com varas, diante do que ele saltou de volta na jaula e foi imediatamente trancado. Como ele se soltara era um mistério. Conjecturou-se que o casal pretendia entrar na jaula, mas que, quando a porta foi aberta, o animal saltou sobre eles. Não havia nenhum outro ponto de interesse nos indícios, a não ser que a mulher, num delírio de agonia, ficara gritando 'Covarde! Covarde!' ao ser carregada de volta para o carroção onde moravam. Passaram-se seis meses antes que ela tivesse condições de prestar depoimento, mas o inquérito foi devidamente realizado, com o veredicto óbvio de morte por acidente."

"Que alternativa poderia ser cogitada?"

"Tem razão. No entanto, houve um ou dois pontos que preocuparam o jovem Edmunds, da polícia de Berkshire. Um sujeito esperto, aquele! Mais tarde foi enviado para Allahabad. Foi assim que entrei em contato com o caso, pois ele esteve aqui e fumou um ou dois cachimbos enquanto o discutíamos."

"Um homem magro, de cabelo louro?"

"Exatamente. Eu sabia que você logo pegaria o fio da meada."

"Mas o que o preocupava?"

"Bem, estávamos ambos preocupados. Era tão diabolicamente difícil reconstituir o episódio! Considere-o do ponto de vista do leão. Ele é libertado. Que faz? Dá uma meia dúzia de saltos à frente, o que o leva a Ronder. O homem se vira para fugir – as marcas das patas estavam na parte posterior da sua cabeça –, mas o leão o derruba. Depois, em vez de continuar saltando e fugir, ele se volta para a mulher, que estava perto da jaula, joga-a no chão e lhe mastiga o rosto. Por outro lado, os gritos dela pareciam sugerir que o marido a decepcionara de algum modo. Que poderia ter feito o pobre-diabo para ajudá-la? Percebe a dificuldade?"

"Bastante."

"Além disso, havia uma outra coisa. Isso me volta à lembrança agora quando reflito sobre o episódio. Houve alguns indícios de que, exatamente no momento em que o leão rugiu e a mulher gritou, um homem começou a berrar de terror."

"Era o tal Ronder, sem dúvida."

"Bem, mas se ele estava com o crânio estraçalhado, dificilmente poderíamos esperar voltar a ouvi-lo. Segundo pelo menos duas testemunhas, os gritos do homem misturavam-se com os da mulher."

"Imagino que naquela altura o acampamento todo estava gritando. Quanto aos outros pontos, creio que poderia sugerir uma solução."

"Gostaria de ouvi-la."

"Os dois estavam juntos, a dez metros da jaula, quando o leão escapou. O homem virou-se e foi derrubado. A mulher teve a ideia de entrar na jaula e fechar a porta. Era seu único refúgio. Correu para lá e, quando estava chegando, o animal saltou atrás dela e jogou-a no chão. Ela estava com raiva do marido por ter provocado o animal ao se virar. Se o tivessem encarado, poderiam tê-lo intimidado. Por isso os gritos de 'Covarde!'."

"Brilhante, Watson! Há somente uma jaça no seu diamante."

"Qual é ela, Holmes?"

"Se ambos estavam a dez metros da jaula, como pôde o animal escapar?"

"Seria possível que algum inimigo deles o tivesse soltado?"

"E por que ele os teria atacado tão ferozmente quando estava acostumado a brincar e a fazer proezas com eles dentro da jaula?"

"Possivelmente o mesmo inimigo havia feito alguma coisa para enfurecê-lo."

Holmes pareceu pensativo e ficou em silêncio por alguns momentos.

"Bem, Watson, algo pode ser dito em favor da sua teoria. Ronder era um homem com muitos inimigos. Edmunds contou-me que, quando bêbado, ele era abominável. Um homenzarrão provocador, amaldiçoava e açoitava quem quer que se metesse em seu caminho. Suponho que os gritos acerca de um monstro, de que nossa visitante nos falou, eram reminiscências noturnas do querido morto. Contudo, nossas conjecturas são inúteis até que tenhamos todos os fatos. Há uma perdiz fria no aparador, Watson, e uma garrafa de Montrachet. Vamos renovar nossas energias antes de encará-los novamente."

Quando o nosso *hansom* nos deixou em frente à casa de Mrs. Merrilow, encontramos aquela rechonchuda senhora bloqueando a porta aberta de sua humilde mas retirada morada. Estava muito claro que sua principal preocupação era não perder uma valiosa inquilina, e nos implorou, antes de nos fazer subir, que não disséssemos nem fizéssemos nada que pudesse conduzir a um desfecho tão indesejável. Depois de a tranquilizarmos, subimos atrás dela a escada reta e mal-atapetada e fomos introduzidos no quarto da misteriosa inquilina.

Era um lugar abafado, bolorento e mal-ventilado, como seria de esperar, uma vez que sua moradora raramente o deixava.

A mulher que mantivera animais numa jaula parecia ter se tornado ela própria, por um castigo do destino, um animal enjaulado. Estava sentada numa poltrona quebrada num canto sombreado do quarto. Longos anos de inatividade haviam embrutecido seu talhe, mas em algum período ele devia ter sido muito bonito e ainda era amplo e voluptuoso. Um fino véu escuro lhe cobria o rosto, mas era cortado logo acima do lábio superior, revelando uma boca perfeitamente delineada e um queixo delicadamente arredondado. Pude imaginar que havia sido de fato uma mulher extraordinária. Sua voz, também, era modulada e agradável.

"Meu nome não lhe é desconhecido, Mr. Holmes", disse ela. "Pensei que ele o traria."

"De fato, madame, embora eu não saiba como estava ciente de que eu tinha interesse pelo seu caso."

"Soube disso quando recuperei a saúde e fui interrogada por Mr. Edmunds, o detetive do condado. Lamento ter mentido para ele. Talvez tivesse sido mais sensato contar a verdade."

"Em geral é mais sensato contar a verdade. Mas por que lhe mentiu?"

"Porque o destino de uma outra pessoa dependia disso. Eu sabia que ele era um imprestável, mesmo assim não quis que sua destruição me pesasse na consciência. Havíamos sido tão próximos... tão próximos!"

"Mas esse impedimento foi removido?"

"Sim, senhor. A pessoa a quem aludo está morta."

"Então por que a senhora não diz agora à polícia tudo o que sabe?"

"Porque há uma outra pessoa a ser considerada. Essa outra pessoa sou eu mesma. Eu não poderia suportar o escândalo e a publicidade que resultariam de uma investigação policial. Não me resta muito tempo de vida, mas desejo morrer sossegada. Apesar disso, queria encontrar um homem de discernimento a quem pudesse contar minha terrível história, para que, quando eu me for, tudo possa ser compreendido."

"Sinto-me lisonjeado, madame. Ao mesmo tempo, sou uma pessoa responsável. Não lhe prometo que, depois que tiver falado, eu não venha a pensar que é meu dever comunicar o caso à polícia."

"Creio que não, Mr. Holmes. Conheço o seu caráter e os seus métodos bem demais, faz alguns anos que acompanho o seu trabalho. A leitura é o único prazer que o meu destino me deixou, e perco pouco do que se passa no mundo. Seja como for, vou me arriscar a falar, sem saber que uso poderá fazer de minha tragédia. Será um alívio para mim contar isso."

"Meu amigo e eu gostaríamos de ouvi-la."

A MULHER LEVANTOU-SE e tirou de uma gaveta a fotografia de um homem. Era claramente um acrobata profissional, um homem de físico magnífico, fotografado com seus braços enormes cruzados sobre o peito inflado e um sorriso despontando sob o basto bigode – o sorriso vaidoso do homem de muitas conquistas.

"Este é Leonardo", disse ela.

"Leonardo, o halterofilista que prestou depoimento?"

"Ele mesmo. E este... este é o meu marido."

Era um rosto horrível – um porco humano, ou melhor, um javali humano, porque era terrível em sua bestialidade. Podia-se imaginar aquela boca abjeta rilhando os dentes e espumando em sua fúria, e podia-se conceber aqueles olhos pequenos, viciosos, desfechando pura maldade ao encarar o mundo. Facínora, truculento, animal – tudo isto estava escrito naquele rosto de mandíbula proeminente.

"Esses dois retratos os ajudarão, senhores, a compreender a história. Eu era uma pobre moça do circo, criada na serragem, e dando saltos através do arco desde os meus dez anos. Quando me tornei mulher esse homem me amou, se semelhante lascívia pode ser chamada de amor, e num momento infeliz me tornei sua esposa. Desse dia em diante, vivi num inferno, e ele era o diabo que me atormentava. Não havia ninguém no circo que desconhecesse o modo como ele me tratava. Deixava-me por outras. Amarrava-me e açoitava-me com seu chicote de montaria quando eu me queixava. Todos tinham pena de mim e o detestavam, mas que podiam fazer? Todos o temiam, pois era terrível em todas as ocasiões e homicida quando bêbado. Muitas vezes foi levado aos tribunais por agressão e por crueldade com os animais, mas tinha muito dinheiro e as multas não significavam nada para ele. Todos os melhores homens nos deixaram e o espetáculo começou a entrar em decadência. Só Leonardo e eu o sustentávamos – com o pequeno Jimmy Griggs, o palhaço. Pobre-diabo, ele não tinha muito com que fazer graça, mas fazia o possível para manter o circo de pé.

"Então Leonardo passou a ocupar um lugar cada vez maior em minha vida. Viram como ele era. Sei do espírito simplório que se ocultava naquele corpo esplêndido, mas comparado ao meu marido ele parecia o anjo Gabriel. Tinha pena de mim e me ajudava, até que finalmente nossa intimidade se transformou em amor – amor muito profundo, apaixonado, o amor com que eu sonhara mas nunca esperara sentir. Meu marido desconfiou, mas creio que tinha tanto de valentão quanto de covarde, e que Leonardo era o único homem de que tinha medo. Vingou-se à sua maneira, torturando-me mais do que nunca. Uma noite meus gritos levaram Leonardo à porta de nosso carroção. Estivemos perto da tragédia aquela noite e logo meu amante e eu compreendemos que ela não poderia ser evitada. Meu marido não merecia viver. Planejamos a sua morte.

"Leonardo tinha um cérebro engenhoso, astuto. Foi ele que planejou tudo. Não digo isso para acusá-lo, pois estava pronta a acompanhá-lo em cada passo do caminho. Mas eu nunca teria tido a sagacidade para pensar num plano como aquele. Fizemos um porrete – Leonardo o fez – e no lado chumbado ele pregou cinco longos pregos de aço, as pontas para fora, com a mesma envergadura da pata do leão. Isso deveria desferir em meu marido um golpe de morte, mas deixando indícios de que o ato fora obra do leão, que iríamos soltar."

"A NOITE ESTAVA ESCURA como breu quando meu marido e eu saímos, como era nosso costume, para alimentar o animal. Levamos conosco a carne crua num balde de zinco. Leonardo esperava no canto do grande carroção pelo qual tínhamos de passar antes de chegar à jaula. Ele foi lento demais, e o ultrapassamos antes que pudesse atacar, mas seguiu-nos na ponta dos pés e ouvi o barulho quando o porrete despedaçou o crânio do meu marido. Quando ouvi aquilo, meu coração saltou de alegria. Dei um salto à frente e abri o ferrolho que fechava a porta da grande jaula do leão.

"Então a coisa terrível aconteceu. Talvez já tenham ouvido falar sobre a rapidez com que esses animais farejam sangue humano e como ele os excita. Algum instinto estranho dissera ao animal num átimo que um ser humano havia sido morto. Quando fiz a grade correr, ele pulou fora e num instante estava sobre mim. Leonardo poderia ter me salvado. Se tivesse avançado e batido no animal com seu porrete, poderia tê-lo intimidado. Mas o homem perdeu a coragem. Eu o ouvi gritar em seu terror e depois o vi dar meia-volta e correr. No mesmo instante os dentes do leão encontraram o meu rosto. Seu hálito quente, imundo, já me envenenara e mal tive consciência da dor. Com as palmas das mãos, tentei afastar de mim os grandes maxilares fumegantes, ensanguentados, e gritei por socorro. Percebi que o acampamento estava se agitando e depois me lembro vagamente de um grupo de homens. Leonardo, Griggs e outros, arrastando-me de debaixo das patas do animal. Essa foi a minha última lembrança, Mr. Holmes, por longos meses. Quando voltei a mim e me olhei no espelho, amaldiçoei aquele leão – ah, como o amaldiçoei! –, não porque me arrancara a beleza, mas porque não me havia arrancado a vida. Só tinha um desejo, Mr. Holmes, e tinha dinheiro suficiente para realizá-lo. Era me cobrir de tal maneira que meu pobre rosto nunca

"'Quando fiz a grade correr, o leão pulou fora e num instante estava sobre mim.'"
[Frank Wiles, *Strand Magazine*, 1927]

fosse visto por ninguém, e morar onde ninguém que eu conhecesse pudesse me encontrar. Não me restara mais nada a fazer – e assim foi. Um pobre animal ferido que rastejou até a sua toca para morrer – este é o fim de Eugenia Ronder."

Ficamos em silêncio por alguns momentos depois que a infeliz mulher havia contado a sua história. Em seguida

Holmes estendeu seu braço comprido e afagou a mão dela, numa manifestação de compreensão que eu raras vezes vira nele.

"Pobre moça!" disse. "Pobre moça! Por vezes é realmente difícil entender os desígnios do destino. Se não houver alguma compensação numa vida futura, o mundo é uma piada cruel. Mas que fim levou esse Leonardo?"

"Nunca mais o vi nem ouvi falar dele. Talvez tenha sido um erro ter ficado tão ressentida com ele. Era tão provável que amasse um dos aleijões que carregávamos pelo país afora quanto a coisa que o leão deixara. Mas não se rejeita tão facilmente o amor de uma mulher. Ele me deixara sob as garras da fera, me abandonara em minha necessidade, e no entanto não tive coragem de mandá-lo para a forca. Quanto a mim, não me importava em absoluto com o que pudesse me acontecer. Que poderia ser mais terrível que a minha vida real? Mas me interpus entre Leonardo e o seu destino."

"E ele está morto?"

"Afogou-se mês passado quando se banhava perto de Margate. Soube da sua morte pelo jornal."

"E que fez ele daquele porrete com cinco garras, que é a parte mais singular e engenhosa de toda a sua história?"

"Não sei dizer, Mr. Holmes. Há uma mina de greda perto do acampamento, em cuja base há um profundo poço verde. Talvez nas profundezas desse poço..."

"Bem, bem, isso não importa muito agora. O caso está encerrado."

"Sim", disse a mulher, "o caso está encerrado."

Havíamos nos levantado para sair, mas havia alguma coisa na voz da mulher que chamou a atenção de Holmes. Ele se virou rapidamente para ela.

"Sua vida não lhe pertence", disse. "Mantenha as mãos longe dela."

"Que vale ela para quem quer que seja?"

"Como pode saber? O exemplo do sofrimento paciente é em si mesmo a mais preciosa de todas as lições para um mundo impaciente."

A resposta da mulher foi terrível. Ela levantou o véu e deu um passo para a luz.

"Gostaria de saber se o senhor suportaria isso", disse ela.

Era horrível. Nenhuma palavra pode descrever a ossatura de um rosto quando o próprio rosto desapareceu. Dois olhos castanhos vivos e belos olhando tristemente daquela ruína horrenda apenas tornavam a visão mais pavorosa. Holmes estendeu a mão num gesto de piedade e protesto e saímos juntos do quarto.

Dois dias mais tarde, quando fui ver o meu amigo, ele apontou com algum orgulho para uma garrafinha azul no aparador da lareira. Peguei-a. Um rótulo vermelho indicava tratar-se de um veneno. Um agradável cheiro de amêndoas escapou quando a abri.

"Ácido prússico?" perguntei.

"Exatamente. Chegou pelo correio. 'Envio-lhe a minha tentação. Seguirei o seu conselho.' Esta foi a mensagem. Creio, Watson, que podemos adivinhar o nome da corajosa mulher que a enviou.

O Velho Solar de Shoscombe

Sherlock Holmes passara um longo tempo curvado sobre um microscópio de baixa potência. Em seguida empertigou-se e olhou para mim, triunfante.

"É cola, Watson", disse. "É inquestionavelmente cola. Dê uma olhada nesses objetos espalhados no campo!"

Inclinei-me sobre a ocular e focalizei a minha visão.

"Esses pelos são fios de um paletó de *tweed*. As massas cinza irregulares são poeira. Há escamas epiteliais à esquerda. Essas bolhas marrons no centro são cola, sem sombra de dúvida."

"Bem", disse eu, rindo. "Estou pronto a aceitar seu veredicto. Alguma coisa depende disso?"

"É uma excelente demonstração", respondeu ele. "No caso de St. Pancras talvez você se lembre de que um boné foi encontrado junto do policial morto. O acusado nega que seja dele. Mas ele é um fabricante de molduras que lida habitualmente com cola."

"Esse é um dos seus casos?"

"Não; meu amigo Merivale, da Scotland Yard, pediu-me para dar uma olhada nele. Desde que apanhei aquele moedeiro falso pelas limalhas de zinco e cobre na costura de seu punho, eles começaram a compreender a importância do microscópio." Consultou o relógio com impaciência. "Esperava a visita de um novo cliente, mas ele está atrasado. A propósito, Watson, sabe alguma coisa sobre corridas?"

"'É cola, Watson', disse Holmes. 'É inquestionavelmente cola.'"
[Frank Wiles, *Strand Magazine*, 1927]

"Tenho obrigação de saber. Gasto com elas metade da minha aposentadoria por invalidez."

"Nesse caso, vou fazer de você o meu 'Guia prático do turfe'. Que me diz de Sir Robert Norberton? O nome lhe lembra alguma coisa?"

"Bem, eu diria que sim. Ele mora no velho solar de Shoscombe e sei disso muito bem porque houve época em que eu veraneava naquela região. Norberton quase entrou na sua alçada uma vez."

"Como foi isso?"

"Foi quando deu uma surra de chicote em Sam Brewer, o conhecido agiota de Curzon Street, em Newmarket Heath. Quase matou o homem."

"Ah, ele parece interessante! Costuma ter esses rompantes?"

"Bem, tem fama de ser um homem perigoso. Deve ser o cavaleiro mais temerário da Inglaterra – tirou segundo lugar no Grand National alguns anos atrás. É um desses homens que viveram à frente de sua verdadeira geração. Deveria ter sido um janota na época da Regência: um pugilista, um atleta, um jogador inveterado no turfe, um amante das belas damas e, segundo consta, mergulhado em dívidas."

"Excelente, Watson! Um perfil conciso. Tenho a impressão de conhecer o homem. Agora, pode me dar uma ideia do velho solar de Shoscombe?"

"Só posso dizer que fica no centro de Shoscombe Park e que ali se situa o famoso haras de Shoscombe."

"E o treinador-chefe", disse Holmes, "é John Mason. Não precisa se surpreender com o meu conhecimento, Watson, pois é uma carta dele que estou abrindo. Mas fale-me um pouco mais sobre Shoscombe. Parece-me que topei com um rico filão."

"Há os spaniels de Shoscombe", disse eu. "Ouve-se falar deles a cada exposição de cães. A raça mais exclusiva da Inglaterra. Eles são o orgulho especial da senhora do velho solar de Shoscombe."

"A mulher de Sir Robert Norberton, presumo?"

"Sir Robert nunca se casou. Melhor assim, creio eu, considerando-se suas perspectivas. Ele vive com a irmã viúva, Lady Beatrice Falder."

"Você quer dizer que ela vive com ele?"

"Não, não. O lugar pertencia ao falecido marido dela, Sir James. Norberton não tem absolutamente nenhum direito a ele. Ela tem apenas o usufruto vitalício da propriedade, que reverterá ao irmão do marido. Enquanto vive, recebe as rendas todos os anos."

"E o irmão Robert, suponho, as esbanja?"

"É mais ou menos isso. Ele é um verdadeiro demônio e deve dar a ela uma vida cheia de inquietações. Apesar disso, ouvi dizer que ela lhe é muito devotada. Mas que há de errado em Shoscombe?"

"Ah, isso é justamente o que eu quero saber. E aqui está, suponho, o homem que pode nos dizer."

A PORTA SE ABRIRA e o mensageiro introduzira um homem alto, escanhoado, com a expressão firme e austera que só é vista naqueles que têm de controlar cavalos ou meninos. Mr. John Mason tinha muitos de ambos sob seu domínio, e parecia à altura da tarefa. Curvou-se com fria serenidade e sentou-se na cadeira indicada por Holmes.

"Recebeu meu bilhete, Mr. Holmes?"

"Sim, mas ele não explicou nada."

"Era algo delicado demais para que eu confiasse os detalhes ao papel. E complicado demais. Só poderia fazer isso face a face."

"Bem, estamos ao seu dispor."

"Em primeiro lugar, Mr. Holmes, creio que meu patrão, Sir Robert, enlouqueceu."

Holmes arqueou as sobrancelhas. "Estamos em Baker Street, não em Harley Street", disse. "Mas por que diz isso?"

"Bem, senhor, quando um homem comete uma ou duas extravagâncias, pode ter lá suas razões, mas quando tudo o que faz é extravagante, a gente começa a estranhar. Acredito que Príncipe de Shoscombe e o Derby lhe viraram a cabeça."

"É um potro que os senhores inscreveram na corrida?"

"O melhor da Inglaterra, Mr. Holmes. Se alguém pode saber disso, sou eu. Mas vou ser franco com os senhores, pois sei que são cavalheiros honrados e que isto não sairá desta sala. Sir Robert tem de ganhar esse Derby. Está endividado até o pescoço e essa é a sua última chance. Tudo o que ele conseguiu levantar ou tomar emprestado está empatado no cavalo – e com grandes vantagens! Agora é possível obter quarenta por um, mas pagavam quase cem por um quando ele começou a fazer as apostas."

"Mas como pode ser isso, se o cavalo é tão bom?"

"O público não sabe como ele é bom. Sir Robert enganou direitinho os vendedores de informações de cocheira. Ele leva o meio-irmão do Príncipe para o picadeiro. Ninguém consegue distingui-los. Há, porém, entre os dois, uma diferença de dois corpos em um oitavo de milha quando se trata de galope. Ele não pensa em outra coisa senão no cavalo e na corrida. Sua vida inteira se resume nisso. Está conseguindo se safar dos judeus até lá. Se o Príncipe falhar, está liquidado."

"Parece uma jogada muito arriscada, mas onde entra a loucura?"

"Bem, para começar, basta olhar para ele. Não acredito que durma à noite. Passa o tempo todo nas cocheiras. Seus olhos estão esgazeados. Toda essa situação tem sido demais para os seus nervos. Depois há a sua conduta com Lady Beatrice!"

"Ah! Que está havendo?"

"Eles sempre foram os melhores amigos. Os dois tinham os mesmos gostos e ela gostava tanto de cavalos quanto ele. Todos os dias à mesma hora ela saía de carro para ir vê-los – e, acima de tudo, gostava do Príncipe. Ele sempre empinava as orelhas quando ouvia o som das rodas no cascalho e trotava cada manhã até a carruagem para receber seu torrão de açúcar. Mas tudo isso terminou."

"Por quê?"

"Bem, ela parece ter perdido todo o interesse pelos cavalos. Faz uma semana que passa de carro pelas cocheiras sem dizer sequer 'Bom dia'!"

"O senhor acredita que houve uma desavença?"

"Deve ter sido uma briga encarniçada, feroz, rancorosa. Por que outra razão ele teria dado o spaniel de estimação dela, que o amava como se fosse um filho? Ele o deu alguns dias atrás para o velho Barnes, o dono do Dragão Verde, que fica em Crendall, a quase cinco quilômetros de distância."

"Isso certamente parece estranho."

"É claro que, com seu coração fraco e a hidropisia, não se poderia esperar que ela fosse capaz de andar por aí com o irmão, mas ele passava duas horas todas as tardes no quarto dela. Tinha mesmo de fazer o que lhe era possível, porque ela havia demonstrado uma amizade rara por ele. Mas isso também acabou. Ele nunca se aproxima dela. E ela se sente profundamente melindrada. Anda taciturna, amuada e bebendo, Mr. Holmes – bebendo como uma esponja."

"Ela bebia antes desse desentendimento?"

"Bem, tomava o seu copinho, mas agora é muitas vezes uma garrafa inteira numa noite. Foi o que Stephens, o mordomo, me contou. Tudo mudou, Mr. Holmes, e há alguma coisa horrivelmente podre nessa história. Por outro lado, que é que o patrão anda fazendo na cripta da velha igreja à noite? E quem é o homem que se encontra com ele lá?"

Holmes esfregou as mãos.

"Continue, Mr. Mason. O senhor está ficando cada vez mais interessante."

"Foi o mordomo que o viu sair. À meia-noite, sob chuva pesada. Assim, na noite seguinte fiquei acordado na casa, e, de fato, o patrão saiu de novo. Stephens e eu o seguimos, mas muito sobressaltados, porque estaríamos fritos se ele nos tivesse visto. Ele é terrível com os seus punhos se o provocam e não respeita ninguém. Assim, tivemos receio de chegar perto demais, mas pudemos ver muito bem que rumo tomava. Era para a cripta mal-assombrada que ia, e havia um homem à espera dele lá."

"Que cripta mal-assombrada é essa?"

"Bem, senhor, há uma velha capela em ruínas no parque. É tão antiga que ninguém conseguiu estabelecer a sua idade. E sob ela há uma cripta que tem má fama entre nós. De dia é um lugar escuro, úmido e ermo, mas pouca gente naquela região teria coragem de chegar perto dela à noite. O patrão, porém, não tem medo. Nunca teve medo de nada em sua vida. Mas que anda fazendo ali à noite?"

"Espere um pouco!" disse Holmes. "Está dizendo que havia um outro homem lá. Devia ser um de seus próprios cavalariços, ou alguém da casa! Com certeza basta o senhor identificar que pessoa é essa e interrogá-la, não?"

"Não é ninguém que eu conheça."

"Como pode dizer isso?"

"Porque eu o vi, Mr. Holmes. Foi naquela segunda noite. Sir Robert fez uma curva e passou por nós – eu e Stephens metidos entre os arbustos, tremendo como dois coelhinhos, porque havia um pouco de luar. Mas pudemos ouvir o outro se movendo atrás. Não tivemos medo dele. Assim, quando Sir Robert se afastou, nós nos levantamos e fingimos estar simplesmente dando um passeio ao luar e fomos direto ao encontro dele da maneira mais descontraída e inocente que possa imaginar. 'Olá, companheiro! Quem é o senhor?' disse eu. Acho que ele não ouvira a nossa aproximação, pois olhou por sobre o ombro com cara de quem tinha visto o diabo saindo do inferno. Soltou um berro e fugiu correndo o mais que pôde na escuridão. E como correu! – isso eu reconheço. Num minuto não podíamos mais vê-lo nem ouvi-lo, e quem era ou o que era, nunca descobrimos."

"Mas o senhor o viu claramente ao luar?"

"Sim, posso jurar que tinha uma cara amarela – um pobre coitado, eu diria. Que podia ter em comum com Sir Robert?"

Holmes passou algum tempo pensativo.

"Quem faz companhia a Lady Beatrice Falder?" perguntou por fim.

"Ela tem uma criada, Carrie Evans. Está com ela há cinco anos."

"E lhe é devotada, sem dúvida?"

"Acho que ele não ouvira a nossa aproximação. Soltou um berro e fugiu correndo o mais que pôde."
[Frank Wiles, *Strand Magazine*, 1927]

Mr. Mason mudou de posição, contrafeito.

"É bastante devotada", respondeu finalmente. "Mas não direi a quem."

"Ah!" exclamou Holmes.

"Não posso fazer acusações."

"Compreendo perfeitamente, Mr. Mason. Sem dúvida a situação está bastante clara. Pela descrição que o dr. Watson fez de Sir Robert, posso compreender que nenhuma mulher está a salvo perto dele. Não lhe parece que esse pode ter sido o motivo da briga entre irmão e irmã?

"Bem, o escândalo está evidente há muito tempo."

"Mas ela talvez não o tivesse percebido antes. Suponhamos que o descobriu de repente. Quer se livrar da mulher. O irmão não permite. A doente, com seu coração fraco e sua incapacidade de locomoção, não tem meios de impor sua vontade. A criada detestada continua ligada a ela. A senhora se recusa a falar, fica de mau humor, começa a beber. Sir Robert, em sua ira, toma-lhe o spaniel de estimação. Isto tudo não faz sentido?"

"Bem, parece fazer... até esse ponto."

"Exatamente. Até este ponto. Que relação tudo isso teria com as visitas noturnas à velha cripta? Não conseguimos encaixar isso em nossa trama."

"Não, senhor, e há mais uma coisa que não se encaixa. Por que Sir Robert haveria de querer desenterrar um cadáver?"

Holmes empertigou-se na cadeira abruptamente.

"Só descobrimos isso ontem – depois que lhe escrevi. Ontem, como Sir Robert havia ido para Londres, Stephens e eu fomos até a cripta. Estava tudo em ordem, senhor, a não ser pelo pedaço de um corpo humano que encontramos num canto."

"Informou isso à polícia, suponho?"

Nosso visitante deu um sorriso sinistro.

"Bem, senhor, imagino que a polícia dificilmente se interessaria. Eram apenas a cabeça e alguns ossos de uma múmia. Talvez tenham mil anos de idade. Mas não estavam ali antes. Isso eu posso jurar e Stephens também. Haviam sido empilhados num canto e cobertos com uma tábua, mas aquele canto sempre estivera vazio antes."

"Que fizeram com isso?"

"Bem, simplesmente deixamos lá."

"Isso foi sensato. Disse que Sir Robert esteve fora ontem. Ele voltou?"

"Esperamos a sua volta hoje."

"Quando foi que Sir Robert deu o cachorro da irmã?"

"Apenas uma semana atrás. O animal estava uivando junto da velha casa do poço e Sir Robert encontrava-se num de seus acessos de raiva naquela manhã. Agarrou-o e pensei que fosse matá-lo. Depois o entregou para Sandy Bain, o jóquei, e disse-lhe que o levasse para o velho Barnes no Dragão Verde, porque nunca mais queria vê-lo."

HOLMES PERMANECEU algum tempo calado, pensativo. Havia acendido o mais velho e fétido de seus cachimbos.

"Ainda não está claro para mim o que o senhor quer que eu faça nesse assunto", disse por fim. "Pode explicar isso melhor?"

"Talvez isto torne as coisas mais claras, Mr. Holmes", disse o nosso visitante.

Tirou um papel do bolso e, desembrulhando-o cuidadosamente, expôs um fragmento de osso carbonizado.

Holmes examinou-o com interesse.

"Onde encontrou isso?"

"Há um forno de aquecimento central debaixo do quarto de Lady Beatrice. Passou algum tempo desativado, mas Sir Robert queixava-se do frio e mandou que o pusessem de novo em funcionamento. Harvey cuida dele – é um dos meus rapazes. Esta manhã ele foi ao meu encontro com isto, que encontrara ao raspar as cinzas. Não gostou do aspecto da coisa."

"Eu também não gosto", disse Holmes. "Que lhe parece ser isto, Watson?"

O osso fora reduzido a carvão, mas não podia haver dúvida quanto à sua significação anatômica.

"É o côndilo superior de um fêmur humano", respondi.

"Exatamente!" Holmes ficara muito sério. "A que horas esse rapaz cuida do forno?"

"Ele o arruma todas as tardes e sai."

"Então qualquer pessoa poderia ir lá durante a noite?"

"Sim, senhor."

"É possível entrar lá pelo lado de fora?"

"Há uma porta que dá para fora. Há outra que leva, por uma escada, ao corredor em que fica o quarto de Lady Beatrice."

"Estas são águas profundas, Mr. Mason; profundas e bastante sujas. Disse que Sir Robert não estava em casa ontem à noite?"

"Isso mesmo, senhor."

"Nesse caso, seja quem for que andou queimando ossos, não foi ele."

"É verdade, senhor."

"Qual é o nome da estalagem de que falou?"

"Dragão Verde."

"Há boa pesca nessa parte de Berkshire?" O honrado treinador mostrou muito claramente com sua expressão estar convencido de que aparecera mais um lunático para lhe apoquentar a vida.

"Bem, senhor, ouvi dizer que há truta no regato do moinho e lúcio no lago Hall."

"Ótimo. Watson e eu somos pescadores famosos – não somos, Watson? Poderá nos escrever futuramente para o Dragão Verde. Devemos chegar lá esta noite. Não preciso dizer que não queremos vê-lo, Mr. Mason, mas um bilhete nos será entregue e sem dúvida conseguirei encontrá-lo se precisar do senhor. Quando tivermos avançado um pouco mais no assunto, eu lhe darei uma opinião ponderada."

FOI ASSIM QUE, numa luminosa tarde de maio, Holmes e eu nos encontramos sozinhos num vagão de primeira classe rumo à pequena estação de Shoscombe, onde o trem só parava a pedido. Uma formidável tralha de caniços, molinetes e cestos espalhava-se pela prateleira acima de nós. Tendo chegado ao nosso destino, um pequeno percurso de carro nos levou a uma taberna antiquada, onde um esportivo hospedeiro, Josiah Barnes, participou entusiasticamente de nossos planos para a extirpação dos peixes das vizinhanças.

"Que tal tentarmos um lúcio no lago Hall?" perguntou Holmes.

O semblante do estalajadeiro se anuviou.

"Isso não daria certo, senhor. Correria o risco de se ver dentro do lago quando menos esperasse."

"Mas por quê?"

"É Sir Robert, senhor. É terrivelmente preocupado com os bisbilhoteiros. Se dois estranhos como os senhores chegassem assim tão perto de sua área de treinamento, não tenha dúvida de que os perseguiria. Sir Robert não se arrisca por nada."

"Ouvimos dizer que ele inscreveu um cavalo no Derby."

"Sim, e aliás é um bom potro. Está levando todo o nosso dinheiro para a corrida, e de quebra todo o de Sir Robert. A propósito" – fitou-nos com olhos pensativos – "não estariam os senhores mesmos envolvidos com o turfe?"

"Não, de maneira alguma. Somos apenas dois londrinos exaustos, extremamente necessitados de um pouco do ar puro de Berkshire."

"Bem, nesse caso vieram para o lugar certo. Ar puro é o que não falta por aqui. Mas não se esqueçam do que lhes disse sobre Sir Robert. Ele é do tipo que bate primeiro e só fala depois. Fiquem longe do parque."

"Com certeza, Mr. Barnes! Certamente ficaremos. A propósito, que belíssimo spaniel aquele que estava ganindo no vestíbulo."

"De fato. Essa é a verdadeira raça de Shoscombe. Não há melhor na Inglaterra."

"Sou um aficionado de cães", disse Holmes. "Poderia lhe perguntar qual seria o preço de um cão admirável como esse?"

"Mais do que eu poderia pagar, senhor. Foi o próprio Sir Robert quem me deu esse. É por isso que preciso mantê-lo numa correia. Ele correria para o solar num piscar de olhos se eu o soltasse."

"Já temos algumas cartas na mão, Watson", disse Holmes depois que o hospedeiro nos deixou. "Não é um jogo fácil, mas dentro de um ou dois dias saberemos onde estamos pisando. Por falar nisso, pelo que entendi Sir Robert continua em Londres. Talvez possamos entrar no domínio sagrado esta noite sem temer uma agressão física. Há um ou dois pontos de que gostaria de me certificar."

"Tem uma teoria, Holmes?"

"Somente isto, Watson: há cerca de uma semana aconteceu alguma coisa que afetou profundamente a vida no solar de Shoscombe. Que coisa foi essa? Podemos somente fazer conjecturas a partir de seus efeitos. Estes parecem de um caráter curiosamente variado. Mas certamente deveriam nos ajudar. É só nos casos monótonos, enfadonhos, que devemos perder as esperanças."

"Vamos considerar os nossos dados. O irmão não visita mais a sua querida irmã enferma. Dá o cachorro favorito dela de presente. O cachorro dela, Watson! Isso não lhe sugere nada?"

"Nada, a não ser o rancor do irmão."

"Sim, pode ter sido isso. Ou... bem, há uma alternativa. Agora, retomemos o nosso exame da situação desde o momento em que a desavença, se é que há uma desavença, começou. A senhora permanece em seu quarto, altera seus hábitos, não é vista a não ser quando passeia de carro com a criada, recusa-se a parar nas cocheiras para cumprimentar o seu cavalo favorito e aparentemente passou a beber. Isto resume o caso, não é?"

"Exceto quanto ao assunto da cripta."

"Essa é uma outra linha de pensamento. Elas são duas, e eu lhe peço que não as misture. A linha A, que diz respeito a Lady Beatrice, tem algo de vagamente sinistro, não tem?"

"Não faz o menor sentido para mim."

"Bem, agora vamos considerar a linha B, que diz respeito a Sir Robert. Ele deseja loucamente vencer o Derby. Está nas mãos dos judeus e pode a qualquer momento ir à bancarrota e ter seu haras tomado por seus credores. É um homem audacioso e desesperado. Seus rendimentos lhe vêm da irmã. A criada da irmã se deixa manobrar por ele de bom grado. Até aqui parece que estamos em terreno firme, não é?"

"Mas e a cripta?"

"Ah, sim, a cripta! Vamos supor, Watson – esta é apenas uma suposição escandalosa, uma hipótese para auxiliar nosso raciocínio – que Sir Robert deu cabo da irmã."

"Meu caro Holmes, isso está fora de cogitação."

"Muito possivelmente, Watson. Sir Robert é um homem de uma cepa honrada. Mas vez por outra encontramos um corvo entre as águias. Admitamos essa suposição por um momento. Ele não poderia fugir do país até obter sua fortuna, e isso só seria possível dando esse golpe com o Príncipe de Shoscombe. Portanto, tem de se manter onde está. Para isso, precisaria se desfazer do corpo de sua vítima, e também encontrar uma substituta que se fizesse passar por ela. Com a criada como confidente, isso não teria sido impossível. O corpo da mulher poderia ser transportado para a cripta, um lugar raramente visitado, e ser secretamente destruído à noite no forno, deixando indícios como o que já vimos. Que diz disso, Watson?"

"Bem, tudo isso é possível, admitindo-se a monstruosa suposição inicial."

"Creio que há um pequeno experimento que podemos tentar amanhã, Watson, para lançar alguma luz sobre a questão. Enquanto isso, se quisermos manter os nossos papéis, sugiro que ofereçamos ao nosso hospedeiro um copo de seu próprio vinho e mantenhamos uma elevada conversação sobre enguias e vairões, o que parece ser o caminho mais curto para conquistar-lhe a afeição. No processo, talvez tenhamos a sorte de nos inteirar de algum útil mexerico local."

De manhã, Holmes descobriu que não tínhamos trazido isca-colher para lúcio novo, sem o que não poderíamos pescar naquele dia. Por volta das onze horas, saímos para um passeio e ele obteve licença para levarmos o spaniel preto conosco.

"Este é o lugar", disse ele quando chegamos a um alto portão de parque encimado por grifos heráldicos. "Mr. Barnes informou-me que, por volta do meio-dia, a velha senhora faz um passeio de carro e a carruagem tem de reduzir a marcha enquanto o portão é aberto. Quando ela se aproximar, porém, e antes que acelere, quero que você, Watson, detenha o cocheiro com alguma pergunta. Não se preocupe comigo. Ficarei atrás deste azevinho e verei o que puder."

Não foi uma longa espera. Dentro de um quarto de hora vimos a grande *barouche* amarela, aberta, descendo a longa alameda, conduzida por dois esplêndidos e orgulhosos cavalos cinza. Holmes agachou-se atrás de seu arbusto com o cachorro.

Fiquei no caminho, girando despreocupadamente a minha bengala. Um criado correu e o portão se abriu.

A carruagem agora avançava a passo e tive condições de dar uma boa olhada nos ocupantes. Uma jovem muito corada, de cabelo louro e olhos impudentes sentava-se à esquerda. À sua direita via-se uma pessoa idosa, de costas encurvadas e uma confusão de xales em volta do rosto e dos ombros que denunciava a enferma. Quando os cavalos chegaram à estrada principal, levantei a mão num gesto decidido e assim que o cocheiro parou indaguei se Sir Robert estava no velho solar de Shoscombe.

No mesmo momento, Holmes avançou e soltou o spaniel. Com um latido de alegria, ele correu para a carruagem e saltou no estribo. Um instante depois, porém, sua entusiástica saudação transformou-se em raiva furiosa, e ele tentou morder a saia preta acima de si.

"Ande! Ande!" gritou uma voz áspera. O cocheiro fustigou os cavalos e ficamos plantados na estrada.

"Bem, Watson, a coisa funcionou", disse Holmes, enquanto prendia a correia ao pescoço do alvoroçado spaniel. "Ele pensou tratar-se de sua dona, e descobriu que era uma estranha. Cães não se enganam."

"Mas foi a voz de um homem!" exclamei.

"Exatamente! Temos mais uma carta na mão, Watson, mas mesmo assim precisamos jogar com cuidado."

Meu companheiro parecia não ter mais nenhum plano para o dia e usamos realmente nossos apetrechos de pesca no regato do moinho, e com o resultado tivemos um prato de trutas para nosso jantar. Somente depois da refeição Holmes mostrou sinais de renovada atividade. Vimo-nos mais uma vez na mesma estrada da manhã, que nos levou ao portão do parque. Lá nos esperava uma figura alta e morena, que vinha a ser nosso conhecido de Londres, Mr. John Mason, o treinador.

"Boa noite, cavalheiros", disse ele. "Recebi o seu bilhete, Mr. Holmes. Sir Robert ainda não voltou, mas ouvi dizer que é esperado esta noite."

"A que distância a cripta fica da casa?" perguntou Holmes.

"Uns bons quatrocentos metros."

"Então penso que não precisamos nos preocupar com ele."

"Não posso correr esse risco, Mr. Holmes. Assim que chegar ele vai querer me ver para se informar das últimas notícias sobre o Príncipe de Shoscombe."

"Entendo! Nesse caso devemos trabalhar sem o senhor, Mr. Mason. Pode nos mostrar a cripta e em seguida nos deixar."

Era uma noite muito escura e sem lua, mas Mason nos levou pelos pastos até que a massa negra da antiga capela assomou à nossa frente. Entramos pela abertura quebrada que outrora fora o pórtico e o nosso guia, tropeçando entre montes de caliça, avançou com cuidado até o canto da construção onde uma escada íngreme levava à cripta. Riscando um fósforo, iluminou o melancólico lugar – lúgubre e malcheiroso; as antigas paredes de pedras toscamente talhadas desmoronavam e, num lado, pilhas de caixões, alguns de chumbo e outros de pedra, chegavam até o teto arqueado em abóbadas de aresta que se perdia nas sombras sobre nossas cabeças. Holmes acendera a sua lanterna, que projetava um pequeno túnel de vívida luz amarela sobre a cena fúnebre. Seus raios eram refletidos pelas placas de metal dos caixões, muitas delas adornadas com o grifo e a pequena coroa dessa antiga família que levava suas honrarias até para o portão da Morte.

"O senhor falou de alguns ossos, Mr. Mason. Poderia mostrá-los antes de ir?"

"Estão naquele canto." O treinador caminhou para o lado oposto e em seguida parou em silenciosa surpresa quando nossa luz se voltou para o lugar. "Desapareceram", disse.

"É o que eu esperava", disse Holmes com uma risadinha. "Algo me diz que as cinzas deles estão até agora naquele forno que já consumiu uma parte."

"Mas por que diabos alguém haveria de querer queimar os ossos de um homem que morreu mil anos atrás?" perguntou John Mason.

"É para descobrir isso que estamos aqui", disse Holmes. "Poderá ser uma longa busca e não precisamos detê-lo. Imagino que teremos chegado à nossa solução antes do amanhecer."

Depois que John Mason nos deixou, Holmes pôs mãos à obra, fazendo um exame muito cuidadoso dos túmulos, desde um muito antigo, que parecia ser saxão, no centro, passando por uma longa fila de Hugos e Odos normandos, até chegar a Sir William e Sir Denis Falder do século XVIII. Era uma hora ou mais quando Holmes deparou com um caixão de chumbo na vertical em frente à entrada da câmara mortuária. Ouvi seu gritinho de satisfação, e percebi por seus movimentos apressados, mas decididos, que havia atingido uma meta. Ele examinou sofregamente as bordas da pesada tampa. Depois tirou do bolso um pé de cabra curto, um abridor de caixotes, que enfiou numa fenda, erguendo toda a frente, que parecia estar presa apenas por um par de grampos. Houve um som de rasgo, de rompimento, quando a tampa cedeu, mas mal ela girara nas dobradiças, revelando parcialmente o conteúdo do caixão, houve uma interrupção inesperada.

Alguém andava na capela acima de nós. Era o passo firme e rápido de uma pessoa que viera com uma intenção definida e conhecia bem o terreno em que caminhava. Uma luz jorrou escada abaixo, e um instante depois vimos o homem que a segurava emoldurado na arcada gótica. Era uma figura terrível, de enorme estatura e maneiras ameaçadoras. A grande lanterna de estrebaria que segurava à sua frente projetava a sua luz sobre um rosto forte, de fartos bigodes e olhos coléricos, que perscrutaram cada recesso da cripta à sua volta para finalmente se fixarem, com uma expressão implacável, sobre mim e meu companheiro.

"Quem diabos são os senhores?" trovejou. "E que estão fazendo na minha propriedade?" Em seguida, como Holmes nada respondeu, deu uns dois passos adiante e levantou um pesado bordão que carregava. "Estão me ouvindo?" gritou. "Quem são os senhores? Que fazem aqui?" Seu porrete vibrou no ar.

Mas em vez de se esquivar, Holmes avançou em direção a ele.

"Eu também tenho uma pergunta para lhe fazer, Sir Robert", disse com o seu tom mais severo. "Quem é este? E que faz aqui?"

Virou-se e escancarou a tampa do caixão atrás de si. No clarão da lanterna, vi um corpo enrolado num lençol da cabeça aos pés, com feições pavorosas, como as de uma bruxa, só nariz e queixo, projetando-se numa ponta, os olhos opacos e vidrados arregalados num rosto sem cor e corroído.

O baronete cambaleou para trás, dando um grito, e apoiou-se contra um sarcófago de pedra.

"'Eu também tenho uma pergunta para lhe fazer, Sir Robert', disse Holmes com seu tom mais severo. 'Quem é este? E que faz aqui?'"
[Frank Wiles, *Strand Magazine*, 1927]

"Como ficou sabendo disto?" exclamou. Depois, retomando as suas maneiras truculentas: "Que tem o senhor a ver com isto?"

"Meu nome é Sherlock Holmes", disse o meu companheiro. "Talvez lhe seja familiar. De todo modo, tenho os mesmos interesses de qualquer bom cidadão – defender a lei. Parece-me que o senhor tem de prestar conta de muita coisa."

Os olhos de Sir Robert faiscaram de raiva por um momento, mas a voz serena e as maneiras tranquilas e seguras de Holmes surtiram efeito.

"Juro por Deus, Mr. Holmes, está tudo bem", disse. "As aparências estão contra mim, eu admito, mas não podia agir de outra maneira."

"Gostaria de acreditar, mas receio que suas explicações devam ser prestadas perante a polícia."

Sir Robert sacudiu os ombros largos.

"Bem, se deve ser assim, que seja. Venha até a casa e poderá julgar o senhor mesmo a situação."

Um quarto de hora depois, encontramo-nos no que imagino, pelas linhas de canos polidos atrás de vidraças, ser a sala de armas da velha casa. Era confortavelmente mobiliada e Sir Robert nos deixou ali por alguns momentos. Quando retornou, trazia consigo dois companheiros: um, a rosada moça que tínhamos visto na carruagem; o outro, um homenzinho com cara de rato e maneiras desagradavelmente furtivas. Os dois pareciam completamente aturdidos, o que mostrava que o baronete ainda não tivera tempo para lhes explicar o rumo que os acontecimentos haviam tomado.

"Estes são", disse Sir Robert com um aceno, "Mr. e Mrs. Norlett. Mrs. Norlett, com seu nome de solteira de Evans, foi durante alguns anos a criada de confiança de minha irmã. Eu os trouxe aqui porque me parece que o melhor que tenho a fazer é lhe explicar a verdadeira situação, e estas são as duas pessoas na face da Terra que podem comprovar o que digo."

"Isso é necessário, Sir Robert? Pensou no que está fazendo?" exclamou a mulher.

"Quanto a mim, nego inteiramente qualquer responsabilidade", disse seu marido.

Sir Robert lançou-lhe um olhar de desprezo. "Eu assumirei toda a responsabilidade", disse. "Agora, Mr. Holmes, ouça um simples relato dos fatos.

"É claro que o senhor se enfronhou profundamente em meus negócios, ou eu não o teria encontrado onde encontrei. Portanto já sabe, com toda a probabilidade, que inscrevi no Derby um cavalo com grandes chances, mas considerado um azarão, e que tudo depende de meu sucesso. Se eu vencer, tudo será fácil. Se perder... bem, não ouso pensar nisso!"

"Compreendo a sua situação", disse Holmes.

"Dependo de minha irmã, Lady Beatrice, para tudo. Mas, como todos sabem, ela só tem direitos sobre a propriedade enquanto viver. Quanto a mim, estou inteiramente nas mãos dos judeus. Sempre soube que, se minha irmã morresse, meus credores voariam sobre os meus bens como abutres. Tomariam tudo – minhas estrebarias, meus cavalos –, tudo. Bem,

Mr. Holmes, minha irmã realmente morreu exatamente há uma semana."

"E o senhor não contou para ninguém!"

"Que podia eu fazer? Tinha diante de mim a ruína absoluta. Se pudesse protelar as coisas por três semanas tudo ficaria bem. O marido da criada dela – este homem aqui – é ator. Ocorreu-nos a ideia – ocorreu-me a ideia – de que ele poderia se passar pela minha irmã por esse curto período. Seria preciso apenas aparecer todos os dias na carruagem, porque ninguém entra no quarto de minha irmã exceto a criada. Não foi difícil arranjar a coisa. Minha irmã morreu da hidropisia que por muito tempo a afligira."

"Caberá ao magistrado decidir isso."

"O médico dela atestará que há meses os seus sintomas prenunciavam esse fim."

"Bem, que fez o senhor?"

"O corpo não podia permanecer aqui. Na primeira noite, Norlett e eu o carregamos para a velha casa do poço, que atualmente nunca é usada. O spaniel de estimação dela, porém, nos seguiu e ficou ganindo sem parar à porta, de modo que me pareceu que precisávamos de um lugar mais seguro. Livrei-me do spaniel e carregamos o corpo até a cripta da igreja. Não houve nenhuma indignidade ou irreverência, Mr. Holmes. Não sinto que desrespeitei os mortos."

"A sua conduta parece-me indesculpável, Sir Robert."

O baronete sacudiu a cabeça com impaciência. "É fácil pregar", disse. "Talvez pensasse de outra maneira se tivesse estado na minha posição. Não podemos ver todas as nossas esperanças e todos os nossos planos arruinados no último momento sem fazer algum esforço para salvá-los. Pareceu-me que ela não estaria repousando num lugar indigno se a puséssemos provisoriamente no ataúde de um dos ancestrais do seu marido, no que ainda é solo consagrado. Abrimos um desses ataúdes, removemos o conteúdo e a depositamos nele, como o senhor a viu. Quanto às velhas relíquias que retiramos, não poderíamos deixá-las no chão da cripta. Norlett e eu as removemos e ele desceu à noite para queimá-las no forno central. Esta é a minha história, Mr. Holmes, embora nem eu mesmo saiba como conseguiu me obrigar a contá-la."

Holmes ficou algum tempo perdido em pensamentos.

"Há uma falha em sua narrativa, Sir Robert", disse por fim. "Suas apostas na corrida, e portanto suas esperanças para o futuro, continuariam valendo mesmo que seus credores confiscassem seus bens."

"O cavalo seria parte do meu patrimônio. E que importância dariam às minhas apostas? Muito provavelmente, nem fariam o cavalo correr. Meu principal credor é, infelizmente, o meu inimigo mais acerbo – um canalha, Sam Brewer, em quem certa vez fui compelido a dar uma surra com chicote de montaria em Newmarket Heath. Pensa que ele tentaria me salvar?"

"Bem, Sir Robert", disse Holmes levantando-se, "este assunto deve, é claro, ser comunicado à polícia. É meu dever trazer os fatos à luz, e não me compete fazer mais nada. Quanto à moralidade ou decência de sua própria conduta, não cabe a mim exprimir uma opinião. É quase meia-noite, Watson, acho que podemos tomar o caminho de volta para a nossa humilde morada."

É HOJE de conhecimento geral que este singular episódio terminou de maneira mais feliz do que Sir Robert merecia. O Príncipe de Shoscombe realmente venceu o Derby, seu proprietário ganhou oitenta mil libras líquidas em apostas, e os credores contiveram-se até que a corrida terminasse, quando foram integralmente pagos, tendo sobrado o suficiente para que Sir Robert recobrasse uma posição satisfatória na vida. Tanto a polícia quanto o magistrado encarregado do caso adotaram uma visão indulgente da operação, e, afora uma censura branda pelo atraso em registrar o falecimento da senhora, o feliz ganhador escapou incólume desse estranho incidente numa carreira que sobreviveu às suas sombras e promessas para culminar numa honrada velhice.

Mr. Josias Amberley

Sherlock Holmes encontrava-se numa disposição melancólica e filosófica naquela manhã. Sua natureza prática e alerta era sujeita a essas reações.

"Você o viu?"

"Refere-se ao velhote que acaba de sair?"

"Precisamente."

"Sim, encontrei-o à porta."

"Que achou dele?"

"Uma criatura patética, inútil, derrotada."

"Exatamente, Watson, patético e inútil. Mas toda vida não será patética e inútil? A história dele não será um microcosmo do todo? Alcançamos. Agarramos. E que resta em nossas mãos no fim? Uma sombra. Ou pior que uma sombra... miséria."

"É um cliente seu?"

"Sim, suponho que podemos chamá-lo assim. Foi enviado pela Yard. Exatamente como médicos mandam por vezes seus doentes incuráveis para um charlatão. Eles afirmam que não podem fazer mais nada, e que, aconteça o que acontecer, o paciente não pode ficar pior do que está."

"Qual é a questão?"

Holmes pegou um cartão um tanto enodoado sobre a mesa. "Josias Amberley. Ele diz que era sócio minoritário de Brickfall & Amberley, que são fabricantes de material artístico. Você verá seus nomes em caixas de tintas. Fez seu pequeno pecúlio, aposentou-se dos negócios aos sessenta e um anos, comprou uma casa em Lewisham e passou a descansar após uma vida de incessante labuta. Dir-se-ia que o seu futuro estava bastante bem-assegurado."

"Sim, realmente."

Holmes correu os olhos por algumas anotações que fizera no dorso de um envelope.

"Aposentado em 1896, Watson. No início de 1897 casou-se com uma mulher vinte anos mais moça que ele – e uma mulher bonita, se a fotografia não a enfeita. Meios suficientes, uma mulher, ócio – uma estrada sem percalços parecia se abrir diante dele. No entanto, passados menos de dois anos, ele é, como você viu, a mais derrotada e desgraçada das criaturas que rastejam sob o sol."

"Mas que aconteceu?"

"A velha história, Watson. Um amigo traiçoeiro e uma esposa volúvel. Ao que parece, Amberley tinha um só *hobby* na vida, e era o xadrez. Não longe dele, em Lewisham, vive um jovem médico que também joga xadrez. Seu nome, pelo que anotei, é dr. Ray Ernest. Estava frequentemente na casa, e uma intimidade entre ele e Mrs. Amberley foi uma consequência natural, pois você deve admitir que o nosso infeliz cliente não tem muitas graças aparentes, sejam quais forem suas virtudes interiores. Os dois partiram juntos na semana passada – destino ignorado. Pior ainda, a esposa infiel levou o cofre do velho como sua bagagem pessoal, com boa parte das economias dele dentro. Podemos achar a senhora? Podemos salvar o dinheiro? Um problema banal até onde se desdobrou, mas de vital importância para Josias Amberley."

"Que fará você a esse respeito?"

"Bem, a pergunta imediata, meu caro Watson, vem a ser: que fará *você*? – se você tiver a bondade de me substituir. Sabe que estou preocupado com esse caso dos dois patriarcas coptas, que devia chegar a um ponto crítico hoje. Realmente não tenho tempo para ir até Lewisham, e no entanto os indícios colhidos no local têm um valor especial. O velho insistiu muito para que eu fosse, mas expliquei minha dificuldade. Está preparado para se encontrar com um representante."

"Sem dúvida", respondi. "Confesso que não vejo que possa ser de muita utilidade, mas estou disposto a fazer o melhor que puder." E foi assim que, numa tarde de verão, parti para Lewisham, nem de longe suspeitando que dentro de uma semana o caso em que me envolvia seria o debate acalorado de toda a Inglaterra.

Era tarde da noite quando voltei a Baker Street e fiz um relato de minha missão. Holmes, o corpo magro escarrapachado numa poltrona funda, lançava de seu cachimbo lentas espirais de tabaco acre. Suas pálpebras tombavam sobre seus olhos tão preguiçosamente que ele pareceria estar dormindo, não fosse o fato de que, a cada pausa ou passagem questionável de minha narrativa, elas se soerguiam, e dois olhos cinza, brilhantes e agudos como floretes, me transfixavam com seu olhar inquisitivo.

"O Refúgio é o nome da casa de Mr. Josias Amberley", expliquei. "Creio que ela o interessaria, Holmes. É como um patrício empobrecido que descambou na companhia de seus inferiores. Você conhece aquela região particular, as monótonas ruas de tijolos, as enfadonhas estradas suburbanas. Bem no meio delas, uma pequena ilha de cultura antiga e conforto, encontra-se essa velha morada, cercada por um muro alto manchado de líquen e com musgo no topo, o tipo de muro..."

"Deixe a poesia de lado, Watson", disse Holmes severamente. "Registro que era um muro de tijolos alto."

"Exatamente. Eu não teria sabido que casa era O Refúgio se não tivesse perguntado a um desocupado que fumava na rua. Tenho um motivo para mencioná-lo. Era alto, moreno, bigodudo, com muito jeito de militar. Fez um aceno de cabeça em resposta à minha indagação e lançou-me um olhar curiosamente inquisitivo, que me veio à lembrança um pouco mais tarde.

"Eu mal passara pelo portão quando vi Mr. Amberley vindo pelo caminho. Eu o vira apenas de relance esta manhã, e ele certamente me pareceu ser uma estranha criatura, mas quando o vi em plena luz achei sua aparência ainda mais anormal."

"Eu a estudei, é claro; apesar disso, teria interesse em saber qual foi a sua impressão", disse Holmes.

"Ele me pareceu um homem literalmente vergado por preocupações. Tinha as costas encurvadas como se carregasse um fardo pesado. No entanto, não era o fracote que imaginei de início, pois tem os ombros e o peito de um gigante, embora o corpo seja arrematado por um par de pernas finas."

"'Deixe a poesia de lado, Watson', disse Holmes severamente." [Frank Wiles, *Strand Magazine*, 1927]

"Pé esquerdo do sapato enrugado; pé direito liso."

"Não observei isso."

"Não, você não o faria. Detectei sua perna artificial. Mas prossiga."

"Fiquei impressionado com as mechas onduladas de cabelo grisalho que apareciam sob o seu velho chapéu de palha, e seu rosto com sua expressão ameaçadora, ansiosa, e os traços muito marcados."

"Muito bom, Watson. Que disse ele?"

"Começou desfiando as suas queixas. Seguimos juntos pelo caminho e, é claro, dei uma boa olhada à minha volta. Nunca vi lugar mais malcuidado. O jardim estava todo estragado, dando-me uma impressão de absoluta incúria, tendo-se permitido às plantas seguir o caminho da natureza e não o da arte. Não sei como uma mulher decente poderia ter tolerado semelhante estado de coisas. A casa também estava desmazelada até o último grau, mas o pobre homem parecia estar ciente disso e tentando remediar a situação, pois havia um grande pote de tinta verde no meio do vestíbulo e ele tinha um grosso pincel na mão esquerda. Havia estado trabalhando no madeiramento.

"Levou-me para uma saleta lúgubre e tivemos uma longa conversa. Estava decepcionado, é claro, por você não ter ido pessoalmente. 'Não seria mesmo de esperar', disse ele, 'que uma pessoa tão humilde quanto eu, especialmente após minha pesada perda financeira, pudesse obter a completa atenção de um homem tão famoso quanto Sherlock Holmes.'

"Assegurei-lhe que a questão financeira não importara. 'Não, é claro que com ele é arte pela arte', respondeu, 'mas mesmo sob o aspecto artístico do crime ele poderia ter encontrado aqui alguma coisa para estudar. E a natureza humana, dr. Watson – a tenebrosa ingratidão de toda ela! Quando eu recusei um só de seus pedidos? Alguma mulher teria sido tão mimada? E aquele jovem – ele poderia muito bem ser meu próprio filho. Ele tinha toda a liberdade em minha casa. E no entanto, veja como eles me trataram! Oh, dr. Watson, é um mundo pavoroso, pavoroso!'

"Esse foi o estribilho de sua cantilena por uma hora ou mais. Ele não havia, ao que parece, desconfiado de nenhuma intriga. Eles moravam sozinhos, exceto por uma mulher que trabalha durante o dia e vai embora todas as tardes às seis horas. Naquela tarde, o velho Amberley, desejando proporcionar um prazer à mulher, havia comprado dois ingressos no anel superior do Teatro Haymarket. No último momento, ela se queixara de uma dor de cabeça e se recusara a ir. Ele fora sozinho. Pareceu não haver dúvida acerca do fato, pois ele me mostrou o ingresso não usado que havia comprado para a mulher."

"Isso é extraordinário... sem dúvida extraordinário", disse Holmes, cujo interesse pelo caso parecia estar crescendo. "Por favor, continue, Watson. Sua narrativa parece-me interessantíssima. Você examinou pessoalmente esse ingresso? Não teria, por acaso, anotado o número?"

"Foi exatamente o que fiz", respondi com certo orgulho. "Por acaso era o meu antigo número na escola, trinta e um, e assim ele me ficou na cabeça.

"Excelente, Watson! O assento dele, portanto, era ou trinta ou trinta e dois."

"Naturalmente", respondi, um pouco confuso. "E na fila B."

"Isto é plenamente satisfatório. Que mais ele lhe contou?"

"Mostrou-me a sua casa-forte, como o chama. É realmente uma casa-forte – como a de um banco – com porta e persiana de ferro – à prova de ladrões, como afirmou. No entanto, ao que parece a mulher tinha uma cópia da chave e os dois levaram cerca de sete mil libras em dinheiro e títulos."

"Títulos! Como poderiam dispor deles?"

"Ele diz que entregou uma lista à polícia e que espera que não possam ser vendidos. Ele chegou do teatro por volta da meia-noite e encontrou o lugar saqueado, a porta e a janela estavam abertas e os dois haviam desaparecido. Não havia nenhuma carta ou bilhete, nem ele ouviu uma palavra desde então; avisou a polícia imediatamente."

Holmes ficou pensativo por alguns minutos.

"Você diz que ele estava pintando. Pintava o quê?"

"Bem, estava pintando o corredor. Mas já tinha pintado a porta e o madeiramento dessa peça de que falei."

"Não lhe parece uma ocupação estranha nas circunstâncias?"

"'A gente precisa fazer alguma coisa para aliviar a dor no coração.' Essa foi a sua própria explicação. Era excêntrico, sem dúvida, mas ele é manifestamente um homem excêntrico. Rasgou uma fotografia da mulher na minha presença – rasgou-a furiosamente num assomo de raiva. 'Nunca mais quero ver seu maldito rosto', gritou."

"Mais alguma coisa, Watson?"

"Sim, uma coisa que me impressionou mais do que todo o resto. Eu tinha pegado um carro até Blackheath Station e apanhado meu trem ali quando, assim que ele entrou em movimento, vi um homem se jogar dentro do vagão vizinho ao meu. Você sabe que tenho um olho bom para fisionomias, Holmes. Era sem sombra de dúvida o homem alto e moreno com quem eu havia falado na rua. Voltei a vê-lo em London Bridge e depois o perdi de vista na multidão. Mas estou convencido de que estava me seguindo."

"Sem dúvida! Sem dúvida!" disse Holmes. "Um homem alto, moreno e bigodudo, você disse, com óculos escuros cinzentos?"

"Holmes, você é um bruxo. Eu não disse isso, mas ele *usava* óculos escuros cinzentos."

"E um alfinete de gravata maçônico?"

"Holmes!"

"É muito simples, meu caro. Mas tratemos dos aspectos práticos. Devo admitir que o caso, que me pareceu tão absurdamente simples que mal merecia minha atenção, está assumindo rapidamente uma feição muito diferente. É verdade que, embora em sua missão você tenha deixado escapar tudo que tinha importância, mesmo as coisas que se impuseram à sua atenção dão origem a graves considerações."

"Que foi que eu deixei escapar?"

"Rasgou uma fotografia da mulher num assomo de raiva."
[Frank Wiles, *Strand Magazine*, 1927]

"Não fique magoado, meu caro companheiro. Você sabe que sou absolutamente imparcial. Nenhuma outra pessoa teria feito melhor. Algumas possivelmente não tão bem. Mas claramente você deixou escapar alguns pontos vitais. Qual é a opinião dos vizinhos sobre esse tal Amberley e sua mulher? Isso certamente é importante. E esse dr. Ernest? Era ele o alegre Lothario que seria de esperar? Com as suas vantagens naturais, Watson, toda mulher é sua auxiliar e cúmplice. Que me diz da moça dos Correios ou da mulher do verdureiro? Posso imaginá-lo sussurrando bagatelas para a jovem senhora do Blue Anchor e recebendo informações substanciais em troca. Tudo isso você deixou de fazer."

"Ainda pode ser feito."

"Foi feito. Graças ao telefone e à ajuda da Yard, geralmente posso me inteirar do essencial sem deixar esta sala. Na verdade, a informação que obtive confirma a história do homem. Ele tem a reputação local de ser um avarento, além de um marido severo e exigente. É certo que tinha uma grande soma de dinheiro naquela sua casa-forte. É igualmente certo que aquele jovem dr. Ernest, um homem solteiro, jogava xadrez com Amberley e provavelmente se engraçou com a mulher dele. Tudo isso parece muito simples e tem-se a impressão de que não há mais nada a dizer... no entanto!... no entanto!"

"Onde está a dificuldade?"

"Na minha imaginação, talvez. Bem, esqueçamos isso, Watson. Vamos escapar desse mundo banal e aborrecido pela porta lateral da música. Carina canta hoje no Albert Hall e ainda temos tempo para nos vestir, jantar e nos deleitar."

De manhã, levantei-me cedo, mas algumas migalhas de torrada e duas cascas de ovo vazias disseram-me que meu companheiro se levantara ainda mais cedo. Encontrei um bilhete escrito às pressas sobre a mesa.

> Caro Watson,
>
> Há um ou dois pontos que eu desejaria confirmar com Mr. Josias Amberley. Quando tiver feito isso, poderei abandonar o caso... ou não. Eu lhe pediria apenas que estivesse disponível por volta das três horas, pois me parece possível que venha a precisar de você.
>
> S.H.

Não vi Holmes o dia todo, mas na hora mencionada ele voltou, sério, preocupado e distante. Nessas ocasiões, o mais sensato era deixá-lo em paz.

"Amberley já esteve aqui?"

"Não."

"Ah! Estou à espera dele."

Não se decepcionou, pois logo o velho chegou, com uma expressão muito preocupada e desorientada em seu rosto austero.

"Recebi um telegrama, Mr. Holmes. Mas não consigo entender o que significa." Entregou-o, e Holmes o leu em voz alta.

> Venha imediatamente sem falta. Posso lhe dar informação sobre sua perda recente.
>
> Elman
>
> O Presbitério

"Enviado às 2h10 de Little Purlington", disse Holmes. "Little Purlington é em Essex, acredito, não muito longe de Frinton. Bem, o senhor vai partir já, é claro. Isto vem evidentemente de uma pessoa responsável, o pároco do lugar. Onde está o meu *Crockford*? Sim, cá está ele: 'J.C. Elman, M.A., paróquia de Mossmoor combinada com Little Purlington.' Veja o horário dos trens, Watson."

"Há um que parte às 5h20 de Liverpool Street."

"Excelente. É melhor você ir com ele, Watson. Ele pode precisar de ajuda ou conselho. Claramente chegamos a uma crise neste caso."

Mas nosso cliente não parecia em absoluto ansioso para partir.

"Isso é inteiramente absurdo, Mr. Holmes", disse ele. "Que pode esse homem saber sobre o que aconteceu? É uma perda de dinheiro e de tempo."

"Ele não teria lhe telegrafado se não soubesse alguma coisa. Envie-lhe um telegrama imediatamente dizendo que está indo."

"Acho que não vou."

Holmes assumiu o seu aspecto mais severo.

"Causaria a pior impressão possível tanto à polícia quanto a mim, Mr. Amberley, se quando uma pista tão óbvia surge o senhor se recusasse a segui-la. Pensaríamos que não está realmente empenhado nesta investigação."

Essa sugestão pareceu horrorizar o nosso cliente.

"Ora, é claro que vou, se o senhor vê as coisas dessa maneira", disse. "Aparentemente, parece absurdo supor que esse pároco sabe alguma coisa, mas se o senhor pensa..."

"*Penso*, sim", disse Holmes, com ênfase, e desse modo ficou resolvido que viajaríamos. Holmes puxou-me de lado antes que saíssemos e me disse uma palavra de conselho que mostrou que considerava o assunto importante. "Seja o que for que vá fazer, trate de assegurar que ele *realmente* vá", disse. "Se ele escapar ou voltar, vá à central telefônica mais próxima e mande me dizer uma única palavra: 'Fugiu.' Tomarei providências aqui para que ela chegue a mim onde eu estiver."

Little Purlington não era um lugar de fácil acesso, pois fica num ramal. Minha lembrança da viagem não é agradável, o tempo estava quente, o trem lento e meu companheiro taciturno e silencioso, mal abrindo a boca exceto para fazer um comentário sardônico ocasional sobre a inutilidade de nossos atos. Quando finalmente chegamos à pequena estação, tivemos de enfrentar mais três quilômetros de coche até o Presbitério. Ali, um clérigo corpulento, solene e bastante pomposo nos recebeu em seu gabinete. Tinha o nosso telegrama diante de si.

"Bem, cavalheiros", perguntou, "que posso fazer pelos senhores?"

"Viemos", expliquei, "em resposta ao seu telegrama."

"Meu telegrama! Não enviei telegrama nenhum."

"Refiro-me ao telegrama que enviou para Mr. Josias Amberley sobre a mulher e o dinheiro dele."

"Se isto for uma brincadeira, senhor, é de gosto duvidoso", respondeu o pároco, irritado. "Nunca ouvi falar do cavalheiro que mencionou e não mandei telegrama para ninguém."

Nosso cliente e eu nos entreolhamos, espantados.

"Talvez haja algum engano", disse eu; "haveria talvez dois presbitérios? Aqui está o próprio telegrama, assinado Elman e procedente do Presbitério."

"Há somente um presbitério, senhor, e somente um pároco, e este telegrama é uma fraude escandalosa, cuja origem será certamente investigada pela polícia. Nesse meio-tempo, não vejo nenhum sentido possível em prolongarmos esta entrevista."

Assim, Mr. Amberley e eu nos vimos na beira da estrada, no que me pareceu ser a mais primitiva aldeia da Inglaterra. Dirigimo-nos para a agência dos telégrafos, mas já estava fechada. Havia um telefone, contudo, no pequeno Railway Arms, e através dele conseguimos entrar em contato com Holmes, que partilhou o nosso espanto diante do resultado de nossa viagem.

"Singularíssimo!" disse a voz distante. "Estranhíssimo! Tenho grande receio, meu caro Watson, que não haja trem de volta esta noite. Inadvertidamente, eu os condenei aos horrores de um albergue rural. Contudo, há sempre a natureza, Watson – a natureza e Josias Amberley –, você pode estar em íntima comunhão com ambos." Ouvi sua risadinha sardônica quando desligou.

Logo ficou patente para mim que a reputação de avarento do meu companheiro não era imerecida. Ele resmungara diante das despesas da viagem, havia insistido em viajar na terceira classe e nessa altura expressou veementes objeções à conta do hotel. Na manhã seguinte, quando finalmente chegamos a Londres, era difícil dizer qual de nós estava mais mal-humorado.

"Seria melhor o senhor passar por Baker Street", disse eu. "Talvez Mr. Holmes tenha novas instruções."

"Se não forem mais valiosas que as últimas, não servirão de muita coisa", disse Amberley, com um olhar malévolo. Apesar disso, acompanhou-me. Já havíamos avisado Holmes por telegrama da hora de nossa chegada, mas foi um bilhete que encontramos à nossa espera; ele nos dizia que estava em Lewisham e nos esperaria lá. Foi uma surpresa, mas surpresa ainda maior foi constatar que ele não estava sozinho na sala de estar do nosso cliente. A seu lado estava sentado um homem de aparência severa, impassível – um homem moreno com óculos cinzentos e um grande alfinete maçônico projetando-se da gravata.

"Este é o meu amigo Mr. Barker", disse Holmes. "Ele também se interessou pelo seu caso, Mr. Josias Amberley, embora venhamos trabalhando de maneira independente. Mas ambos temos a mesma pergunta para lhe fazer!"

Mr. Amberley sentou-se pesadamente. Percebia perigo iminente. Li isso em seu olhar tenso e em seu semblante crispado.

"Qual é a pergunta, Mr. Holmes?"

"Apenas isto: que fez com os corpos?"

O homem levantou-se de um salto com um grito rouco. Tentou agarrar o ar com suas mãos ossudas. Tinha a boca aberta e, por um instante, pareceu uma horrível ave de rapina. Num átimo tivemos um vislumbre do verdadeiro Josias Amberley, um demônio deformado com uma alma tão distorcida quanto o seu corpo. Quando caiu de volta na cadeira, levou as mãos aos lábios como se para reprimir uma tosse. Holmes saltou sobre o seu pescoço como um tigre e torceu-lhe o rosto em direção ao chão. Uma pílula branca caiu de seus lábios arfantes.

"O homem levantou-se de um salto com um grito rouco. Tentou agarrar o ar com suas mãos ossudas. Tinha a boca aberta e, por um instante, pareceu uma horrível ave de rapina." [Frank Wiles, *Strand Magazine*, 1927]

"Nada de atalhos, Josias Amberley. As coisas têm de ser feitas decentemente e em ordem. Que sugere, Barker?"

"Tenho um carro de aluguel na porta", disse o nosso taciturno companheiro.

"São somente algumas centenas de metros até a delegacia. Iremos juntos. Você pode ficar aqui, Watson. Estaremos de volta em meia hora."

O VELHO FABRICANTE de tintas tinha a força de um leão naquele seu enorme tronco, mas ficou impotente nas mãos dos dois experientes detetives. Debatendo-se e contorcendo-se, foi arrastado ao carro de praça que esperava e fui deixado para a minha vigília solitária na casa agourenta. Em menos tempo do que ele falara, contudo, Holmes estava de volta na companhia de um jovem e desenvolto inspetor de polícia.

"Deixei Barker para cuidar das formalidades", disse Holmes. "Você não o conhecia, Watson. Ele é o meu detestado rival da costa de Surrey. Quando você falou de um homem alto e moreno, não me foi difícil completar o quadro. Ele foi responsável por vários bons casos, não é, inspetor?"

"Certamente interferiu várias vezes", respondeu o inspetor com reserva.

"Seus métodos são irregulares, sem dúvida, como os meus próprios. Os irregulares são úteis às vezes, sabe. Os senhores, por exemplo, com sua advertência compulsória de que tudo que dissesse poderia ser usado contra ele, jamais poderiam ter tapeado esse patife, levando-o ao que foi praticamente uma confissão."

"Talvez não. Mas chegamos lá assim mesmo, Mr. Holmes. Não imagine que não havíamos formado nossas próprias opiniões sobre esse caso, e que não teríamos posto as mãos no nosso homem. Vai nos desculpar quando lamentamos que o senhor intervenha com métodos que não podemos usar, e assim nos rouba o mérito."

"Não haverá esse roubo, MacKinnon. Eu lhe asseguro que daqui para a frente vou desaparecer; quanto a Barker, ele não fez nada a não ser o que eu lhe disse."

O inspetor pareceu consideravelmente aliviado.

"Isso é muito elegante da sua parte, Mr. Holmes. Louvor ou censura podem importar pouco para o senhor, mas é muito diferente para nós quando jornais começam a fazer perguntas."

"Naturalmente. Mas com certeza eles farão perguntas de qualquer maneira, de modo que é melhor ter respostas. Que dirá o senhor, por exemplo, quando o repórter inteligente e dinâmico lhe perguntar quais foram os pontos exatos que despertaram sua desconfiança e finalmente lhe deram uma convicção segura quanto aos verdadeiros fatos?"

O inspetor mostrou-se perplexo.

"Ao que parece, ainda não chegamos a nenhum fato real, Mr. Holmes. O senhor disse que o prisioneiro praticamente confessou, na presença de três testemunhas, ao tentar cometer suicídio, que havia assassinado a mulher e o amante. Que outros fatos o senhor tem?"

"Tomou providências para uma busca?"

"Há três policiais a caminho."

"Então o senhor logo terá o fato mais claro entre todos. Os corpos não podem estar longe. Tente os porões e o jardim. A escavação dos lugares prováveis não deve demandar muito tempo. Esta casa é mais antiga que a água encanada. Deve haver um poço desativado em algum lugar. Tente a sorte ali."

"Mas como sabe disso e como isso foi feito?"

"Primeiro vou lhe mostrar como foi feito, depois darei a explicação que lhe é devida, e mais ainda ao meu paciente amigo aqui, que prestou uma ajuda inestimável o tempo todo. Em primeiro lugar, porém, gostaria de lhe dar uma ideia da mentalidade do homem. Trata-se de um tipo muito inusitado – tanto que creio que seu destino será mais provavelmente Broadmoor que o cadafalso. Ele tem, em alto grau, a espécie de mente que associamos com a natureza italiana medieval, não com o britânico moderno. Era um sovina desgraçado, que tornou sua mulher tão infeliz com seus hábitos avarentos que ela foi uma presa fácil para um aventureiro. Este entrou em cena na pessoa desse médico jogador de xadrez. Amberley era excelente nesse jogo – uma marca, Watson, de uma mente maquinadora. Como todos os avarentos, era um homem ciumento, e seu ciúme tornou-se uma mania frenética. Com ou sem razão, suspeitou de uma intriga. Decidiu se vingar e planejou-a com diabólica engenhosidade. Venham cá!"

HOLMES CONDUZIU-NOS pelo corredor com tanta segurança como se tivesse morado na casa e parou diante da porta aberta da casa-forte.

"Irra! Que cheiro horrível de tinta!" exclamou o inspetor.

"Esse foi o nosso primeiro indício", disse Holmes. "Agradeça ao senso de observação do dr. Watson por isso, embora ele não tenha feito a inferência. Isso me pôs na pista. Por que estaria esse homem numa altura daquelas enchendo a sua casa de odores fortes? Obviamente para encobrir algum outro cheiro que queria esconder – algum cheiro criminoso que despertaria suspeitas. Depois veio a ideia de uma sala como esta que veem aqui, com porta e persiana de ferro – uma sala hermeticamente fechada. Junte esses dois fatos, e para onde eles levam? Só pude determinar isso vasculhando eu mesmo a casa. Já tinha certeza de que o caso era grave, pois tinha examinado o mapa da bilheteria no Teatro Haymarket – mais um aspecto em que o dr. Watson acertou em cheio – e verificado que nem o assento trinta nem o trinta e dois do anel superior haviam sido ocupados aquela noite. Portanto, Amberley não estivera no teatro, e seu álibi caiu por terra. Ele cometeu um erro grave quando permitiu que o meu astuto amigo observasse o número do assento que comprara para a mulher. Surgiu então a questão de como eu poderia esquadrinhar a casa. Enviei um agente para a aldeia mais impossível em que pude pensar, e convoquei meu homem numa hora tal que não lhe seria possível voltar. Para evitar qualquer malogro, o dr. Watson o acompanhou. O nome do bom pároco eu encontrei, é claro, em meu *Crockford*. Estou deixando tudo claro para o senhor?"

"É magistral", disse o inspetor, admirado.

"Não havendo nenhum temor de interrupção, tratei de arrombar a casa. O arrombamento sempre foi uma profissão alternativa que eu poderia ter adotado, e não tenho muita dúvida de que teria me distinguido. Observe o que encontrei. Está vendo a tubulação de gás ao longo do rodapé? Muito bem. Ela sobe no ângulo da parede e há um registro aqui no canto. O cano penetra na casa-forte, como pode ver, e termina naquela rosa de estuque no centro do teto, onde fica escondido pela ornamentação. Aquela ponta é aberta. A qualquer momento, girando o registro exterior, seria possível inundar a sala de gás. Com a porta e a persiana fechadas e o registro inteiramente aberto, eu não daria dois minutos de consciência para qualquer pessoa trancada nessa saleta. Mediante que expediente diabólico ele induziu os dois a entrarem lá, eu não sei, mas uma vez dentro eles estavam à sua mercê."

O inspetor examinou o cano com interesse. "Um de nossos oficiais mencionou o cheiro de gás", disse, "mas claro que a janela e a porta estavam abertas na hora e a tinta – ou parte dela – já fora usada. Ele tinha começado o trabalho de pintura na véspera, segundo a história que contou. Mas que aconteceu depois, Mr. Holmes?"

"Bem, ocorreu então um incidente que foi bastante inesperado para mim mesmo. Eu estava entrando pela janela da copa ao raiar do dia, quando senti uma mão dentro do meu colarinho e uma voz me perguntou: 'Que está fazendo aí, seu bandido?' Quando consegui torcer a cabeça, dei com os óculos cinzentos do meu amigo e rival, Mr. Barker. Foi um encontro curioso, que nos deixou a ambos sorrindo. Parece que ele havia sido contratado pela família do dr. Ray Ernest para fazer algumas investigações e chegara à mesma conclusão quanto ao crime. Havia vigiado a casa durante alguns dias e notara o dr. Watson como um dos tipos obviamente suspeitos que apareceram por lá. É claro que não pôde deter Watson, mas quando viu um homem realmente escalando a janela da copa, seu comedimento chegou ao limite. Contei-lhe, é claro, em que pé estavam as coisas e passamos a levar o caso adiante juntos."

"Por que ele? Por que não nós?"

"Porque eu pretendia realizar aquele pequeno teste que deu tão bons resultados. Creio que os senhores não teriam ido tão longe."

O inspetor sorriu.

"Bem, talvez não. Pelo que entendi, deu a sua palavra, Mr. Holmes, de que vai se retirar do caso agora e que nos comunicará todos os resultados que obteve."

"Certamente, esse é sempre o meu costume."

"Bem, em nome da Força eu lhe agradeço. Parece um caso claro, tal como o expõe, e não poderá haver muita dificuldade quanto aos corpos."

"Vou lhe mostrar uma pequena e sinistra prova", disse Holmes, "e tenho certeza de que o próprio Amberley nunca a observou. O senhor obterá resultados, inspetor, colocando-se sempre no lugar do outro sujeito, e pensando no que o senhor mesmo faria. Isso exige alguma imaginação, mas compensa. Agora, vamos supor que o senhor estivesse trancado nesta salinha, tivesse menos de dois minutos para viver, mas quisesse ajustar contas com o demônio que provavelmente zombava do senhor do outro lado da porta. Que faria?"

"Escreveria uma mensagem."

"Exatamente. Gostaria de contar a todos como morreu. Seria inútil escrever em papel. Isso seria visto. Se escrevesse algumas palavras na parede algum olho poderia dar com elas. Agora, olhe aqui! Logo acima do rodapé está escrito com um lápis roxo indelével: 'Nós fo...' Só isso."

"Que deduz disso?"

"Bem, está a apenas trinta centímetros do chão. O pobre-diabo estava caído no assoalho, morrendo, quando escreveu isso. Perdeu os sentidos antes de conseguir terminar."

"Estava escrevendo 'Nós fomos assassinados'."

"Foi como interpretei isso. Se o senhor encontrar um lápis indelével junto ao corpo..."

"Vamos procurá-lo, pode estar certo. Mas e aqueles títulos? Claramente não houve nenhum roubo. No entanto ele realmente possuía aqueles títulos. Verificamos isso."

"Podem ter certeza de que os escondeu num lugar seguro. Quando toda a fuga tivesse virado história, ele os descobriria subitamente e anunciaria que o casal culpado se aplacara e os mandara de volta ou os deixara pelo caminho."

"O senhor parece ter encontrado toda sorte de dificuldades", disse o inspetor. "Ele tinha que nos chamar, é claro, mas não compreendo por que teria ido até o senhor."

"Pura bravata!" respondeu Holmes. "Sentiu-se tão esperto e tão seguro de si que imaginou que ninguém o pegaria. Poderia dizer a qualquer vizinho desconfiado: 'Veja as medidas que tomei. Consultei não só a polícia, mas até Sherlock Holmes.'"

O inspetor riu.

"Temos de perdoá-lo pelo 'até', Mr. Holmes", disse, "é o serviço mais hábil de que posso me lembrar."

DOIS DIAS DEPOIS meu amigo jogou-me um exemplar do quinzenal *North Surrey Observer*. Sob uma série de manchetes veementes, que começavam com "O horror do Refúgio" e terminavam com "Brilhante investigação policial", havia uma coluna compacta que dava o primeiro relato consecutivo do caso. O último parágrafo era típico do todo. Dizia ele:

> A extraordinária perspicácia com que o inspetor MacKinnon deduziu do cheiro de tinta que algum outro cheiro, o de gás, por exemplo, poderia estar sendo ocultado; a audaciosa dedução de que a casa-forte podia ser também a câmara da morte e a subsequente investigação que levou à descoberta dos corpos num poço desativado, engenhosamente escondido por um canil, deveria viver na história do crime como um exemplo permanente da inteligência de nossos detetives profissionais.

"Bem, bem, MacKinnon é um bom sujeito", disse Holmes com um sorriso tolerante. "Pode guardar isso em nossos arquivos, Watson. Algum dia a verdadeira história poderá ser contada."

1ª EDIÇÃO [2016] 3 reimpressões

ESTA OBRA FOI COMPOSTA POR MARI TABOADA EM KINGFISHER E IMPRESSA EM OFSETE PELA GEOGRÁFICA SOBRE PAPEL PÓLEN DA SUZANO S.A. PARA A EDITORA SCHWARCZ EM MAIO DE 2024

FSC
www.fsc.org
MISTO
Papel | Apoiando o manejo florestal responsável
FSC® C019498

A marca FSC® é a garantia de que a madeira utilizada na fabricação do papel deste livro provém de florestas que foram gerenciadas de maneira ambientalmente correta, socialmente justa e economicamente viável, além de outras fontes de origem controlada.